Perfeitas
PRETTY LITTLE LIARS

Maldosas
Impecáveis
Perfeitas
Inacreditáveis
Perversas
Destruidoras
Impiedosas
Perigosas

SARA SHEPARD

SARA SHEPARD

Tradução
FAL AZEVEDO

Para ALI

Título Original
PERFECT
A Pretty Little Liars Novel

Copyright © 2007 *by* Alloy Entertainment e Sara Shepard

Todos os direitos reservados; nenhuma parte desta obra pode ser reproduzida, sob qualquer forma, sem a permissão escrita do editor.

Direitos para a língua portuguesa reservados
com exclusividade para o Brasil à
EDITORA ROCCO LTDA.
Rua Evaristo da Veiga, 65 – 11º andar
Passeio Corporate – Torre 1
20031-040 – Rio de Janeiro – RJ
Tel.: (21) 3525-2000 – Fax: (21) 3525-2001
rocco@rocco.com.br
www.rocco.com.br

Printed in Brazil/Impresso no Brasil

preparação de originais
AMANDA ORLANDO

CIP-Brasil. Catalogação na Publicação.
Sindicato Nacional dos Editores de Livros, RJ.

S553m   Shepard, Sara.
Perfeitas / Sara Shepard ; tradução Fal Azevedo.
– 1. ed. – Rio de Janeiro : Rocco, 2022.
(Pretty Little Liars ; 3)
Tradução de: Perfect : Pretty Little Liars novel.
ISBN 978-65-5532-260-6
1. Ficção americana. I. Azevedo, Fal. II. Título. III. Série.
22-77638   CDD: 813   CDU: 82-3(73)
Gabriela Faray Ferreira Lopes – Bibliotecária – CRB-7/6643

O texto deste livro obedece às normas do Acordo Ortográfico da Língua Portuguesa.

*Procure e acharás — o que não é procurado,
não será encontrado.*

— SÓFOCLES

MANTENHA SEUS AMIGOS POR PERTO...

Você já teve alguma amiga que tenha dado as costas para você? Totalmente transformada, de alguém que você conhecia, em... outra pessoa? Não estou falando sobre seu namorado do jardim de infância, que cresceu e virou um esquisito feioso e cheio de espinhas, ou da sua amiga do acampamento, com quem você não tinha assunto quando ela lhe fez uma visita no Natal, ou mesmo uma garota da sua galera, que, de uma hora para a outra, sai do grupo e vira gótica ou então uma dessas naturebas radicais. Não. Estou falando sobre sua alma gêmea. A garota sobre quem você sabe tudo. A garota que sabe tudo sobre você. Um belo dia, ela aparece e é uma pessoa bem, bem diferente.

Bem, isso acontece. Isso aconteceu em Rosewood.

– Cuidado, Aria. Seu rosto vai ficar paralisado desse jeito. – Spencer Hastings abriu um picolé Popsicle de laranja e colocou na boca. Ela estava falando sobre o olhar enviesado de pirata bêbado que sua melhor amiga, Aria Montgomery, estava fazendo enquanto tentava acertar o foco de sua Sony Handycam.

— Você parece minha mãe falando, Spencer. — Emily Fields riu, ajeitando a camiseta que mostrava um pintinho de olhos esbugalhados e dizia FRANGUINHA NADADORA INSTANTÂNEA! É SÓ ADICIONAR ÁGUA! As amigas haviam proibido Emily de usar camisetas com dizeres idiotas sobre natação.

— Idiota nadadora instantânea! É só adicionar perdedor! — brincou Alison DiLaurentis, quando Emily chegou.

— Sua mãe também diz isso? — perguntou Hanna Marin, jogando fora o palito esverdeado do Popsicle. Hanna sempre comia mais rápido que as outras. — *Seu rosto vai ficar paralisado desse jeito!* — imitou.

Alison olhou Hanna de cima a baixo e gargalhou:

— Sua mãe deveria ter avisado a você que sua *bunda* poderia ficar paralisada desse jeito!

Hanna ficou lívida e ajeitou a camiseta de listras brancas e cor-de-rosa — que ela havia pegado emprestada de Ali e que vivia revelando uma faixa branca de sua barriga. Alison deu um toque de leve na canela de Hanna, com sua rasteirinha.

— É brincadeira.

Era uma sexta-feira à noite do mês de maio, perto do final do sétimo ano, e um grupo de amigas íntimas — Alison, Hanna, Spencer, Aria e Emily — estava reunido na pomposa sala de estar da casa de Spencer, com uma caixa de Popsicle, uma garrafa grande de Dr. Pepper diet sabor cereja com baunilha, com seus telefones celulares largados na mesinha de centro. Um mês antes, Ali tinha ido para a escola com um celular LG flip novinho, e as outras correram no mesmo dia para comprar um igual. Todas elas tinham porta-celulares de couro rosa também, para combinar com o de Ali – bem, todas menos Aria, cujo porta-celular cor-de-rosa era feito de lã. Ela mesma o tricotara.

Aria moveu a alavanca da câmera para a frente e para trás para ajustar o *zoom*.

– E, de qualquer forma, meu rosto não vai ficar paralisado desse jeito. Estou me concentrando em focar direito essa tomada. Isso vai ficar para a posteridade. Para quando ficarmos famosas.

– Bem, nós todas sabemos que *eu* vou ficar famosa. – Alison jogou os ombros para trás e virou a cabeça de lado, deixando à mostra seu pescoço de cisne.

– Por que você vai ficar famosa? – provocou Spencer, parecendo mais malvada do que provavelmente queria soar.

– Vou ter meu próprio programa de televisão. Vou ser uma Paris Hilton mais inteligente e mais bonita.

Spencer bufou. Mas Emily fez um biquinho com os lábios pálidos, refletindo a respeito e Hanna acenou com a cabeça, concordando. Aquela era *Ali*. Ela não ficaria ali em Rosewood, Pensilvânia, por muito tempo. Claro, Rosewood era glamourosa sob qualquer aspecto – todos os moradores pareciam modelos de passarela prontos para uma sessão de fotos para a revista *Town & Country* – mas todos sabiam que Ali estava destinada a coisas maiores.

Ela as tinha tirado do anonimato, um ano e meio atrás, tornando-as suas melhores amigas. Com Ali ao seu lado, elas haviam se tornado *as* garotas de Rosewood Day, a escola particular que frequentavam. Elas se tornaram tão poderosas que decidiam quem era descolado e quem não era, davam as melhores festas, pegavam os melhores lugares na sala de estudos, concorriam ao grêmio estudantil e venciam por um número de votos avassalador. Bem, essa última parte só se aplicava a Spencer. Apesar de enfrentarem alguns altos e baixos – e de, acidentalmente, terem cegado Jenna Cavanaugh, coisa na qual elas tentavam ao máximo não pensar –, as vidas delas haviam se transformado de toleráveis em perfeitas.

– E se nós filmássemos um *talk show*? – sugeriu Aria. Ela se considerava a cineasta oficial do grupo. Uma das coisas que queria ser quando crescesse era o próximo Jean-Luc Godard, um desses diretores franceses abstratos. – Ali, você é a celebridade. E, Spencer, você é a entrevistadora.

– Eu serei a maquiadora – ofereceu-se Hanna, remexendo em sua mochila para encontrar a bolsinha de maquiagem de vinil estampada com bolinhas.

– Eu serei a cabeleireira. – Emily ajeitou o cabelo louro-avermelhado atrás das orelhas e foi para perto de Ali. – Você tem um cabelo maravilhoso, *chérie* – elogiou, fingindo um sotaque francês.

Ali tirou o Popsicle da boca.

– *Chérie* não quer dizer namorada?

As outras começaram a rir, mas Emily empalideceu.

– Não, isso é *petite amie*. – Ultimamente, Em andava meio sensível em relação às piadas de Ali. Ela não costumava ser assim.

– Ok. – Aria certificou-se de que a câmera estava ajustada. – Estão prontas, meninas?

Spencer se jogou no sofá e colocou na cabeça uma tiara de diamantes falsos que sobrara da última festa de Ano-Novo. Ela carregara aquilo a noite toda.

— Você não pode usar isso — rosnou Ali.
— Por que não? — Spencer tinha ajeitado a tiara na cabeça, e ela parecia uma coroa.
— Porque não. Se fosse o caso, *eu* seria a princesa.
— Por que *você* sempre é a princesa? — disse Spencer entre os dentes. As outras meninas se agitaram. Spencer e Ali não andavam se dando muito bem, e ninguém sabia por quê.

O telefone de Ali fez um barulhinho. Ela o alcançou, abriu-o e o virou de forma que ninguém conseguisse ler a mensagem.

— Que adorável. — Seus dedos voavam no teclado conforme ela digitava o texto.

— Para quem você está escrevendo? — A voz de Emily soou baixa e frágil, como uma casquinha de ovo.

— Não posso contar. Desculpe. — Ali não ergueu os olhos.

— Você não pode contar? — Spencer estava furiosa. — O que você quer dizer com não poder contar?

Ali deu uma olhada para ela.

— Sinto muito, *princesa*. Você não tem que ser informada sobre *tudo*. — Ali fechou o telefone e o colocou no assento do sofá de couro. — Não comece a filmar ainda, Aria, preciso fazer xixi. — Ela saiu rapidinho da sala, e seguiu para o banheiro, jogando o palito do Popsicle no lixo no caminho.

Assim que elas ouviram a porta do banheiro bater, Spencer foi a primeira a falar.

— Vocês simplesmente não desejam *matá-la*, de vez em quando?

As outras hesitaram. Elas nunca falavam mal de Ali. Era uma blasfêmia tão grande quanto queimar a bandeira oficial de Rosewood Day dentro do terreno da escola. Ou admitir que Johnny Depp não era assim *tão* gato, mas, na verdade, meio velho e esquisito.

Claro, em particular, a história era outra. Naquela primavera, Ali não havia estado muito presente. Ela tinha ficado mais próxima das meninas do ensino médio, que faziam parte do time de hóquei e nunca convidava Aria, Emily, Spencer ou Hanna para almoçar com elas ou para irem ao shopping King James.

E Ali começou a ter segredos. Mensagens de texto, telefonemas e risadinhas secretos sobre coisas que não lhes contava. Elas haviam entregado suas almas a Ali — contando para ela coisas que não tinham contado para as outras, coisas que elas não queriam que *ninguém* soubesse — e esperavam reciprocidade. Ali não havia feito com que todas prometessem que iriam contar umas às outras tudo, absolutamente *tudo*, até o final dos tempos?

As garotas odiavam pensar em como seria o oitavo ano se as coisas continuassem daquele jeito. Mas isso não significava que odiavam *Ali*.

Aria enrolou uma mecha de cabelo comprido e escuro em um dos dedos e deu uma risada nervosa.

— Matá-la por ela ser tão linda, talvez. — Aria apertou um botão na câmera, ligando-a.

— E porque ela veste tamanho trinta e quatro — acrescentou Hanna.

— Foi isso que eu quis dizer — Spencer deu uma olhada para o telefone de Ali, que estava preso entre duas almofadas do sofá. — Querem ler as mensagens dela?

— Eu quero — sussurrou Hanna.

Emily levantou-se de seu assento no braço da poltrona.

— Eu não sei... — Ela começou a se afastar devagarinho do telefone de Ali, como se o simples fato de estar perto do aparelho já a incriminasse.

Spencer pegou o celular de Ali. Olhou com curiosidade para a tela em branco.

– Ah, vai! Vocês não querem saber quem mandou a mensagem para ela?

– Provavelmente, foi só a Katy – sussurrou Emily, referindo-se a uma das amigas de hóquei de Ali. – Você deveria colocá-lo onde estava, Spence.

Aria tirou a câmera do tripé e foi na direção de Spencer.

– Vamos ver.

Elas se reuniram em torno do aparelho. Spencer abriu o telefone e apertou um botão.

– Está bloqueado.

– Você sabe a senha dela? – perguntou Aria, ainda filmando.

– Tente o aniversário dela – sussurrou Hanna. Ela tirou o telefone da mão de Spencer e mexeu nos botões. A tela não mudou. – O que eu faço agora?

Elas ouviram a voz de Ali antes de vê-la.

– O que vocês estão fazendo?

Spencer jogou o telefone de Ali de volta no sofá. Hanna deu um passo para trás de forma tão abrupta que bateu a canela na mesa de centro.

Ali atravessou a porta da sala de estar pisando duro, com as sobrancelhas unidas.

– Vocês estavam xeretando o meu telefone?

– Claro que não! – gritou Hanna.

– Estávamos – admitiu Emily. Aria a fuzilou com o olhar e depois se escondeu atrás da lente da câmera.

Mas Ali não estava mais prestando atenção. A irmã mais velha de Spencer, Melissa, um pouco mais velha que elas, já no ensino médio, apareceu de repente na cozinha da família

Hastings, vinda da garagem. Ela carregava uma sacola de comida para viagem do Otto, um restaurante na vizinhança dos Hastings. Seu adorável namorado, Ian, estava com ela. Ali se endireitou. Spencer alisou o cabelo louro-escuro e arrumou a tiara.

Ian entrou na sala de estar.

– Ei, garotas.

– Oi – cumprimentou Spencer, em voz alta. – Como vai, Ian?

– Estou bem. – O rapaz sorriu para Spencer. – Bonita coroa.

– Obrigada! – Ela piscou algumas vezes, com os cílios negros.

Ali revirou os olhos.

– Seja um pouco mais óbvia – cantarolou ela por entre os dentes.

Mas era difícil não ter uma paixonite por Ian. Ele tinha cabelo louro e encaracolado, dentes brancos e perfeitos e olhos azuis surpreendentes, e nenhuma delas podia se esquecer de um jogo de futebol recente, no qual ele trocara de camisa no intervalo e, por cinco gloriosos segundos, elas tiveram a visão de seu peito nu. Era quase uma certeza universal que tanta beleza estava sendo desperdiçada do lado de Melissa, que era uma grande puritana e agia de forma muito parecida com a sra. Hastings, a mãe de Spencer.

Ian se jogou no sofá perto de Ali.

– E então, o que vocês, meninas, estão fazendo?

– Ah, nada de mais. – Aria ajustava o foco da câmera. – Estamos fazendo um filme.

— Um filme? — Ian pareceu divertir-se. — Posso participar?

— Claro — respondeu Spencer, depressa. Ela se jogou no sofá do outro lado de Ian.

Ele sorriu para a câmera.

— E aí, quais são as minhas falas?

— É um *talk show* — explicou Spencer. Ela deu uma olhadinha para Ali, para conferir a reação dela, mas Ali não respondeu. — Eu sou a entrevistadora. Você e Ali são meus convidados. Vou pegar você primeiro.

Ali deixou escapar um riso sarcástico e as bochechas de Spencer ficaram cor-de-rosa, no mesmo tom que sua camiseta Ralph Lauren. Ian fingiu não perceber.

— Tudo bem. Então, vamos à entrevista.

Spencer se sentou direito no sofá, cruzando suas pernas musculosas como uma apresentadora de televisão. Pegou o microfone cor-de-rosa do aparelho de karaokê de Hanna e o segurou próximo ao queixo.

— Bem-vindos ao Spencer Hastings Show. Minha primeira pergunta é...

— Pergunte quem é o professor preferido dele em Rosewood — pediu Aria.

Ali se empertigou. Seus olhos azuis faiscaram.

— Essa é uma boa pergunta para você, Aria. Você deveria perguntar a ele se quer *ter um encontro* com alguma de suas professoras. Em um estacionamento vazio.

O queixo de Aria caiu. Hanna e Emily, que estavam de pé ao lado do aparador, trocaram um olhar confuso.

— Todas as minhas professoras são horrorosas — disse Ian devagar, sem se dar conta do que estava acontecendo.

— Ian, você pode, *por favor*, ajudar aqui? — Melissa fez uma barulheira de louça batendo na cozinha.

— Só um segundo — gritou Ian de volta.

— *Ian*. — Melissa parecia chateada.

— Tenho uma. — Spencer colocou o cabelo atrás das orelhas. Ela estava adorando o fato de que Ian estava prestando mais atenção nela do que em Melissa. — O que você vai ganhar de presente de formatura?

— *Ian* — chamou Melissa entre os dentes. Spencer deu uma olhadela para a irmã, através das portas duplas de vidro que davam para a cozinha. A luz da geladeira projetava uma sombra no rosto dela. — Eu... preciso... de... ajuda.

— Fácil — respondeu Ian, ignorando a namorada. — Quero uma aula de *base jumping*.

— *Base jumping*? — perguntou Aria. — O que é isso?

— É pular de paraquedas do alto de um prédio — explicou Ian.

Enquanto Ian contou a história de Hunter Queenan, um de seus amigos que tinha experimentado *base jumping*, as meninas se inclinaram para a frente com voracidade. Aria focou a câmera no maxilar de Ian, que parecia talhado em pedra. Os olhos dela passaram um momento por Ali. Ela estava sentada perto de Ian, fitando o espaço. Ali estava *entediada*? Era provável que ela tivesse coisas melhores para fazer — era possível que aquela mensagem de texto tivesse sido sobre seus planos com suas glamourosas amigas mais velhas.

Aria olhou de novo para o telefone de Ali, que estava na almofada do sofá, perto do braço dela. O que estava escondendo delas? No que ela estava metida?

Vocês não desejam simplesmente matá-la de vez em quando? A pergunta de Spencer dançava na mente de Aria enquanto Ian tagarelava sem parar. Lá no fundo, ela sabia que todas se sentiam da mesma forma. Seria melhor se Ali apenas... sumisse, em vez de deixá-las.

— Então, Hunter disse que foi a maior emoção da vida dele ter praticado *base jumping* — terminou Ian. — Melhor do que tudo na vida. Inclusive sexo.

— *Ian...* — advertiu Melissa.

— Isso parece inacreditável. — Spencer olhou para Ali, do outro lado de Ian. — Não é?

— É. — Ali parecia com sono, quase como se estivesse em transe. — Inacreditável.

O resto da semana foi um borrão: exames finais, planejamento de festas, mais noites passadas nas casas umas das outras e mais tensão. E, então, na noite do último dia do sétimo ano, Ali desapareceu. Simples assim. Num minuto ela estava ali, no outro... havia sumido.

A polícia passou um pente fino em Rosewood atrás de pistas. Eles interrogaram as meninas em separado, perguntando se Ali vinha agindo de forma estranha ou se alguma coisa fora do normal tinha acontecido nos últimos dias. Todas elas pensaram muito sobre isso, com muita seriedade. A noite em que ela desapareceu havia sido estranha: Ali estivera hipnotizando as meninas e depois saiu correndo do celeiro, após uma briguinha estúpida com Spencer sobre as cortinas e simplesmente... *não voltara mais*. Mas tinha havido outras noites estranhas? A noite em que tentaram ler as mensagens de texto de Ali, mas não por muito tempo — depois que Ian e Melissa foram embora, Ali voltara a agir de forma normal. Elas fizeram um concurso de dança e cantaram no karaokê de Hanna. As mensagens misteriosas no telefone de Ali foram esquecidas.

Depois disso, os policias perguntaram se elas achavam que alguém próximo a Ali poderia querer machucá-la. Hanna, Aria e Emily pensaram na mesma coisa: *Vocês não desejam simplesmente matá-la de vez em quando?*, as palavras duras de Spencer. Mas não. Ela estava brincando. Não estava?

— Ninguém queria machucar Ali — afirmou Emily, afastando aquela preocupação da cabeça.

— Claro que não — Aria também respondeu, num outro interrogatório, desviando os olhos do policial corpulento sentado perto dela no balanço da varanda.

— Eu acredito que não — disse Hanna quando foi perguntada, brincando, distraidamente, com a pulseira azul-clara que Ali havia feito para elas depois do acidente de Jenna. — Ali não era assim tão próxima de muitas pessoas. Só da gente. E nós a amávamos demais.

Claro, Spencer parecia bem brava com Ali. Mas, na verdade, lá no fundo, não estavam todas? Ali era perfeita — linda, inteligente, sexy, irresistível — e estava abandonando as amigas. Talvez elas a odiassem por causa disso. Mas aquilo não significava que alguma delas queria que Ali sumisse.

Bem, é incrível o que a gente não enxerga. Mesmo o que está bem diante dos nossos olhos.

1

O TRABALHO DURO DE SPENCER É RECOMPENSADO

Spencer Hastings deveria estar dormindo às seis e meia da manhã de uma segunda-feira. Em vez disso, estava sentada na sala de espera azul e verde da terapeuta, sentindo-se um pouco como se estivesse presa dentro de um aquário. Sua irmã mais velha, Melissa, estava sentada em uma poltrona esmeralda na sua frente. Melissa ergueu os olhos de seu livro *Princípios dos mercados emergentes* – ela fazia MBA na Universidade da Pensilvânia – e deu a Spencer um sorriso maternal.

– Eu sinto que vejo tudo de forma *tão mais clara* desde que comecei a ver a dra. Evans – ronronou Melissa, cuja consulta era logo depois da consulta de Spencer. – Você vai adorá-la. Ela é inacreditável.

Claro que ela é inacreditável, pensou Spencer, com rancor. Melissa acharia incrível qualquer um que quisesse ouvi-la por uma hora inteira, sem interrupções.

– Mas ela pode ser um pouco dura com você, Spencer – alertou Melissa, fechando o livro. – Ela vai dizer coisas sobre você mesma que você não quer ouvir.

Spencer se ajeitou na poltrona.

– Eu não tenho seis anos de idade. Posso suportar críticas.

Melissa levantou as sobrancelhas para Spencer, indicando com clareza que não tinha tanta certeza disso. Spencer se escondeu atrás de sua revista *Filadélfia*, imaginando por que estava aqui. A mãe de Spencer, Verônica, havia marcado uma consulta para ela com a terapeuta – a terapeuta *de Melissa* – depois que a antiga amiga de Spencer, Alison DiLaurentis, fora encontrada morta e que Toby Cavanaugh havia se suicidado. Spencer suspeitava que essa consulta também era um jeito de descobrir o porquê de ela ter se envolvido com Wren, o namorado de Melissa. Mas Spencer estava indo bem, apesar de tudo. De verdade. E uma consulta com a terapeuta de sua pior inimiga não era a mesma coisa que ter uma consulta marcada com o cirurgião plástico de uma garota feia? Spencer temia a possibilidade de sair de sua primeira sessão de terapia com a saúde mental equivalente a peitos horrorosamente falsos e tortos.

Bem nessa hora, a porta do consultório se abriu e uma mulher pequena e loura, usando óculos de casco de tartaruga, uma túnica preta e calças da mesma cor, colocou a cabeça para fora da sala.

– Spencer? – chamou a mulher. – Sou a dra. Evans. Pode entrar.

Spencer entrou com passos largos no consultório da dra. Evans, que era simples e claro, misericordiosamente diferente da sala de espera. Tinha um sofá de couro preto e uma poltrona de couro cinza. Em cima de uma escrivaninha grande havia um telefone, uma pilha de envelopes de papel pardo, uma luminária pescoço de ganso e um daqueles pássaros de brinquedos que tombam por causa de seu peso e parecem beber água, que o sr. Craft, o professor de ciências, adorava. A dra. Evans se ajeitou na poltrona de couro e fez um gesto para que Spencer se sentasse no sofá.

— Então — começou a dra. Evans, assim que elas estavam confortáveis —, ouvi muitas coisas sobre você.

Spencer franziu o nariz e deu uma olhada na direção da sala de espera.

— De Melissa, imagino.

— De sua mãe. — A dra. Evans abriu um caderno de anotações vermelho na primeira página. — Ela disse que sua vida andou um pouco confusa, especialmente nos últimos tempos.

Spencer olhou fixamente para a ponta da escrivaninha, perto do sofá, onde havia uma *bombonière* com doces, uma caixa de Kleenex — *é claro* — e um tabuleiro de Resta Um. Costumava haver um jogo desses na sala de recreação da casa dos DiLaurentis; Ali e ela completaram um desses uma vez, o que significava que as duas eram gênios.

— Acho que estou lidando bem com a situação — murmurou ela. — Não estou, tipo, pensando em me matar nem nada.

— Uma amiga próxima morreu. Um vizinho também. Isso deve ser duro.

Spencer deitou a cabeça no encosto do sofá e olhou para cima. A massa fina cheia de irregularidades fazia com que o teto parecesse ter acne. Era bem provável que ela precisasse falar com alguém — não podia falar com sua família sobre Ali, Toby ou os recados assustadores que vinha recebendo do perseguidor, conhecido apenas como A. E suas antigas amigas... elas a estavam evitando desde que ela admitira que Toby sempre soubera que elas haviam cegado sua meia-irmã, Jenna – um segredo que escondera delas durante três longos anos.

Mas três semanas já haviam se passado desde o suicídio de Toby e quase um mês se passara desde que os operários desenterraram o corpo de Ali. Spencer estava conseguindo lidar com tudo aquilo, na maior parte, porque A tinha desaparecido. Ela não recebia nenhum recado desde a Foxy, o grande baile beneficente de Rosewood. Primeiro, o silêncio de A fez Spencer ficar impaciente – talvez aquela fosse a calmaria que antecede o furacão –, porém, conforme o tempo foi passando, ela começou a relaxar. Suas unhas bem-feitas não ficavam mais cravadas nas palmas de suas mãos. Começou a dormir com o abajur apagado novamente. Tinha tirado um dez na última prova de cálculo e um nove no trabalho sobre *A República*, de Platão. Seu rompimento com Wren – que havia dispensado Spencer para ficar com Melissa, que, por sua vez, havia dispensado Wren – já não doía tanto, e sua família voltara à desatenção cotidiana. Mesmo a presença de Melissa – ela estava passando um tempo com a família enquanto um pequeno exército reformava seu apartamento na Filadélfia – era quase tolerável, na maior parte do tempo.

Talvez o pesadelo tivesse acabado.

Spencer mexeu os dedos dos pés dentro das botas de pelica bege, que iam até os joelhos. Mesmo que se sentisse à vontade o suficiente para falar com a dra. Evans sobre A, aquela era uma conversa sem sentido. Por que discutir sobre A, se A desaparecera?

– É duro, mas Alison já estava desaparecida havia anos. Eu segui em frente – declarou Spencer, por fim. Talvez a dra. Evans entendesse que ela não ia falar nada e terminasse a sessão mais cedo.

A terapeuta anotou alguma coisa no caderno. Spencer se perguntou o que seria.

— Também ouvi dizer que você e sua irmã estavam tendo problemas com um namorado.

Spencer ficou indignada. Ela só conseguia imaginar uma versão caluniosa de Melissa sobre o fiasco de Wren — que provavelmente incluía Spencer lambendo *chantilly* direto do abdome de Wren, na cama de Melissa, enquanto a irmã assistia à cena do outro lado da janela, sem poder fazer nada a respeito.

— Não foi nada de mais — resmungou ela.

A dra. Evans deixou os ombros caírem e deu a Spencer o mesmo tipo de olhar *você não me engana* que sua mãe costumava lhe dar.

— Ele era namorado da sua irmã primeiro, não era? E você se encontrou com ele pelas costas dela?

Spencer trincou os dentes.

— Olha, eu sei que foi errado, certo? Eu não preciso de outro sermão.

A dra. Evans a encarou.

— Eu não vou lhe passar um sermão. Talvez... — Ela colocou a mão no queixo. — Talvez você tivesse suas razões.

Spencer arregalou os olhos. Ela tinha escutado bem? A dra. Evans estava mesmo sugerindo que Spencer não era cem por cento culpada de tudo? Quem sabe cento e setenta e cinco dólares por consulta não fosse um preço tão absurdo assim, afinal.

— Você e sua irmã passam algum tempo juntas? — perguntou a dra. Evans, depois de alguns instantes.

Spencer pegou um chocolatinho Kiss, da Hershey's, na *bombonière*. Desembrulhou o doce com a longa tira prateada, alisou o restante do embrulho na palma da mão e colocou o chocolate na boca.

— Nunca. A não ser que estejamos com nossos pais. Mas, de qualquer forma, Melissa não fala *comigo*. Tudo o que ela faz é se gabar na frente dos meus pais sobre suas conquistas e sobre a reforma chatíssima em seu apartamento. — Spencer encarou a dra. Evans. — Acho que você sabe que nossos pais compraram um apartamento para ela, em Old City, de presente só porque ela se formou na faculdade.

— Eu sei. — Conforme a dra. Evans se espreguiçou, dois braceletes prateados escorregaram até seu cotovelo — Assunto fascinante.

E, então, ela deu uma piscadela.

Spencer achou que seu coração ia explodir dentro do peito. Pelo jeito, a dra. Evans, assim como Spencer, não dava a mínima sobre as qualidades do sisal comparadas com as da juta. *Yes!*

Elas conversaram por mais algum tempo. Spencer estava gostando cada vez mais daquilo e, então, a dra. Evans indicou o relógio decorado com detalhes de *Os relógios derretidos*, de Salvador Dalí, que ficava pendurado sobre a escrivaninha, para mostrar que o tempo delas havia terminado. Spencer se despediu e abriu a porta do consultório, esfregando a cabeça como se a terapeuta a tivesse aberto para consertar o que havia de errado em seu cérebro. A coisa toda não havia sido o tormento que ela pensou que seria.

Ela fechou a porta do consultório e se virou. Para sua surpresa, sua mãe estava sentada em uma poltrona verde-clara, ao lado de Melissa, lendo *Main Line*, uma revista de decoração.

— Mãe. — Spencer franziu a testa. — O que você está fazendo aqui?

Verônica Hastings parecia ter vindo direto dos estábulos da família. Vestia uma camiseta Petit Bateau, um jeans *skinny* e suas surradas botas de montaria. Havia até mesmo um pouco de feno em seu cabelo.

— Tenho novidades — informou ela.

Tanto a senhora Hastings quanto Melissa tinham expressões muito sérias em seus rostos. Spencer sentiu uma fisgada. Alguém tinha morrido. Alguém — o assassino de Ali — havia matado de novo. Talvez A tivesse voltado. *Por favor, não*, pensou ela.

— Recebi uma ligação do sr. McAdam. — A sra. Hastings ficou de pé. O sr. McAdam era o professor de economia avançada de Spencer. — Ele queria conversar sobre um trabalho que você escreveu há algumas semanas. — Ela deu um passo mais para perto, o perfume de seu Chanel Nº 5 fazendo cócegas no nariz de Spencer. — Spence, ele quer indicar você para o Orquídea Dourada.

Spencer deu um passo para trás.

— *Orquídea Dourada?*

O Orquídea Dourada era o prêmio de maior prestígio no país, o Oscar dos trabalhos do ensino médio. Se ela vencesse, seria matéria de capa das revistas *People* e *Time*. As universidades de Yale, Harvard e Stanford implorariam para que se matriculasse. Spencer acompanhava o sucesso de ganhadores do Orquídea Dourada como outras pessoas seguiam as vidas das estrelas de cinema. A vencedora do Orquídea Dourada de 1988 agora era editora chefe de uma revista de moda muito famosa. O vencedor da edição de 1994 tinha se tornado congressista aos 28 anos.

— É isso mesmo. — A mãe das meninas abriu um sorriso deslumbrante.

— Ah, meu Deus. — Spencer achou que ia desmaiar. Mas não de excitação, e sim de pavor. O trabalho que ela entregara não era dela; era de Melissa. Spencer estava correndo contra o tempo para dar conta de suas tarefas e A sugeriu que ela "pegasse emprestado" um trabalho antigo da irmã. Tanta coisa havia acontecido nos últimos dias que Spencer havia apagado aquilo de sua mente.

Ela estremeceu. O sr. McAdam — ou Lula Molusco, como todo mundo o chamava — adorava Melissa na época em que ela era aluna dele. Como é que ele podia não se lembrar dos trabalhos de sua queridinha, em especial, se eles eram *tão* bons?

A mãe agarrou seu braço e ela estremeceu. As mãos da mãe estavam sempre frias como as de um cadáver.

— Estamos tão orgulhosos de você, Spence!

Spencer não conseguia controlar os músculos em volta da boca. Ela tinha que esclarecer aquilo tudo antes que a coisa piorasse.

— Mãe, eu não posso...

Mas a sra. Hastings não estava escutando.

— Eu já telefonei para a Jordana, do jornal *Philadelphia Sentinel*. Você se lembra da Jordana? Ela costumava usar os cavalos de nossos estábulos para fazer aulas de equitação. De qualquer forma, ela está empolgada. Ninguém desta região jamais havia sido indicado. Ela quer escrever um artigo sobre você!

Spencer piscou. Todo mundo lia o *Philadelphia Sentinel*.

— A entrevista e a sessão de fotos já estão marcadas. — A sra. Hastings fez um movimento rápido, erguendo sua enorme bolsa colorida da Tod e balançando as chaves do carro. – Quarta-feira, depois da escola. Eles vão providenciar um estilista. Tenho certeza de que Uri irá cuidar de seus cabelos.

Spencer estava com medo de olhar a mãe nos olhos, então, fixou o olhar na pilha de revistas da sala de espera – uma coleção de revistas como *New Yorker* e *The Economist*, e um grande livro de contos de fadas que oscilava em cima de uma pilha de Lego. Ela não podia contar para a mãe que tinha roubado o trabalho – não agora. E não era como se ela fosse ganhar o Orquídea Dourada, de qualquer forma. Centenas de pessoas eram indicadas, das melhores escolas de todo o país. Era bem provável que ela não passasse nem na primeira seleção.

– Está ótimo – declarou Spencer, às pressas.

A mãe saiu da sala de espera. Spencer fez uma pausa por um momento, hipnotizada pelo lobo da capa do livro de contos de fadas. Ela tivera um igual quando pequena. O lobo estava usando camisola e touca, olhando de esguelha para uma inocente Chapeuzinho Vermelho loura. A imagem costumava fazer com que Spencer tivesse pesadelos.

Melissa limpou a garganta. Quando Spencer ergueu o olhar, a irmã a estava encarando.

– Parabéns, Spence – disse Melissa, calma – O Orquídea Dourada. Isso é bem importante.

– Obrigada – agradeceu Spencer, sem pensar. Havia uma expressão sinistramente familiar no rosto de Melissa. E, então, Spencer se deu conta: Melissa estava igualzinha ao Lobo Mau.

2

APENAS OUTRO DIA CHEIO DE TENSÃO SEXUAL EM INGLÊS AVANÇADO

Aria Montgomery sentou-se para a aula de inglês na segunda de manhã, bem na hora em que o ar lá fora começou a cheirar a chuva. O amplificador rangeu, e todos na classe olharam para o pequeno alto-falante no teto.

— Olá, galera! Aqui é a Spencer Hastings, sua vice-representante de turma! — a voz de Spencer soou alta e clara. Ela parecia desenvolta e confiante, como se tivesse feito um curso de oratória. — Quero lembrar a todos que os Rosewood Hammerheads vão competir com os Eels, a equipe de natação da Drury Academy. É a maior competição da temporada, então, vamos todos mostrar espírito de equipe e aparecer lá para apoiar o time! — Houve uma pausa. — Uhul!!

Uma parte da sala saiu. Aria sentiu um calafrio de desconforto. Apesar de tudo o que havia acontecido — o assassinato de Alison, o suicídio do Toby, A — Spencer era a presidente ou a vice de todos os clubes e associações que havia por ali. Mas, para Aria, a animação de Spencer soava... falsa. Ela tinha visto um lado de Spencer que as outras não conheciam. Spencer sabia há anos que Ali tinha ameaçado Toby Cavanaugh para mantê-lo calado sobre o acidente da Jenna, e Aria não podia perdoá-la por esconder delas um segredo tão perigoso.

— Muito bem, turma — disse Ezra Fitz, o professor de inglês avançado de Aria. Ele continuou a escrever *A Letra Escarlate* na lousa com sua caligrafia angular e, então, sublinhou quatro vezes as palavras.

— Na obra prima de Nathaniel Hawthorne, Hester Prynne trai seu marido, e a cidade a força a usar um enorme, vermelho e constrangedor *A* em seu peito, como lembrança do que ela havia feito. — O sr. Fitz virou-se para a turma e empurrou seus óculos para cima do nariz curvado. — Alguém se lembra de outras histórias que tenham como tema a desonra? Sobre pessoas que são ridicularizadas ou expulsas por seus erros?

Noel Kahn levantou a mão e seu relógio Rolex de corrente escorregou pelo pulso.

— Pode ser aquele episódio do *The Real World* no qual os colegas da república votaram para a menina bizarra ir embora?

A sala toda riu, e o sr. Fitz pareceu perplexo.

— Pessoal, esta é, supostamente, uma aula de inglês avançado. — O professor se virou para fileira de Aria: — Aria? E você? Alguma ideia?

Aria hesitou. Sua vida era um bom exemplo. Não muito tempo atrás, ela e sua família viviam harmoniosamente na Islândia, Alison não estava oficialmente morta e A não existia. Mas, então, numa horrível sucessão de eventos que começara seis semanas antes, Aria voltou para a escola de Rosewood, o corpo de Ali foi encontrado embaixo da laje de concreto atrás da casa onde ela morava, e A revelou o grande segredo da família Montgomery: que o pai de Aria, Byron, havia traído sua mãe, Ella, com uma de suas alunas, Meredith. Essa revelação foi um golpe para Ella, que imediatamente colocou Byron para fora de casa. O fato de Ella ter descoberto que Aria guardou o segredo sobre Byron por três anos não ajudou muito. A relação entre mãe e filha não andava exatamente as mil maravilhas desde então.

Claro, poderia ter sido pior. Aria não tinha recebido nenhum texto de A nas últimas três semanas. Embora Byron supostamente estivesse morando com Meredith, pelo menos Ella havia voltado a falar com Aria. E Rosewood não tinha sido invadida por alienígenas ainda, embora, depois de todas as coisas estranhas que aconteceram naquela cidade, Aria não teria ficado surpresa se isso tivesse acontecido.

– Aria? – insistiu Fitz. – Alguma ideia?

Mason Byers veio em socorro de Aria:

– Que tal a história de Adão e Eva com a serpente?

– Ótimo – elogiou o professor, distraído. Os olhos dele ficaram pousados em Aria por um momento antes de seguir para outro lugar. Aria sentiu uma sensação quente de excitação. Ela tinha ficado com o sr. Fitz – Ezra – no Snooker, um bar frequentado pelo pessoal da universidade, antes que qualquer um dos dois soubesse que ele seria seu novo professor de inglês avançado. Foi ele quem terminou com ela e, logo depois, Aria descobriu que ele tinha uma namorada em Nova York. Mas ela não guardou mágoa. As coisas iam bem com seu novo namorado, Sean Ackard, que era um doce e, por acaso, também era bonito.

Além do mais, Ezra era o melhor professor de inglês que ela já tivera. No primeiro mês de aula, ele já havia indicado quatro livros incríveis e encenado uma comédia baseada em *The Sandbox*, de Edward Albee. Em breve, a classe iria fazer uma interpretação de *Medeia* – a peça grega na qual a mãe mata os próprios filhos, no estilo *Desperate Housewives*. Ezra queria que eles pensassem fora dos padrões, e fora dos padrões era o forte de Aria. Agora, em vez de chamá-la de "Finlândia", seu colega de classe Noel Kahn tinha dado a ela um novo apelido: "Queridinha do Professor". Era bom estar animada com a escola de novo, apesar de tudo, e às vezes ela nem se lembrava que as coisas com Ezra tinham sido complicadas um dia.

Até que ele lhe lançou um sorriso sedutor, claro. Então, Aria não pôde evitar a empolgação. Mesmo que tenha sido uma empolgaçãozinha.

Hanna Marin, que sentava bem em frente a Aria, levantou a mão.

– Pode ser aquele livro em que duas garotas são as melhores amigas, mas então, de repente, uma delas fica *malévola* e rouba o namorado da outra?

Ezra coçou a cabeça.

– Desculpe... eu não acho que tenha lido esse livro.

Aria cerrou os punhos. *Ela* sabia o que Hanna quisera dizer.

– Pela *última vez*, Hanna, eu não roubei o Sean de você! Vocês... dois... já... tinham... terminado!

A sala inteira explodiu numa gargalhada. Os ombros de Hanna ficaram rígidos.

– Alguém é muito egocêntrica – murmurou ela para Aria, sem se virar. – Quem disse que eu estava falando de *você*?

Mas Aria sabia que ela estava. Quando Aria voltou da Islândia, ficou impressionada ao ver que Hanna tinha mudado da escrava gorducha e desengonçada de Ali, para uma deusa magra, bonita, que usava roupas de alta-costura. Parecia que Hanna tinha tudo que sempre quisera: ela e sua melhor amiga, Mona Vanderwaal — também uma esquisitona transformada — mandavam na escola, e Hanna tinha até conseguido ficar com Sean Ackard, o menino de quem ela era a fim desde o sexto ano. Aria só tinha dado em cima de Sean depois de ouvir que Hanna o tinha largado. Mas ela logo descobriu que havia sido o contrário.

Aria tinha esperança de que ela e suas antigas amigas pudessem ser um grupo unido outra vez, especialmente porque todas tinham recebido mensagens de A. Mas elas não estavam nem se falando — as coisas tinham voltado para o mesmo ponto em que estavam naquelas semanas estranhas e cheias de preocupação, depois do desaparecimento de Ali. Aria nem tinha contado a elas o que A fizera à sua família. A única ex-amiga com quem Aria ainda tinha algum contato era Emily Fields, mas suas conversas, na maioria das vezes, giravam em torno das lamentações de Emily sobre se sentir culpada pela morte de Toby, até que Aria tinha finalmente insistido que não era culpa dela.

— Bem, de qualquer forma — Ezra colocou cópias de *A Letra Escarlate* na frente de cada fileira, para que os livros fossem distribuídos —, quero que todos leiam do capítulo um ao cinco essa semana e façam um trabalho de três páginas sobre qualquer assunto que tenham encontrado no começo do livro para sexta-feira. Certo?

Todos grunhiram e começaram a conversar. Aria colocou o livro dentro da sua bolsa de pelo de iaque. Hanna estendeu o braço para pegar sua bolsa do chão. Aria tocou o braço fino e branquinho de Hanna.

– Olha, eu sinto muito. De verdade.

Hanna puxou o braço, apertou os lábios e, sem falar nada, enfiou seu *A Letra Escarlate* na bolsa. Ele ficou entalado, e ela grunhiu de frustração.

Começou a tocar música clássica no alto-falante, indicando que a aula havia acabado. Hanna se levantou como se a carteira estivesse pegando fogo. Aria levantou-se lentamente, guardando a caneta e o caderno na bolsa e encaminhando-se para a porta.

– Aria.

Ela se virou. Ezra estava debruçado em sua mesa de carvalho com sua velha maleta de couro cor de caramelo apertada contra o quadril.

– Tudo bem? – perguntou ele.

– Desculpe por tudo isso – disse ela. – Hanna e eu estamos temos algumas desavenças. Não acontecerá novamente.

– Sem problemas. – Ezra abaixou sua caneca de chá. – Todo o *resto* está bem?

Aria mordeu o lábio e pensou em contar a ele o que estava acontecendo. Mas, por quê? Pelo que ela sabia, Ezra era um fraco, como seu pai. Se ele realmente tinha uma namorada em Nova York, então ele a havia traído ao ficar com Aria.

– Está tudo bem – ela conseguiu dizer.

– Bom. Você está fazendo um ótimo trabalho na aula. – Ele sorriu, mostrando dois dos dentes inferiores, adoravelmente encavalados.

– Sim. Eu estou gostando muito. – Aria deu um passo em direção à porta. Mas, ao fazê-lo, tropeçou nas suas botas de saltos finos superaltos, indo parar na mesa de Ezra. Ezra segurou a cintura dela e a puxou para cima... e para perto dele. O corpo dele era quente e seguro, e ele cheirava bem – a pimenta em pó, cigarro e livros velhos.

Aria se afastou depressa.

– Você está bem? – perguntou Ezra.

– Sim. – Ela se ocupou arrumando o blazer do uniforme da escola. – Desculpe.

– Não tem problema. – Ezra enfiou as mãos nos bolsos da jaqueta. – Então... até mais.

– Sim. Até logo.

Aria saiu da sala com a respiração acelerada. Talvez ela estivesse louca, mas estava certa de que Ezra a havia segurado um segundo a mais do que o necessário. E ela tinha certeza de que havia gostado.

3

NÃO EXISTE PUBLICIDADE NEGATIVA

Durante o tempo livre na segunda-feira de manhã, Hanna Marin e sua melhor amiga, Mona Vanderwaal, estavam sentadas num canto da Steam, o café de Rosewood Day, fazendo o que sabiam fazer melhor: fofocando sobre pessoas que não eram tão fabulosas quanto elas.

Mona cutucou Hanna com a ponta do seu biscoito coberto de chocolate. Para Mona, comida era mais um acessório do que algo com que se alimentar.

— Jennifer Feldman tem umas toras, não tem?

— Pobrezinha. — Hanna fingiu sentir pena. *Toras* era o termo que Mona usava para pernas grossas: coxas sólidas e sem forma, e canelas sem linhas dos joelhos ao tornozelo.

— E os pés dela parecem salsichas estufadas brotando dos calcanhares! — gralhou Mona.

Hanna deu uma olhada quando Jennifer, que estava no time de mergulho, pendurou um cartaz na parede dos fundos da cafeteria, onde se lia COMPETIÇÃO DE NATAÇÃO AMANHÃ! ROSEWOOD DAY HAMMERHEADS CONTRA DRURY

ACADEMY EELS! Os tornozelos dela *eram mesmo* horrorosamente grossos.

— É nisso que dá meninas com tornozelos gordos tentarem usar Louboutins — suspirou Hanna. Ela e Mona eram as sílfides de tornozelo fino para as quais sapatos de Christian Louboutin eram feitos, obviamente.

Mona tomou um grande gole do seu Americano e sacou sua carteira-diário, da Gucci, da bolsa Botkier cor de beringela. Hanna acenou com a cabeça, em sinal de aprovação. Elas tinham outras coisas para fazer naquele dia, além de criticar as pessoas, como planejar não uma, mas duas festas: uma para elas duas, e a segunda para o resto da elite de Rosewood Day.

— Primeiro as prioridades. — Mona destampou a caneta. — O Amiganiversário. O que nós deveríamos fazer esta noite? Compras? Massagem? Jantar?

— Tudo — respondeu Hanna. — E nós temos mesmo que passar na Otter, sem falta. — Otter era uma nova butique de alta classe no shopping.

— Eu estou *amando* a Otter — concordou Mona.

— Onde a gente deve jantar? — perguntou Hanna.

— Rive Gauche, claro — Mona falou por cima do estrondo do moedor de café.

—Você está certa. Eles, definitivamente, vão nos dar vinho.

— Será que nós deveríamos convidar os meninos? — Os olhos azuis de Mona brilharam. — Eric Kahn sempre me chama para sair. Talvez o Noel pudesse ser seu par?

Hanna franziu a testa. Apesar de ser bonito, muitíssimo rico e parte do supersexy clã dos irmãos Kahn, Noel não fazia nem um pouco o seu tipo.

– Sem meninos – decidiu. – Embora seja muito legal esse negócio do Eric.

– Este vai ser um fabuloso Amiganiversário. – Mona deu um sorriso tão largo que suas covinhas apareceram. – Você consegue acreditar que é o nosso *terceiro*?

Hanna sorriu. O Amiganiversário marcava o dia em que Hanna e Mona tinham falado no telefone por três horas e meia – o indicador óbvio de que eram melhores amigas. Embora elas se conhecessem desde o jardim da infância, nunca tinham conversado antes do teste para líder de torcida, algumas semanas antes do primeiro dia do oitavo ano. Naquela época, Ali estava desaparecida havia dois meses e as velhas amigas de Hanna haviam se tornado muito distantes, então ela decidira dar uma chance a Mona. Valeu a pena – Mona era engraçada, sarcástica, e apesar de sua queda por mochilas de animais e scooters Razor, ela devorava a *Vogue* e a *Teen Vogue* em segredo, tão apaixonadamente quanto Hanna. Em algumas semanas, elas decidiram ser melhores amigas e transformar-se nas meninas mais conhecidas da escola. E olha só. Agora elas eram.

– Agora, para o grande plano. – Mona virou outra página do caderno. – Festa de dezessete anos. – Ela cantou o tema de abertura do programa da MTV *My Super Sweet Sixteen*.

– Vai ser demais – disse Hanna.

O aniversário de Mona era naquele sábado, e ela já tinha quase todos os detalhes da festa arranjados. Ia ser no planetário da Hollis, onde havia telescópios em todos os cômodos, até mesmo nos banheiros. Tinha contratado um DJ, bufê, uma escola de circo – de forma que os convidados poderiam balançar em trapézios, acima da pista de dança –, bem como um cinegrafista, que iria filmar a festa e simultaneamente projetar as imagens num telão Jumbotron. Mona havia informado nos convites que os convidados deveriam vestir apenas roupas formais e que, se alguém aparecesse usando jeans ou camisetas da Juicy, os seguranças iam mandá-los embora sem muita educação.

— Então, eu estava pensando... — Mona enfiou um guardanapo dentro da xícara de café vazia. — É meio de última hora, mas eu vou ter uma corte.

— Uma corte? — Hanna levantou uma das sobrancelhas perfeitamente feita.

— É uma desculpa para comprar aquele vestido Zac Posen fabuloso pelo qual você vive babando na Saks. A prova é amanhã. E vamos usar tiaras e fazer os meninos se curvarem para nós.

Hanna segurou uma gargalhada.

— Nós não vamos fazer uma dança de abertura, né? — Ela e Mona tinham ido à festa de dezesseis anos de Julia Rubenstein, no ano anterior, na qual Julia fizera com que as meninas que compunham sua corte dançassem uma coreografia com um monte de modelos da D-list. O parceiro de dança de Hanna cheirava a alho e tinha logo perguntado a ela se queria se encontrar com ele na chapelaria mais tarde. Ela passara o resto da festa fugindo dele.

Mona tirou sarro, quebrando seu biscoito em pedacinhos menores.

— Eu faria uma coisa brega como essa?

— Claro que não. — Hanna apoiou o queixo nas mãos. — Então, eu sou a única menina na corte, certo?

Mona revirou os olhos.

— *Claro.*

Hanna deu de ombros.

— Quer dizer, eu não sei quem mais você poderia escolher.

— Nós só precisamos arranjar um acompanhante para você.

— Mona colocou um minúsculo pedaço de biscoito na boca.

— Não quero que seja ninguém de Rosewood Day — disse Hanna rapidamente. — Talvez eu convide alguém da Hollis. E eu quero ter mais de um acompanhante. — Os olhos dela se acenderam. — Eu poderia ter um monte de rapazes me carregando para todos os lados a noite toda, como Cleópatra.

Mona cumprimentou-a batendo a palma da mão na dela.

— *Agora* sim.

Hanna mastigou a ponta do canudinho.

— Será que o Sean vai?

— Não sei. — Mona levantou uma das sobrancelhas. — Você já superou isso, certo?

— Claro. — Hanna jogou o cabelo ruivo para trás. A amargura ainda pulsava dentro dela quando pensava em como Sean a tinha largado pela senhorita Aria Montgomery sou-alta-demais-e-sou-uma-aluna-de-inglês-puxa-saco-e-acho-que-sou-gostosa-porque-morei-na-Europa, mas não importa. Sean é quem estava perdendo. Agora que os meninos sabiam que ela estava sozinha, a caixa de mensagem do BlackBerry de Hanna apitava com convites para encontros potenciais a cada poucos minutos.

— Bom — falou Mona. — Porque você é gostosa *demais* para ele, Han.

— Eu sei — observou Hanna com sarcasmo, e elas fizeram outro high five. Hanna se recostou na cadeira, sentindo uma sensação cálida e segura de bem-estar. Era difícil de acreditar que as coisas haviam estado esquisitas entre ela e Mona, um mês antes.

Imagine, Mona pensar que Hanna queria ser amiga de Aria, de Emily e de Spencer, em vez de amiga dela!

Tudo bem, Hanna *tinha mesmo* escondido coisas de Mona, embora ela já tivesse confessado a maioria delas: que de vez em quando ela vomitava, o problema com o pai, suas duas prisões, o fato de que ela tinha tirado a roupa para Sean na festa do Noel Kahn e que ele a rejeitara. Ela havia contado tudo, preocupada que Mona pudesse repudiá-la por ter segredos tão horríveis, mas Mona tinha levado tudo na boa. Ela disse que toda diva se metia em encrenca de vez em quando, e Hanna decidiu que havia apenas exagerado. E daí que ela não estava mais com o Sean? E daí que ela não falava com o pai desde a Foxy? E daí que ela ainda era voluntária na clínica de queimados do sr. Ackard para se redimir por ter destruído o carro dele? E daí que suas duas piores inimigas, Naomi Zeigler e Riley Wolfe, sabiam de seus problemas com excessos e tinham espalhado rumores sobre ela pela escola? Ela e Mona ainda estavam juntas, e A tinha parado de persegui-la.

Os alunos começaram a sair da cafeteria, o que significava que o tempo livre estava prestes a terminar. Quando Hanna e Mona passaram pela saída, Hanna se deu conta de que elas estavam se aproximando de Naomi e Riley, que estavam escondidas atrás da gigante máquina giratória de Frappuccino. Hanna fechou a boca e tentou manter a cabeça erguida.

— *Baaaaarf* — silvou Naomi no ouvido de Hanna, quando ela passou.

— *Iaaaaac* — provocou Riley bem atrás dela.

— Não ligue para elas, Han — disse Mona, bem alto. — Elas estão loucas da vida porque você cabe naquela calça jeans Rich and Skinny da Otter, e elas não.

— Tudo bem. — Hanna empinou levemente o nariz. — Além disso, pelo menos eu não tenho mamilos invertidos.

A boca de Naomi ficou pequena e tensa.

— Isso foi por causa do *sutiã* que eu estava usando — disse ela, entre os dentes. Hanna tinha visto os mamilos invertidos de Naomi quando elas estavam se trocando para a aula de ginástica na semana anterior. Talvez fosse apenas por causa do sutiã esquisito que ela estava usando, mas sabe de uma coisa? vale tudo no amor e na guerra para ser popular.

Por sobre o próprio ombro, Hanna deu uma olhada orgulhosa e condescendente para Naomi e Riley. Ela se sentiu como uma rainha esnobando duas empregadinhas sujas. E ver que Mona estava dando exatamente o mesmo olhar a elas garantiu a Hanna grande satisfação. Era para isso que melhores amigas serviam, afinal de contas.

4

NÃO É DE ADMIRAR QUE A MÃE DE EMILY SEJA TÃO DURONA

Emily Fields nunca treinava no dia anterior a uma competição, então foi direto para casa depois da aula e notou três coisas apoiadas na bancada de granito da cozinha. Havia duas toalhas de piscina Sammy azuis para Emily e sua irmã Carolyn, bem a tempo para a grande competição contra a Drury no dia seguinte... e havia também um livro intitulado *Não é justo – o que fazer quando você perde seu namorado*. Um recado num *post-it* estava afixado na capa:

> Emily,
> Pensei que você poderia achar útil.
> Volto às seis.
> – Mamãe.

Emily virou as páginas, distraída. Não muito tempo depois de o corpo de Alison ter sido encontrado, a mãe de Emily começara a surpreendê-la com pequenos presentinhos para alegrá-la, como um livro chamado *1001 coisas para fazê-la sorrir*, um conjunto enorme de lápis de cor Prismacolor, uma morsa de pelúcia, pois Emily era obcecada por morsas quando era mais nova. Depois do suicídio do Toby, entretanto, sua mãe tinha apenas dado um monte de livros de autoajuda. A senhora Fields parecia achar que a morte do Toby tinha sido mais difícil para Emily do que a de Ali – provavelmente porque pensava que Emily estava namorando Toby.

Emily afundou na cadeira da cozinha e fechou os olhos. Namorado ou não, a morte de Toby *estava mesmo* assombrando-a. Toda noite, enquanto se olhava no espelho ao escovar os dentes, imaginava ver Toby parado atrás dela. Não conseguia evitar pensar na noite desastrosa em que ele a tinha levado à Foxy. Emily havia contado a Toby que tinha se apaixonado por Alison, e Toby admitira que estava feliz por Ali estar morta. Naquela hora, Emily teve certeza de que Toby era o assassino de Ali e ameaçara chamar a polícia. Quando percebeu como estivera errada, era tarde demais.

Emily ouviu os pequenos rangidos da casa vazia. Ela se levantou, pegou o telefone sem fio na bancada e digitou um número. Maya atendeu no primeiro toque.

– Carolyn está na Topher – disse Emily, em voz baixa. – Minha mãe está na reunião de pais. Nós temos uma hora inteirinha.

– No riacho? – sussurrou Maya.

– Sim.

– Seis minutos – declarou Maya. – Cronometre.

Emily levou dois minutos para sair pela porta dos fundos, correr pelo quintal vasto e escorregadio e se embrenhar no bosque até o riacho escondido. Perto da água, havia uma pedra lisa e plana, perfeita para duas meninas se sentarem. Ela e Maya haviam descoberto esse lugar secreto no riacho duas semanas atrás, e se escondiam ali sempre que podiam.

Em cinco minutos e 45 segundos, Maya apareceu por entre as árvores. Estava linda, como sempre, usava sua camiseta branca lisa, uma minissaia rosa e um tênis Puma vermelho. Embora fosse outubro, fazia quase treze graus. Ela tirou o cabelo do rosto, deixando à mostra sua pele cor de caramelo, impecável.

– Oi – gritou Maya, um pouco sem fôlego. – Menos de seis minutos?

– Quase – provocou Emily.

As duas pularam na pedra. Por um segundo, nenhuma das duas falou. Era tão mais quieto ali no bosque do que na rua. Emily tentou não pensar em como tinha fugido de Toby por aquele mesmo bosque, algumas semanas antes. Em vez disso, se concentrou no modo como a água espirrava sobre as pedras e em como as folhas das árvores começavam a ficar alaranjadas nas pontas. Ela tinha uma superstição sobre a grande árvore que ela mal conseguia divisar da beirada de seu quintal: se suas folhas ficassem amarelas no outono, ela teria um bom ano na escola. Caso ficassem vermelhas, não teria. Mas, naquele ano, as folhas estavam alaranjadas – isso significaria um mais ou menos? Emily tinha todos os tipos de superstições. Acreditava que o mundo estava repleto de sinais. Nada era aleatório.

– Senti sua falta – sussurrou Maya no ouvido de Emily. – Não vi você na escola hoje.

Um estremecimento percorreu o corpo de Emily quando os lábios de Maya mordiscaram o lobo de sua orelha. Ela mudou de posição na pedra, movendo-se para mais perto de Maya.

— Eu sei. Fiquei procurando você.

—Você sobreviveu ao laboratório de biologia? — perguntou Maya, enroscando seu dedinho no de Emily.

— Uhum. — Emily passou os dedos pelo braço de Maya. — Como foi sua prova de história?

Maya enrugou o nariz e balançou a cabeça.

— Isso ajuda? — Emily deu um beijinho em Maya.

— Você vai ter que se esforçar mais para eu me sentir melhor — disse Maya, sedutora, baixando seus olhos verdes de gato e estendendo a mão para Emily.

Elas decidiram tentar o seguinte: sentar juntas, saindo sempre que possível, se tocando, se beijando. Por mais que Emily tentasse apagar Maya de sua vida, não conseguia. Maya era maravilhosa, não como seu último namorado, Ben — nada parecida, de fato, com qualquer garoto com quem ela já tivesse saído. Havia algo reconfortante sobre estar ali no riacho, com ela ao lado. Elas não estavam apenas *juntas* — eram também melhores amigas. Era assim que um casal deveria ser.

Quando elas se soltaram, Maya tirou o tênis e enfiou um dedão no riacho.

— Nós voltamos para nossa casa ontem.

Emily prendeu a respiração. Depois que os pedreiros tinham achado o corpo de Ali no novo quintal de Maya, os St. Germain haviam se mudado para um hotel, para fugir da mídia.

— É... estranho?

— Normal. — Maya deu de ombros. — Ah, mas ouve esta. Tem um perseguidor à solta por aí.

– O *quê?*

– Sim, um vizinho estava contando para minha mãe sobre ele esta manhã. Alguém correndo pelos quintais das pessoas, espiando pelas janelas.

O estômago de Emily começou a doer. Isso também a fazia se lembrar de Toby: quando estavam no sexto ano, ele era um garoto estranho, que espiava pela janela de todo mundo, especialmente pela de Ali.

– Um cara? Uma menina?

Maya balançou a cabeça.

– Não sei. – Ela assoprou a franja encaracolada para cima. – Esta cidade... eu juro por Deus. É o lugar mais estranho do mundo.

–Você deve sentir falta da Califórnia – disse Emily baixinho, parando para olhar um bando de pássaros levantar voo de um carvalho próximo.

– Nem um pouco, na verdade. – Maya tocou a cintura de Emily. – Não há Emilys na Califórnia.

Emily inclinou-se para a frente e beijou Maya suavemente na boca. Elas ficaram com os lábios colados por cinco longos segundos. Ela beijou a orelha de Maya. Depois Maya beijou seu lábio inferior. Elas se afastaram e sorriram, o sol da tarde formava belos padrões nas bochechas delas. Maya beijou o nariz de Emily, depois sua têmpora, depois seu pescoço. Emily fechou os olhos, e Maya beijou suas pálpebras. Ela respirou fundo. Maya passou seus delicados dedos pela beirada do queixo de Emily; parecia que milhões de borboletas estavam batendo as asas em sua pele. Por mais que ela tentasse convencer a si mesma de que estar com Maya era errado, era a única coisa que parecia certa.

Maya se afastou.

– Então, tenho uma proposta para você.

Emily sorriu, satisfeita.

– Uma proposta. Parece *sério*.

Maya enfiou as mãos nas mangas.

– Que tal fazermos as coisas de forma mais aberta?

– Aberta? – repetiu Emily.

– Sim. – Maya passou um dos dedos para cima e para baixo no braço de Emily, causando-lhe arrepios. Emily podia sentir o cheiro do chiclete de banana de Maya, um cheiro que ela agora achava intoxicante.

– Quer dizer que nós ficaríamos juntas *dentro* de sua casa. Nós ficaríamos juntas na escola. Nós... eu não sei. Eu sei que você não está pronta para, tipo, assumir isso, Em, mas é difícil passar todo o nosso tempo juntas nesta pedra. O que vai acontecer quando ficar frio?

– Nós viremos aqui usando roupas para neve – brincou Emily.

– É sério.

Emily olhou enquanto um vento forte fez os galhos das árvores balançarem. O ar de repente ficou com cheiro de folhas queimadas. Ela não podia convidar Maya para entrar em sua casa porque sua mãe tinha deixado claro que não queria que Maya e Emily fossem amigas... por razões terríveis, quase-definitivamente racistas. Mas Emily não ia contar isso *a Maya*.

E quanto ao outro assunto – assumir –, a resposta era não. Ela fechou os olhos e pensou na foto que A tinha enviado a ela, há algum tempo – uma na qual Emily e Maya estavam se beijando na cabine fotográfica, na festa de Noel Kahn. Ela estremeceu. Não estava pronta para que as pessoas soubessem.

— Desculpe, eu sou lenta — disse Emily. — Mas isso é tudo que posso aguentar agora.

Maya suspirou.

— Tudo bem — disse ela, baixinho. — Eu vou ter que me adaptar.

Emily olhou para a água. Dois peixes prateados nadavam bem juntinhos. Quando um virava, o outro virava também. Eles eram como os casais que se beijavam no corredor da escola e praticamente paravam de respirar quando estavam separados. Pensar que ela e Maya poderiam *nunca* ser um desses casais a deixou um pouco triste.

— Então, nervosa por causa da competição de natação amanhã?

— Nervosa? — Emily franziu a testa.

— Todo mundo vai estar lá.

Emily deu de ombros. Ela já tinha competido em eventos maiores que aquele. Havia até equipes de filmagem na competição nacional no ano passado.

— Não estou preocupada.

— Você é mais corajosa que eu. — Maya enfiou o tênis de volta no pé.

Mas Emily não estava tão certa disso. Maya parecia corajosa em todas as áreas — ela ignorava as regras que obrigavam os alunos a usar uniforme em Rosewood Day e aparecia de jaqueta jeans branca todo dia. Ela fumava maconha na janela do seu quarto enquanto seus pais estavam fazendo compras. Ela cumprimentava pessoas que não conhecia. Nesse aspecto era como Ali — totalmente destemida. Que provavelmente era a razão pela qual Emily tinha se apaixonado pelas duas.

E Maya era corajosa quanto a tudo isso – o que ela era de verdade, o que ela queria, e com quem ela queria estar. Ela não ligava se as pessoas descobrissem. Maya queria estar com Emily, e nada iria detê-la. Talvez algum dia Emily pudesse ser tão corajosa quanto Maya. Mas se dependesse dela, isso seria algum dia dali a muito, muito tempo.

5

ARIA SE DEDICA A REENCENAR OBRAS LITERÁRIAS

Aria se empoleirou no para-choque traseiro do Audi de Sean, dando uma olhada em sua peça favorita de Jean-Paul Sartre, *Sem Saída*. Era a segunda-feira depois da escola, e Sean disse que daria a ela uma carona para casa, depois que pegasse alguma coisa no escritório do técnico de futebol... só que ele estava demorando um tempo absurdo. Quando ela virou a página para o segundo ato, um grupo de meninas típicas de Rosewood Day, loiras, quase idênticas, de pernas compridas, usando bolsonas de couro também parecidas, entrou no estacionamento de estudantes e olhou de cara feia para ela. Aparentemente, as botas de plataforma de Aria e seu gorro de tricô com cobertura de orelha indicavam que ela era uma pessoa abominável.

Aria suspirou. Estava se esforçando bastante para se ajustar a Rosewood Day, mas não era fácil. Ainda se sentia uma boneca Bratz livre-pensadora esquisita, usando calça de couro artificial num mar de Lindas Princesinhas da Escola da Barbie.

— Você não deveria sentar no para-choque desse jeito — comentou uma voz atrás dela, fazendo Aria pular. — Pode estragar a suspensão.

Aria se virou. Ezra estava a alguns centímetros dela. O cabelo castanho estava espetado em picos bagunçados e o blazer ainda mais amassado do que pela manhã.

— Eu pensei que tipos literários não entendiam coisa alguma sobre carros — brincou ela.

— Eu sou cheio de surpresas. — Ezra lhe lançou um sorriso sedutor. Ele enfiou a mão na maleta de couro surrada. — Na verdade, tenho uma coisa pra você. É um trabalho sobre *A Letra Escarlate*, questionando se adultério não seria, em algumas situações, permissível.

Aria pegou as páginas xerocadas dele.

— Não acho que adultério seja permissível ou desculpável — disse ela suavemente. — *Nunca*.

— Nunca é tempo demais — murmurou Ezra. Ele estava tão próximo que Aria podia ver as rajadas de azul-escuro em seus olhos azul-claros.

— Aria? — Sean estava bem ao lado dela.

— Oi! — gritou Aria, surpresa. Ela pulou para longe de Ezra, como se ele estivesse carregado de eletricidade. — Você... você já terminou?

— Já — respondeu Sean.

Ezra deu um passo à frente.

— Oi, Sean, não é? Eu sou Ez... quer dizer, senhor Fitz, o novo professor de inglês avançado.

Sean o cumprimentou com um aperto de mão.

— Sou da turma de inglês regular. Sou o namorado de Aria.

Uma sombra de algo — desapontamento, talvez — passou pelo rosto de Ezra.

— Legal — balbuciou ele. — Você joga futebol, certo? Parabéns pela vitória da semana passada.

— Isso aí — assentiu Sean, modesto. — Estamos com um bom time este ano.

— Legal — repetiu Ezra. — Muito legal.

Aria sentiu que deveria explicar para Ezra por que ela e Sean estavam juntos. Claro, ele era um típico menino de Rosewood, mas, na verdade, era muito mais profundo. Aria se conteve. Não devia nenhuma explicação a Ezra. Ele era seu *professor*.

— Nós temos que ir — disse ela abruptamente, pegando no braço de Sean. Queria sair dali antes que um deles a constrangesse. E se Sean cometesse um erro gramatical? E se Ezra deixasse escapar que eles tinham ficado juntos? Ninguém em Rosewood sabia disso. Ninguém, exceto A.

Aria sentou-se no banco do carona, sentindo-se desconfortável. Ansiava por alguns minutos de privacidade para se recompor, mas Sean sentou-se no banco do motorista bem perto dela e beliscou sua bochecha.

— Senti sua falta hoje — confessou ele.

— Eu também — disse Aria, automaticamente, com a voz presa na garganta. Ao olhar pela janela lateral, viu Ezra no estacionamento dos professores, entrando em seu Fusca velho e surrado. Ele tinha colocado um novo adesivo no para-choque — ECOLOGIA ACONTECE — e parecia que tinha lavado o carro no final de semana. Não que ela estivesse reparando nele obsessivamente ou algo assim.

Enquanto Sean esperava outros estudantes saírem da frente dele, acariciou seu queixo bem barbeado e brincou com a gola da camiseta polo Penguin. Caso Sean e Ezra fossem poemas, Sean seria um haicai – arrumado, simples, bonito. Ezra seria um bagunçado *Sonhos Febris*, de William Burroughs.

– Quer sair mais tarde? – perguntou Sean. – Jantar? Dar uma volta com Ella?

– Vamos sair – decidiu Aria. Era tão meigo Sean gostar de sair com Ella e Aria. Os três tinham até assistido juntos a um DVD do Truffaut, da coleção de Ella, apesar do fato de Sean dizer que realmente não entendia filmes franceses.

– Um dia desses, você tem que conhecer minha família. – Sean finalmente saiu do estacionamento de Rosewood atrás de um SUV Acura.

– Eu sei, eu sei. – Aria ficava nervosa ao pensar em conhecer a família de Sean. Tinha ouvido que eles eram muito ricos e superperfeitos. – Em breve.

– Bem, o treinador quer que o time vá àquela grande competição de natação amanhã, para dar apoio à escola. Você vai assistir à Emily, certo?

– Claro – respondeu Aria.

– Bem, talvez na quarta-feira, então? Jantar?

– Talvez.

Quando eles entraram na rua cercada de árvores que ladeava Rosewood Day, o Treo de Aria vibrou. Ela o pegou, nervosa – seu joelho tremia toda vez que recebia uma mensagem, que poderia ser de A, apesar de que, aparentemente, A tinha desaparecido. A nova mensagem, entretanto, era de um número desconhecido com código 484, da área leste da

Pensilvânia. As mensagens de A sempre vinham com o remetente bloqueado. Ela clicou em LER.

Aria: Precisamos conversar. Podemos nos encontrar do lado de fora do prédio de artes da Hollis, hoje, às 16h30? Estarei no campus, esperando Meredith terminar de dar aula. Adoraria conversar com você. – Seu pai, Byron.

Aria olhou para a tela, desgostosa. Aquilo era perturbador em muitos níveis. Um, seu pai agora tinha um telefone celular? Por anos, ele os havia evitado, dizendo que davam câncer no cérebro. Dois, ele tinha mandado um *torpedo* para ela – o que viria depois, um perfil no MySpace?

E três... a mensagem em si. Especialmente aquela especificidade de: *Seu pai*, no final. Ele pensava que ela tinha esquecido quem ele era?

– Você está bem? – Sean tirou os olhos da rua sinuosa e estreita por um momento.

Aria leu para Sean a mensagem de Byron.

– Dá para acreditar nisso? – perguntou ela ao terminar. – Parece que ele só precisa de alguém para ajudá-lo a matar o tempo, enquanto espera a vagabunda terminar a aula.

– O que você vai fazer?

– *Não* vou encontrá-lo. – Aria estremeceu, pensando nas vezes em que tinha visto Meredith e o pai juntos. No sétimo ano, ela e Ali tinham visto os dois se beijando no carro de Byron, e, depois, umas semanas atrás, ela e seu irmão mais novo, Mike, tinham esbarrado neles na Victory, uma cervejaria. Meredith tinha dito a Aria que ela e Byron estavam apaixonados, mas como aquilo era *possível*?

— Meredith é uma destruidora de lares. Ela é pior que a Hester Prynne!

— Quem?

— Hester Prynne, a personagem principal de *A Letra Escarlate*, o livro que estamos lendo na aula de inglês. É sobre essa mulher que comete adultério e a cidade a isola. Acho que Rosewood devia isolar Meredith. Rosewood precisa de um cadafalso para humilhá-la.

— Que tal aquele negócio em que prendiam os escravos que desobedeciam aos senhores? — sugeriu Sean, desacelerando quando passaram por um ciclista. —Você sabe, aquele negócio de madeira, com buracos, para colocar a cabeça e os braços? Eles prendem a pessoa naquilo e ela simplesmente fica ali. Nós costumávamos tirar fotos naquela coisa.

— *Perfeito* — Aria praticamente gritou. — E Meredith merece ter um "ladra de marido" marcado na testa. Só costurar uma letra A vermelha no vestido dela seria muito sutil.

Sean riu.

— Parece que você está mesmo gostando de *A Letra Escarlate*.

— Não sei. Eu só li oito páginas. — Aria ficou calada, apreciando a ideia. — Na verdade, espere. Deixe-me na Hollis.

Sean lhe deu uma olhada de lado.

—Você vai se encontrar com ele?

— Não exatamente. — Ela sorriu com alguma maldade.

—Táááá bom...

Sean dirigiu umas quadras pelo campus, que era cheio de prédios de pedra e tijolos, velhas estátuas de bronze dos fundadores da faculdade e onde vários estudantes andavam de bicicletas. Parecia que era sempre outono em Hollis, as folhas coloridas caíam de um jeito perfeito por ali. Quando Sean parou numa vaga de estacionamento de duas horas no campus, ele parecia preocupado.

— Você não vai fazer nada ilegal, vai?

— Não. — Aria deu um beijo rápido nele. — Não me espere. Eu posso ir para casa andando daqui.

Aprumando os ombros, ela marchou para a entrada principal do prédio de artes. A mensagem do pai surgiu diante de seus olhos. *Estarei no campus, esperando Meredith terminar de dar aula.* A própria Meredith tinha contado a Aria que ensinava artes plásticas na Hollis. Ela passou por um guarda, que deveria checar identidades, mas, em vez disso, ele estava assistindo a um jogo dos Yankees numa TV portátil. Os nervos de Aria estalavam, trêmulos, como se eles fossem fios subterrâneos.

Havia apenas três salas de aula no prédio, que eram grandes o suficiente para aulas de pintura, que Aria conhecia porque tinha frequentado aulas de arte aos sábados, na Hollis, por anos. Naquele dia, apenas uma sala estava sendo usada, então, tinha de ser aquela. Aria entrou ruidosamente pelas portas da sala e foi imediatamente tomada pelo cheiro de terebintina e panos não lavados. Doze estudantes de arte, com cavaletes organizados em círculo, viraram-se para olhar para ela. A única pessoa que não se mexeu foi o velho modelo enrugado e careca, completamente nu no meio da sala. Ele empinou o peito curvado, manteve as mãos nos quadris e nem piscou. Aria teve que dar a ele uma nota dez pelo esforço.

Ela espiou Meredith empoleirada numa mesa, perto da janela dos fundos. Com seu cabelo castanho longo e lustroso. Com uma tatuagem cor-de-rosa de teia de aranha no pulso.

Meredith parecia forte e confiante, e havia um vermelho irritantemente saudável em suas bochechas.

— Aria? — chamou Meredith pela sala cavernosa, cheia de correntes de vento. — Que surpresa.

Aria olhou em volta. Todos os alunos tinham seus pincéis e tintas perto das telas. Ela marchou até o aluno mais próximo, pegou um pincel grande, em formato de leque, passou-o na tinta vermelha e encaminhou-se para Meredith, a tinta pingando no caminho. Antes que alguém pudesse fazer alguma coisa, Aria pintou um A enorme e malfeito no lado esquerdo do peito no delicado vestido de algodão de Meredith.

— Agora todos saberão o que você fez — rosnou Aria.

Sem dar tempo para Meredith reagir, ela se virou e caminhou para fora da sala. Quando chegou ao verde gramado de Hollis de novo, começou a rir louca e alegremente. Não era um "ladra de marido" escrito na testa dela, mas bem que podia ser. *Aí, Meredith. Toma essa.*

6

RIVALIDADE ENTRE IRMÃS É UM HÁBITO DIFÍCIL DE LARGAR

Segunda-feira de manhã, no treino de hóquei, Spencer correu à frente das colegas de time na volta de aquecimento ao redor do campo. Era um dia inesperadamente quente e as meninas estavam um pouco mais lentas que o normal. Kirsten Cullen forçou os braços para alcançá-la.

— Eu soube do concurso Orquídea Dourada — disse Kirsten, sem fôlego, arrumando o rabo de cavalo loiro. — É incrível.

— Obrigada. — Spencer abaixou a cabeça. Era impressionante como as notícias se espalhavam em Rosewood Day. Sua mãe havia lhe contado apenas seis horas antes, desde então, pelo menos dez pessoas tinham vindo falar com ela a respeito.

— Ouvi dizer que o John Mayer ganhou um Orquídea Dourada quando estava no ensino médio — continuou Kirsten. — Foi tipo... com algum trabalho de teoria de música avançada.

— Ahhh. — Spencer tinha certeza de que John Mayer não ganhara o prêmio. Ela conhecia todos os ganhadores dos últimos 15 anos.

— Aposto que você vai ganhar — disse Kirsten. — E, então, você vai estar na TV! Posso ir com você à sua estreia no programa *Today*?

Spencer deu de ombros.

— É uma competição muito acirrada.

— Fala sério! — Kirsten deu uma tapinha no ombro dela. — Você é sempre tão modesta.

Spencer rangeu os dentes. Mesmo ela tentando minimizar o lance do Orquídea Dourada, a reação de todo mundo foi a mesma: *Você vai ganhar, com certeza. Prepare-se para sua foto!* — e isso a estava deixando louca. Ela tinha arrumado e rearrumado de um jeito tão obsessivo o dinheiro na sua carteira naquele dia, que uma nota de vinte dólares tinha rasgado bem no meio.

O treinador McCready tocou o apito e gritou:

—Vamos trabalhar a corrida lateral!

O time todo se virou e começou a correr de lado. Elas pareciam competidoras de adestramento hípico do Devon Horse Show.

—Você soube do Perseguidor de Rosewood? — perguntou Kirsten, um pouco ofegante. Correr de lado era mais difícil do que parecia. — Estava em todos os noticiários ontem à noite.

— Sim — resmungou Spencer.

— Ele está no seu bairro. Andando pelos bosques.

Spencer desviou de um suporte no chão.

— Provavelmente é apenas um idiota — retrucou ela, ofegante. Mas Spencer não conseguia parar de pensar em A. Quantas vezes A já não tinha mandado mensagens de texto para ela sobre coisas que *ninguém* poderia ter visto? Ela olhou para as árvores, quase certa de que veria a sombra de alguém. Mas não havia nada ali.

Elas voltaram a correr normalmente, passando pelo lago dos patos de Rosewood Day, pelo jardim com esculturas e pelas plantações de milho. Quando seguiam em direção às arquibancadas, Kirsten deu uma olhada e apontou na direção dos bancos de metal mais baixos, onde estava o equipamento de hóquei das meninas.

— Aquela é a sua *irmã*?

Spencer se encolheu. Melissa estava parada perto de Ian Thomas, o novo assistente do treinador. Era o mesmo Ian Thomas que Melissa havia namorado quando Spencer estava no sétimo ano — *e* o mesmo Ian Thomas que tinha beijado Spencer na entrada da garagem, anos atrás.

Elas completaram a curva e Spencer parou em frente a Melissa e Ian. Sua irmã tinha se trocado e estava usando quase a mesma roupa que sua mãe vestia mais cedo: jeans apertados, camiseta branca, e um relógio caro da Dior. Ela até estava usando Chanel N° 5, como a mamãe. *Que ótimo clonezinho*, pensou Spencer.

— O que você está fazendo aqui? — inquiriu ela, sem fôlego.

Melissa apoiou um dos cotovelos em um dos *coolers* de Gatorade que estavam no banco. Sua pulseira antiga de pingente tilintava contra o pulso.

— Por que uma irmã mais velha não pode assistir à caçula jogar? — Mas então seu sorriso fingido esmaeceu, e ela passou um dos braços na cintura de Ian. — Ajuda também o fato de meu namorado ser o técnico.

Spencer torceu o nariz. Ela sempre suspeitara de que Melissa não esquecera Ian. Eles tinham terminado logo após a formatura. Ian estava lindo, como sempre, com seu cabelo louro ondulado, corpo lindamente proporcional e um sorriso preguiçoso e arrogante.

– Bem, bom pra você – respondeu Spencer, querendo cair fora da conversa. Quanto menos ela falasse com Melissa, melhor, no mínimo até o lance do Orquídea Dourada acabar. Se pelo menos os juízes andassem logo e eliminassem o trabalho plagiado de Spencer da competição...

Ela pegou sua maleta com o equipamento, puxou os protetores de canela, e amarrou um em torno da canela esquerda. Depois amarrou o outro em volta da direita. Então, desamarrou ambos, amarrando-os de novo, mais apertado. Subiu as meias e depois as abaixou de novo. Repetiu, repetiu, repetiu.

– O TOC de alguém está feroz hoje – provocou Melissa. Ela se virou para Ian. – Ah, você sabe da grande novidade da Spencer? Ela ganhou o Orquídea Dourada. O *Philadelphia Sentinel* vem entrevistá-la esta semana.

– Eu não ganhei – grunhiu Spencer, rapidamente. – Fui apenas indicada.

– Oh, tenho certeza de que você *vai* ganhar. – Melissa deu um sorriso afetado que Spencer não conseguiu interpretar. Quando a irmã piscou para ela, Spencer sentiu uma onda de terror. *Ela sabia?*

Ian assobiou.

– Um Orquídea Dourada? Caramba! Vocês, irmãs Hasting, são inteligentes, bonitas *e* atléticas. Você deveria ver como a Spence arrebenta no hóquei, Mel. Ela joga no meio de campo.

Melissa fez biquinho com os lábios brilhantes, pensando.

– Lembra quando o treinador me colocou jogando nessa posição porque a Zoe estava com mononucleose? – ela falou quase miando com Ian. – Eu marquei dois gols. Em *um* tempo.

Spencer rangeu os dentes. Ela sabia que Melissa não seria caridosa por muito tempo. Melissa já conseguira transformar algo inocente em uma competição. Spencer procurou em sua longa lista mental por um insulto falsamente gentil apropriado, mas aí decidiu deixar para lá. Não era hora de arranjar briga com Melissa.

– Tenho certeza de que foi o máximo, Mel – concordou ela. – Aposto que você jogava muito melhor que eu.

A irmã ficou paralisada. O monstrinho que Spencer tinha certeza de que vivia dentro da cabeça de Melissa estava confuso. Claramente, ele não esperava que Spencer dissesse uma gentileza.

Spencer sorriu para a irmã e depois para Ian. Ele ficou olhando por um momento e depois lhe lançou uma piscadela cúmplice.

O estômago de Spencer revirou. Ela *ainda* se sentia esquisita quando Ian olhava para ela. Mesmo três anos depois, Spencer se lembrava de cada detalhe do beijo dele. Ian estava usando uma camiseta Nike cinza, short verde-exército e tênis Merrills marrons. Ele cheirava a grama recém-cortada e a chiclete de canela. Em um segundo, Spencer estava dando um beijinho de despedida na bochecha dele – apenas flertando, nada mais. No momento seguinte, ele a estava agarrando contra a lateral do carro dele. Spencer tinha ficado tão surpresa que mantivera os olhos abertos.

Ian apitou, tirando Spencer de seus devaneios. Ela correu de volta para perto do time, e Ian a seguiu.

— Certo, pessoal. — Ian bateu palmas. O time o cercou, olhando para o seu rosto dourado. — Por favor, não me odeiem, mas hoje nós vamos fazer arrancadas, agachamentos e a corrida montanha acima. Ordens do treinador.

Todas, incluindo Spencer, grunhiram.

— Eu falei pra vocês não me odiarem! — gritou Ian.

— Não podemos fazer outra coisa? — reclamou Kirsten.

— Pense em quantos traseiros você vai chutar no nosso jogo contra a Pritchard Prep — falou Ian. — E olha só, se nós fizermos todos os agachamentos, vou levá-las ao Merlin depois do treino de amanhã.

O time de hóquei adorou. Merlin era famoso por seu sorvete de chocolate de baixa caloria, que era mais gostoso do que aqueles cheios de gordura.

Quando Spencer se debruçou no banco para amarrar os protetores de canela — *de novo* — sentiu Ian parado atrás dela. Quando o encarou, ele estava sorrindo.

— Para constar — disse Ian em voz baixa, fazendo concha com as mãos em volta da boca para protegê-la das outras integrantes do time —, você joga melhor que a sua irmã. Não há dúvida sobre isso.

— Obrigada. — Spencer sorriu. Seu nariz coçou com o cheiro da grama cortada e o filtro solar Neutrogena de Ian. Seu coração acelerou. — Isso é muito importante para mim.

— Eu fui sincero quanto às outras coisas também. — O canto esquerdo da boca de Ian levantou-se em um meio sorriso.

Spencer teve uma sensação de tontura, um tremor de emoção. Ele quis dizer o lance de ser "inteligente" e "bonita"? Ela olhou para o outro lado do campo, onde Melissa estava parada. A irmã estava debruçada sobre seu BlackBerry, sem prestar a menor atenção.

Ótimo.

7

NADA COMO UM INTERROGATÓRIO À MODA ANTIGA

Segunda-feira à noite, Hanna estacionou o Prius na entrada lateral e desceu. Tudo que ela tinha a fazer era mudar de roupa, e, então, sairia para encontrar Mona para jantar. Aparecer com o seu blazer do Rosewood Day e saia plissada seria um insulto para a instituição dos Amiganiversários. Ela tinha de se livrar dessas mangas compridas – suara o dia inteiro. Hanna tinha se borrifado com seu spray de água mineral Evian umas cem vezes no caminho de casa, mas ainda se sentia superaquecida.

Quando virou a esquina, notou o Lexus champanhe da mãe estacionado perto da garagem e parou. O que sua mãe estaria fazendo em casa? A sra. Marin geralmente trabalhava além do horário na McManus & Tate, sua empresa de publicidade na Filadélfia. Ela geralmente não chegava antes das dez da noite.

Então, Hanna notou os outros quatro carros, enfiados um atrás do outro na garagem: o Mercedes cinza cupê certamente era de Spencer; o Volvo branco, de Emily; e o Subaru verde esquisito, de Aria. O último carro era um Ford branco, com as palavras DEPARTAMENTO DE POLÍCIA DE ROSEWOOD escritas na lateral.

Que diabo era isso?

— Hanna.

A mãe de Hanna estava na varanda lateral. Ainda usava suas pantalonas pretas e os saltos altos de pele de cobra.

— O que está acontecendo? — questionou Hanna, incomodada. — Por que minhas antigas amigas estão aqui?

— Eu tentei ligar para você. Você não atendeu — disse a mãe. — O policial Wilden queria fazer umas perguntas sobre Alison para todas vocês. Elas estão lá nos fundos.

Hanna pegou o BlackBerry do bolso. Claro que tinha três ligações perdidas, todas da mãe.

A sra. Marin se virou. Hanna a seguiu para dentro da casa e pela cozinha. Ela parou perto da mesa de telefone, de tampo de granito.

— Tem alguma mensagem pra mim?

— Sim, uma. — O coração de Hanna deu um salto, mas aí a mãe continuou: — Do sr. Ackard. Eles estão fazendo uma reorganização na clínica de pessoas queimadas e não vão precisar mais da sua ajuda.

Hanna piscou. Essa era uma surpresa boa.

— Alguém... mais?

Os cantos dos olhos da sra. Marin se curvaram para baixo, entendendo o que ela queria dizer.

— Não. — Ela tocou o braço de Hanna com gentileza. — Eu sinto muito, Han. Ele não ligou.

Apesar da vida perfeita-de-novo de Hanna em outros aspectos, o silêncio do pai a magoava. Como ele podia cortar Hanna de sua vida tão facilmente? Ele não percebia que ela tinha um bom motivo para dar o cano no jantar deles e ir à Foxy? Ele não sabia que não deveria ter convidado sua noiva, Isabel e sua filha perfeita, Kate, para o final de semana especial *deles*? Mas aí, o pai de Hanna iria se casar com a sem graça e excêntrica Isabel em breve – e Kate seria oficialmente sua enteada. Talvez ele não tivesse ligado de volta para Hanna porque Hanna estava sobrando.

Dane-se, disse Hanna para si mesma, tirando o blazer e arrumando a camiseta transparente cor-de-rosa Rebecca Taylor. Kate era uma chata certinha – se seu pai escolhera Kate em vez dela, então eles se mereciam.

Quando ela olhou pela porta-balcão em direção à varanda dos fundos, viu Spencer, Aria e Emily sentadas em volta da grande mesa de teca do pátio, a luz das janelas de vidro manchado brilhando nas bochechas delas. Wilden, o mais novo membro da força policial de Rosewood *e* o novíssimo namorado da sra. Marin, estavam perto do grill Weber.

Era surreal ver as três ex-melhores amigas aqui. A última vez em que elas tinham sentado na varanda dos fundos de Hanna fora no fim do sétimo ano – e Hanna era a mais boba e feia do grupo. Mas, agora, os ombros de Emily estavam mais largos e seu cabelo, ligeiramente verde. Spencer parecia estressada e constipada. E Aria era um zumbi, com seu cabelo preto contra a pele branca. Se Hanna fosse um vestido de noite da Proenza Schouler, então, Aria era um vestido de manga comprida e sem gola, da linha Target.

Hanna respirou fundo e abriu as portas francesas. Wilden se virou. Ele tinha uma expressão séria no rosto. O pedacinho de uma tatuagem aparecia sob a gola do seu uniforme de policial. Hanna ainda ficava impressionada com o fato de Wilden, um ex-encrenqueiro de Rosewood Day, ter se tornado um aplicador da lei.

– Hanna. Sente-se.

Hanna pegou uma cadeira da mesa e sentou ao lado de Spencer.

– Isso vai demorar muito? – Ela olhou para o relógio Dior incrustado de diamantes. – Estou atrasada para um compromisso.

– Não, se nós começarmos agora. – Wilden olhou para todas elas. Spencer encarava as próprias unhas, Aria mascava um chiclete ruidosamente, com os olhos fechados de uma maneira bizarra, e Emily tinha os olhos fixos na vela de citronela em cima da mesa, com se estivesse prestes a chorar.

– Primeira coisa – falou Wilden. – Alguém entregou um vídeo caseiro de vocês para a imprensa. – Ele olhou para Aria. – É um dos vídeos que vocês deram para a polícia de Rosewood, anos atrás. Então, vocês provavelmente o verão na TV. Todos os canais de notícias o pegaram. Estamos atrás de quem deixou o vídeo vazar: essa pessoa será punida. Eu queria que vocês soubessem disso primeiro.

– Que vídeo? – perguntou Aria.

– Alguma coisa sobre mensagens de texto? – respondeu ele.

Hanna recostou-se, tentando lembrar que vídeo poderia ser. Havia tantos. Aria costumava filmá-las obsessivamente. Hanna sempre tentava com todas as forças se livrar de cada vídeo, porque, para ela, aparecer na TV não engordava cinco quilos, mas *dez*.

Wilden estalou os dedos e brincou com um moedor de pimenta-do-reino de aparência fálica, que estava no centro da mesa. Um pouco de pimenta caiu na toalha de mesa, e o ar imediatamente ficou temperado.

— A outra coisa de que quero tratar é a própria Alison. Temos motivos para acreditar que o assassino dela seja alguém *de* Rosewood. Alguém que possivelmente ainda viva aqui hoje... e essa pessoa pode ainda ser perigosa.

Todo mundo tomou fôlego.

— Nós estamos procurando com novos olhos — continuou Wilden, levantando-se da mesa e caminhando em volta, com as mãos cruzadas atrás das costas. Provavelmente, ele vira alguém no CSI fazer aquilo e tinha achado legal. — Estamos tentando reconstituir a vida de Alison pouco antes do seu desaparecimento. Queremos começar com as pessoas que a conheciam melhor.

Bem nessa hora, o BlackBerry de Hanna tocou. Ela o pegou na bolsa. Mona.

— Mon. — Hanna atendeu baixinho, levantando e indo em direção ao lado mais distante da varanda, perto das roseiras da mãe. — Vou me atrasar alguns minutos.

—Vagabunda — provocou Mona. — Que saco. Eu já estou na nossa mesa do Rive Gauche.

— Hanna — chamou Wilden, ríspido. —Você pode ligar para quem quer que seja depois?

Na mesma hora, Aria espirrou.

— Saúde — falou Emily.

— Onde você está? — Mona parecia desconfiada. —Você está com alguém?

— Estou em casa — respondeu Hanna. — E eu estou com Emily, Aria, Spencer e o pol..

—Você está com suas *velhas amigas*? — interrompeu Mona.

— Elas estavam aqui quando cheguei — protestou Hanna.

— Deixe-me ver se entendi. — A voz de Mona ficou mais alta. —Você convidou suas velhas amigas para irem à sua *casa*. Na noite do nosso Amiganiversário.

— Eu não as *convidei*. — Hanna riu. Ainda era difícil de acreditar que Mona se sentisse ameaçada por suas velhas amigas. — Eu só estava...

— Quer saber de uma coisa? — cortou Mona. — Esquece. O Amiganiversário está cancelado.

— Mona, não seja... — Então, parou. Wilden estava do lado dela.

Ele arrancou o telefone da mão dela e desligou, fechando-o.

— Nós estamos discutindo um assassinato — disse ele, em voz baixa. — Sua vida social pode esperar.

Hanna o encarou pelas costas, brava. Como Wilden se atrevia a desligar o telefone dela? Só porque estava saindo com sua mãe não significava que podia bancar o pai com ela. Ela voltou para a mesa com passos firmes, tentando se acalmar. Mona era a rainha do exagero, mas não conseguia dar um gelo em Hanna por muito tempo. A maioria das brigas delas só durara algumas horas, no máximo.

— Ok — disse Wilden, quando Hanna sentou-se novamente. — Eu recebi algo interessante algumas semanas atrás, e acho que devíamos conversar a respeito. — Ele pegou seu bloco de anotações. — Seu amigo Toby Cavanaugh? Escreveu um bilhete suicida.

— N-nós sabemos — gaguejou Spencer. — A irmã dele nos deixou ler uma parte.

— Então, vocês sabem que ele menciona Alison. — Wilden folheou o bloco para trás. — Toby escreveu: *"Prometi a Alison DiLaurentis que guardaria o segredo dela, se ela guardasse o meu."* — Seus olhos cor de oliva escrutinaram cada uma das meninas. — Qual era o segredo da Alison?

Hanna afundou no assento da cadeira. *Fomos nós que cegamos a Jenna.* Esse era o segredo que o Toby havia guardado para Alison. Hanna e suas amigas não tinham se dado conta de que Toby sabia disso até que Spencer resolvera abrir a boca, três semanas atrás.

Spencer desembuchou.

— Nós não sabemos. Ali não contou a nenhuma de nós.

As sobrancelhas de Wilden se fecharam. Ele se debruçou na mesa da varanda.

— Hanna, há algum tempo você achava que Toby tinha *matado* Alison.

Hanna deu de ombros, impassível. Ela tinha procurado Wilden quando elas achavam que ele era A e havia matado Ali.

— Bem... Toby não gostava da Ali.

— Na verdade, ele *gostava* da Ali, mas Ali não gostava dele — esclareceu Spencer. — Ele costumava espioná-la o tempo todo. Mas eu não sei se isso tem a ver com o segredo dele.

Emily deu um pequeno soluço. Hanna olhou para ela, desconfiada. Tudo de que Emily falava ultimamente era a respeito de como se sentia culpada em relação a Toby. E se ela quisesse dizer a Wilden que elas eram responsáveis pela morte do Toby

— *e* pelo acidente de Jenna? Hanna poderia ter assumido a culpa pela coisa com Jenna semanas atrás, quando ela não tinha nada em que se agarrar, mas não havia nenhum jeito de ela confessar naquele momento. Sua vida finalmente tinha voltado ao normal, e ela não estava no clima de ficar conhecida como uma das Cegadoras Loucas, ou o que quer que elas inevitavelmente fossem chamadas na TV.

Wilden virou algumas páginas do bloco.

— Bem, quero que todas pensem a respeito. Continuando... vamos falar da noite em que Alison desapareceu. Spencer, diz aqui que pouco antes de desaparecer, Ali tentou hipnotizá-la. Vocês duas brigaram, ela saiu correndo do celeiro, você correu atrás dela, mas não conseguiu encontrá-la. Certo?

Spencer ficou rígida.

— Hum. Sim. Certo.

—Você não tem *ideia* de para onde ela foi?

Spencer deu de ombros.

— Desculpe.

Hanna tentou se lembrar da noite em que Ali sumira. Em um minuto, Ali as estava hipnotizando; no próximo, ela tinha sumido. Hanna realmente sentiu que Ali a tinha colocado num transe: quando Ali contou regressivamente a partir de cem, com o cheiro da vela de baunilha espalhado de forma pungente pelo celeiro, Hanna estava se sentindo pesada e sonolenta, a pipoca e o Doritos que ela tinha comido antes se revirando desconfortavelmente em seu estômago. Imagens assustadoras começaram a aparecer diante de seus olhos: Ali e as outras correndo por uma densa selva. Grandes plantas devoradoras de homens as cercaram. Uma planta deu um bote e agarrou a perna de Ali com suas mandíbulas. Quando Hanna conseguiu se livrar disso, Spencer estava parada na porta do celeiro, parecendo preocupada... e Ali havia sumido.

Wilden continuou a caminhar em volta da varanda. Ele pegou um vaso de cerâmica e o virou de cabeça para baixo, como se estivesse procurando uma etiqueta de preço. Babaca enxerido.

– Eu preciso que vocês todas se lembrem do máximo possível. Pensem no que estava acontecendo quando Alison desapareceu. Ela tinha namorado? Alguma amiga nova?

– Ela tinha namorado – tentou Aria. – Matt Doolittle. Ele se mudou. – Ao se recostar, sua camiseta escorregou de um dos ombros, mostrando uma alça de sutiã vermelho-sangue, rendada. Vagabunda.

– Ela estava saindo com umas meninas mais velhas, do hóquei – falou Emily.

Wilden olhou as anotações.

– Certo. Katy Houghton e Violet Keyes. Eu sei. E o comportamento da Alison? Ela andava agindo de maneira estranha?

Elas ficaram em silêncio. *Sim, estava*, pensou Hanna. Ela lembrou-se imediatamente de um momento. Em um dia turbulento de primavera, algumas semanas antes de Ali desaparecer, o pai dela as tinha levado a um jogo dos Phillies. Ali passou a noite inteira agitada, como se tivesse comido pacotes e mais pacotes de Skittles. Ela ficou checando as mensagens de texto no celular o tempo todo e parecia inconformada com a caixa de entrada vazia. Durante o intervalo do sétimo tempo, quando elas foram de fininho para o balcão para paquerar um grupo de meninos bonitos que estavam sentados num camarote, Hanna notou que as mãos de Ali estavam tremendo.

–Você está bem? – perguntara Hanna.

Ali sorriu para ela.

– Estou só com frio – ela tinha explicado.

Mas isso seria suspeito o suficiente para contar? Parecia irrelevante, mas era difícil saber o que a polícia estava procurando.

– Ela parecia bem – disse Spencer, devagar.

Wilden olhou diretamente para Spencer.

– Sabe, minha irmã mais velha era muito parecida com a Alison. Ela era a líder da sua turma também. O que quer que minha irmã mandasse, suas amigas faziam. *Qualquer coisa*. E elas guardavam todos os tipos de segredos por ela. Era desse jeito com vocês, meninas?

Hanna encolheu os dedos dos pés, subitamente irritada com o rumo que a conversa estava tomando.

– Eu não sei – murmurou Emily. – Talvez.

Wilden olhou para baixo, para o celular que vibrava preso ao seu coldre.

– Com licença. – Ele desviou até a garagem, puxando o telefone do cinto.

Quando ele estava fora de alcance, Emily deixou escapar a respiração que estava presa.

– Gente, nós temos que contar a ele.

Hanna focou o olhar.

– Contar *o quê* a ele?

Emily jogou as mãos para cima.

– Jenna está cega. Nós fizemos isso.

Hanna balançou a cabeça.

– Me deixe fora disso. E, de qualquer forma, Jenna está bem. Sério. Você já reparou nos óculos de sol Gucci que ela usa? Você precisa ficar, tipo, numa lista de espera de um ano para conseguir um daqueles. Eles são mais difíceis de conseguir que uma bolsa da Birkin.

Aria olhou para Hanna, boquiaberta.

— De que *sistema solar* você veio? Quem se importa com óculos de sol Gucci?

— Bem, obviamente, não alguém como *você* — Hanna atirou de volta.

Aria travou o queixo e recostou-se.

— O que *isso* quer dizer?

— Eu acho que você sabe — rosnou Hanna.

— Pessoal — advertiu Spencer.

Aria suspirou e virou o rosto para o jardim. Hanna olhou para o seu queixo pontudo e nariz arrebitado. Nem mesmo o perfil da Aria era tão bonito quanto o seu.

— Nós deveríamos contar a ele sobre Jenna — urgiu Emily.

— E sobre A, a polícia deveria cuidar disso. Nós estamos atoladas até o pescoço.

— Nós não vamos contar nada a ele, e ponto final — silvou Hanna.

— É, eu não sei, Emily — disse Spencer, lentamente, enfiando as chaves do carro por entre as tábuas do tampo da mesa. — Essa é uma decisão séria. Isso afeta toda a nossa vida.

— Nós já discutimos isso antes — concordou Aria. — Além do mais, A foi embora, certo?

— Vou deixar vocês fora disso — protestou Emily, cruzando os braços sobre o peito. — Mas eu vou contar a ele. Acho que é a coisa certa a fazer.

O celular de Aria tocou alto e todas pularam. Então, o Sidekick de Spencer vibrou, dançando em direção à beira da mesa. O BlackBerry de Hanna, que ela tinha enterrado de volta na bolsa, soltou um apito abafado. E o pequeno Nokia de Emily tocou com um "trim" de telefone antigo.

A última vez em que os telefones de todas elas haviam tocado ao mesmo tempo elas estavam do lado de fora do velório da Ali. Hanna teve a mesma sensação de quando seu pai a levou nas xícaras que dançam, no parque de diversões de Rosewood, na época ela tinha cinco anos: a mesma náusea e tontura. Aria abriu o telefone. Depois Emily, e então Spencer.

— Ai, meu Deus — sussurrou Emily.

Hanna nem se deu ao trabalho de pegar seu BlackBerry; ela se debruçou sobre o Sidekick de Spencer.

Vocês realmente acharam que eu tinha desaparecido? Qual é! Eu estou observando o tempo todo. Aliás, eu posso estar observando vocês agora mesmo. E, meninas, não contem a NINGUÉM sobre mim, ou vão se arrepender. – A

O coração de Hanna disparou. Ela ouviu passos e se virou. Wilden estava de volta.

Ele colocou o celular dentro do coldre. Depois, olhou para as meninas e levantou uma das sobrancelhas.

— Perdi alguma coisa?

Ah, se perdeu.

8

É SEMPRE BOM *LER* O LIVRO ANTES DE PLAGIÁ-LO

Cerca de meia hora depois, Aria estacionou em sua casa dos anos cinquenta, estilo caixote. Apoiou o Treo entre o pescoço e o queixo, esperando a mensagem de voz de Emily acabar. Depois do sinal, ela disse:

— Em, é a Aria. Se você realmente quer contar ao Wilden, por favor, me ligue. A é capaz de... de mais do que você pensa.

Ela apertou DESLIGAR, sentindo-se ansiosa. Não conseguia imaginar qual segredo horrível de Emily que A poderia revelar se ela falasse com a polícia, mas Aria sabia, por experiência própria, que A revelaria.

Suspirando, destrancou a porta da frente e seguiu escada acima, passando pelo quarto dos pais. A porta estava entreaberta. Lá dentro, a cama dos pais estava muito bem-arrumada — ou será que aquela passara a ser apenas a cama de Ella? Ella tinha arrumado a cama com a colcha de retalhos com estampa de batique cor de salmão, que ela amava e Byron odiava.

Empilhara as almofadas no lado dela da cama. A cama parecia uma metáfora para divórcio.

Aria largou os livros e caminhou meio sem rumo até a sala de televisão no andar de baixo, a ameaça de A dando voltas em sua cabeça como a centrífuga que eles tinham usado no laboratório de biologia. A *ainda estava lá*. E, de acordo com Wilden, o assassino da Ali também. A poderia ser o assassino de Ali, abrindo caminho pela vida de todas elas. E se Wilden estivesse certo? E se o assassino de Ali quisesse machucar mais alguém? E se o assassino não fosse apenas um inimigo de Ali, mas também de Aria, Hanna, Emily, e Spencer? Isso significaria que uma delas seria a... próxima?

A sala estava escura, exceto pela TV piscando. Quando Aria viu a mão de alguém sobre o braço da namoradeira de *tweed*, deu um pulo. Então, o conhecido rosto de Mike apareceu.

—Você chegou bem a tempo. — Mike apontou para a tela.

— *A seguir, um vídeo caseiro inédito de Alison DiLaurentis, filmado uma semana antes de ela ser assassinada* — disse ele, fazendo sua melhor imitação de narrador de filme.

O estômago de Aria se contraiu. Era o vídeo que tinha vazado, do qual Wilden falara. Anos atrás, Aria tinha se dedicado à filmagem, documentando tudo que podia, de lesmas no quintal às suas melhores amigas. Os filmes geralmente eram curtos, e, frequentemente, tentava fazê-los de maneira artística e profunda, focando na narina de Hanna, no zíper do casaco de Ali, ou nos dedos tamborilantes de Spencer. Quando Ali desapareceu, Aria deu sua coleção de vídeos para a polícia. Os policiais os destrincharam, mas não conseguiram achar nenhuma pista sobre aonde Ali poderia ter ido. Ela ainda tinha os originais em seu laptop, embora não assistisse havia muito tempo.

Aria afundou na namoradeira. Quando um comercial da Mercedes terminou e o noticiário recomeçou, Aria e Mike se endireitaram em seus lugares.

— Ontem, uma fonte anônima nos enviou este vídeo de Alison DiLaurentis — anunciou o âncora. — Ele dá uma ideia do quão inocente era sua vida apenas alguns dias antes de ela ser assassinada. Vamos assistir.

O vídeo começou com uma tomada trêmula do sofá de couro da sala da Spencer.

— E porque ela usa tamanho trinta e quatro — disse Hanna, sem aparecer na tela.

A câmera mudou para uma Spencer bem mais jovem, que usava uma camiseta polo cor-de-rosa e uma calça legging que batia em suas canelas. O cabelo loiro caía em cascata em volta dos ombros e ela usava uma coroa de strass brilhante sobre sua cabeça.

— Ela está um tesão com essa coroa — comentou Mike, entusiasmado, abrindo um pacote enorme de Doritos.

— Shhh — silvou Aria.

Spencer apontou para o telefone LG de Ali, no sofá.

— Querem ler as mensagens dela?

— Eu quero — sussurrou Hanna, abaixando-se e desaparecendo da tela. Então, a câmera virou para Emily, que parecia quase igual a como está hoje, o mesmo cabelo louro-avermelhado, a mesma camiseta grande demais, a mesma expressão animada-mas-preocupada. Aria de repente lembrou-se daquela noite, antes de elas terem ligado a câmera, Ali havia recebido uma mensagem de texto e não contara a elas quem era o remetente. Todas tinham ficado incomodadas.

A câmera mostrou Spencer segurando o telefone de Ali.

— Está bloqueado. — Havia uma tomada borrada da tela do telefone.

—Você sabe a senha dela? —Aria ouviu sua própria voz perguntar.

— Putz! É você! — disse Mike, animado.

— Tenta o aniversário dela — sugeriu Hanna.

A câmera mostrou as mãos gorduchas de Hanna se estendendo para pegar o telefone, que estava com Spencer.

Mike franziu o nariz e virou-se para Aria.

— É isso que as meninas fazem quando estão sozinhas? Eu achei que fosse guerra de travesseiro. Meninas de calcinha. *Se beijando.*

— Nós estávamos no sétimo ano — lembrou Aria. — Isso é nojento.

— Não tem nada errado com meninas do sétimo ano de calcinha — resmungou Mike baixinho.

— O que vocês estão fazendo? — perguntou a voz de Ali. Então, o rosto dela apareceu na tela, e os olhos de Aria se encheram de lágrimas. Aquele rosto em formato de coração, aqueles olhos profundamente azuis, aquela boca larga — era *assustador.*

—Vocês estavam xeretando o meu telefone? — questionou Ali, com as mãos nos quadris.

— Claro que não! — gritou Hanna.

Spencer se desequilibrou para trás, segurando a cabeça para manter a coroa no lugar.

Mike enfiou a mão cheia de Doritos na boca.

— Posso ser seu escravo do amor, princesa Spencer? — perguntou ele, em falsete.

– Eu não acho que ela sairia com pré-adolescentes, que ainda dormem com seus cobertorezinhos – devolveu Aria.
– Ei! – buzinou Mike. – Não é um cobertorzinho! É meu casaco de lacrosse da sorte!
– Isso é muito pior.
Ali apareceu na tela de novo, parecendo vivaz, vibrante e despreocupada. Como é que Ali poderia estar morta? *Assassinada?*
Então, a irmã mais velha de Spencer, Melissa, e o namorado Ian passaram pela câmera.
– Ei, garotas – cumprimentou Ian.
– Oi – respondeu Spencer, alto demais.
Aria sorriu para a TV. Ela tinha se esquecido de como todas ficavam derretidas pelo Ian. Ele era uma das pessoas para quem elas passavam trote de vez em quando – e também Jenna Cavanaugh, antes de elas a machucarem; Noel Kahn porque era bonitinho; e Andrew Campbell porque Spencer o achava irritante. Com Ian, elas se revezavam fingindo ser garotas do disque sexo.
A câmera pegou Ali revirando os olhos para Spencer. Depois, Spencer fez careta pra Ali pelas costas. *Típico*, pensou Aria. Na noite em que Ali desapareceu, Aria não tinha sido hipnotizada, por isso ouviu a briga de Spencer e Ali. Quando elas correram para fora do celeiro, Aria esperou um ou dois minutos, depois as seguiu. Aria chamou as duas pelo nome, mas não conseguiu alcançá-las. Ela voltou para dentro, imaginando se Ali e Spencer simplesmente as tinham largado, encenando a coisa toda para poderem fugir para uma festa mais legal. Mas, finalmente, Spencer voltou lá para dentro. Ela parecia tão *perdida*, como se estivesse em transe.

Na tela, Ian se jogou no sofá, perto de Ali.

– E então, o que vocês, meninas, estão fazendo?

– Ah, nada de mais. – Aria ajustou o foco da câmera. – Estamos fazendo um filme.

– Um filme? – perguntou Ian. – Posso participar?

– Claro – respondeu Spence, rápido. Ela se jogou no sofá do outro lado de Ian. – É um *talk show*. Eu sou a entrevistadora. Você e Ali são meus convidados. Vou pegar você primeiro.

A câmera desfocou do sofá e se fixou no telefone fechado de Ali, que estava perto da mão dela no sofá. Focou cada vez mais perto até que o minúsculo LED do telefone tomasse a tela toda. Mesmo assim, Aria ainda não havia descoberto quem mandara a mensagem para Ali naquela noite.

– Pergunte quem é o professor preferido dele em Rosewood – falou a voz mais jovem e ligeiramente mais aguda de Aria, por trás da câmera.

Ali riu e olhou diretamente para a lente.

– Essa é uma boa pergunta para você, Aria. Você deveria perguntar a ele se quer *ter um encontro* com alguma de suas professoras. Em um estacionamento vazio.

Aria engasgou, e ouviu a si mesma mais nova engasgando na tela, também. Ali havia realmente *dito* aquilo? Na frente de todos eles?

E então o vídeo acabou.

Mike se virou para ela. Ele tinha pó laranja fluorescente de Doritos em volta da boca.

– O que ela quis dizer com essa parada de se enroscar com professores? Parecia que ela estava falando apenas com você.

Um ruído seco escapou da boca de Aria. A contara a Ella que sua própria filha sabia do caso de Byron durante todos esses anos, mas Mike ainda não sabia. Ele ficaria muito desapontado com ela.

Mike se levantou.

— Tanto faz.

Aria sabia que ele estava tentando agir de forma casual e despreocupada, mas ele deu o fora da sala, batendo num porta-retratos com a foto autografada de Lou Reed — o ídolo do rock de Byron, e um dos poucos pertences do ex-marido em que Ella não havia dado sumiço. Ela o ouviu subindo para o quarto e batendo a porta com força.

Aria colocou a cabeça entre as mãos. Aquela era a milionésima vez em que desejava estar de volta a Reykjavík, escalando uma geleira, montando seu pônei islandês, Gilda, por uma área seca da erupção de um vulcão, ou até mesmo comendo gordura de baleia, que todos na Islândia pareciam adorar.

Ela desligou a TV, e a casa ficou assustadoramente silenciosa. Quando ouviu um tilintar na porta, deu um pulo. Na sala, viu sua mãe, carregando várias sacolas de compras de lona do mercado de produtos orgânicos de Rosewood.

Ella viu Aria e sorriu, cansada.

— Olá, querida.

Desde que expulsara Byron, Ella parecia mais desleixada que o normal. Seu blazer de algodão estava mais largo que nunca, as calças de seda tinham uma mancha de *tahini* na coxa, e o seu longo cabelo castanho-escuro estava preso num ninho de rato no topo da cabeça.

— Deixe—me ajudar. — Aria pegou um monte sacolas dos braços de Ella. As duas andaram até a cozinha, ergueram as sacolas, as puseram na bancada do meio e começaram a desempacotar.

– Como foi o seu dia? – murmurou Ella.

Então, Aria lembrou-se.

– Meu Deus, você nunca vai acreditar no que eu fiz – exclamou, sentindo como se fosse desmaiar. Ella olhou para ela antes de guardar a manteiga de amendoim. – Eu fui até a Hollis. Porque eu estava procurando por... você sabe. *Ela.* – Aria não queria falar o nome de Meredith. – Ela estava dando uma aula de arte, então, eu corri para a sala, peguei um pincel, e pintei um A no peito dela. Você sabe, como aquela mulher em *A Letra Escarlate*? Foi demais.

Ella parou, segurando um pacote de macarrão de trigo integral no ar. Parecia nauseada.

– Ela não entendeu o que estava acontecendo – continuou Aria. – E aí eu disse: *Agora todos saberão o que você fez.* – Ela sorriu e abriu os braços. Tchã-nam!

Os olhos de Ella viravam de um lado para o outro, processando a informação.

– Você não se deu conta de que a Hester Prynne deveria ser uma personagem *que desperta simpatia no leitor*?

Aria franziu a testa. Ela estava apenas na página oito.

– Eu fiz isso por você – explicou Aria, baixinho. – Por vingança.

– Vingança? – a voz de Ella balançou. – Obrigada. Isso me faz parecer muito sã. Como se eu estivesse lidando muito bem com isso. Já está difícil para mim como está. Você não percebe que a fez parecer... uma mártir?

Aria deu um passo em direção a Ella. Ela não havia pensado nisso.

— Me desculpe...

Então, Ella encostou-se ao balcão e começou a soluçar. Aria ficou sem ação. Suas pernas pareciam argila saída do forno, duras e sem utilidade. Ela não podia conceber o que a mãe estava passando e tinha piorado ainda mais a situação.

Do lado de fora da cozinha, um beija-flor pousou na réplica de um pênis de baleia que Mike tinha comprado no museu falológico de Reykjavík. Em outras circunstâncias, Aria teria apontado para ele — beija-flores eram raros ali, especialmente os que pousavam em pênis de baleia de mentira — mas não naquele dia.

— Eu não consigo nem olhar pra você agora — Ella finalmente gaguejou.

Aria colocou a mão no peito, como se a mãe a tivesse espetado com uma de suas facas Wüsthof.

— *Desculpe*. Eu queria que Meredith pagasse pelo que fez. — Como Ella não respondeu, a sensação de secura ácida no estômago de Aria cresceu ainda mais. — Talvez eu devesse sair daqui por enquanto, então, se você não consegue olhar para mim.

Ela parou, esperando Ella se pronunciar e dizer: *Não, não é isso que eu quero*, mas a mãe ficou quieta.

— Sim, talvez seja uma boa ideia — concordou ela, baixinho.

— Ah. — Os ombros de Aria afundaram e o queixo tremeu.

— Então, eu... eu não vou voltar para cá amanhã, depois da escola. — Ela não tinha ideia de para onde iria, mas isso não importava agora. Tudo que importava era fazer a única coisa que deixaria sua mãe feliz.

9

EI, PESSOAL, UMA GRANDE SALVA DE PALMAS PARA SPENCER HASTINGS!

Na terça-feira à tarde, enquanto a maioria dos alunos do ensino médio de Rosewood Day estava almoçando, Spencer sentou-se em cima da mesa de conferência que ficava na sala do livro do ano. Oito computadores Mac G5 piscavam, um bando de câmeras Nikon de lentes longas, seis calouras, e um calouro *nerd* e ligeiramente efeminado a cercavam.

Ela tocou as capas de alguns livros do ano antigos de Rosewood Day. A cada ano, os livros eram apelidados de A Mula por causa de alguma piada apócrifa interna de 1920 que até mesmo os professores mais velhos já tinham esquecido havia muito tempo.

— Na Mula desse ano, acho que nós devíamos tentar capturar um pouquinho de como é a vida dos alunos de Rosewood Day.

Os funcionários do anuário rapidamente escreveram *"um pouquinho de como é vida"* nos seus cadernos de espiral.

— Tipo... talvez nós pudéssemos fazer algumas entrevistas rápidas com alunos aleatórios — continuou Spencer. — Ou perguntar às pessoas qual é a sua lista favorita de músicas de seus iPods, e depois publicar em tabelas perto das fotos de cada um. E como está indo a natureza morta? — Na última reunião, eles tinham planejado pedir para alguns garotos esvaziarem o conteúdo de suas bolsas para documentar o que as meninas e meninos de Rosewood Day estavam carregando por aí.

— Eu tirei fotos ótimas das coisas na mala de futebol do Brett Weaver e da bolsa da Mona Vanderwaal — informou Brenna Richardson.

— Fantástico — elogiou Spencer. — Continuem assim.

Spencer fechou a agenda de couro verde-folha e dispensou o pessoal. Quando eles saíram, ela agarrou sua bolsa Kate Spade de tecido preto e pegou o Sidekick.

Lá estava. A mensagem de A que ela ficou torcendo para que nunca estivesse lá.

Quando ela colocou o telefone de volta na bolsa, seus dedos encostaram em algo no bolso interno: o cartão de Darren Wilden. Ele não foi o primeiro policial que perguntou a Spencer sobre a noite em que Ali desaparecera, mas ele era o único que tinha parecido... suspeitar de algo mais.

A lembrança daquela noite era ao mesmo tempo clara como cristal e incrivelmente borrada. Ela se lembrava de vários sentimentos: animação por ter o celeiro para passar a noite com as amigas, irritação por Melissa estar lá, vertigem por Ian estar lá também. O beijo deles tinha rolado algumas semanas antes. Mas então Ali começou a falar sobre como Melissa e Ian eram o casal mais bonito, e as emoções de

Spencer balançaram de novo. Ali já tinha ameaçado contar a Melissa sobre o beijo.

Quando Ian e Melissa saíram, Ali tentou hipnotizá-las, e ela e Spencer tiveram uma briga. Ali saiu, Spencer correu atrás dela, e depois... *nada*. Mas o que ela nunca contou aos policiais – ou a sua família, ou às amigas – foi que, às vezes, quando pensava sobre aquela noite, parecia que havia um buraco negro no meio dela. Que tinha acontecido alguma coisa de que ela não conseguia se lembrar.

De repente, uma visão apareceu diante dos olhos de Spencer. *Ali rindo sarcasticamente e se virando para ir embora.*

Spencer parou no meio do corredor lotado e alguém trombou nas suas costas.

– Você pode se mexer? – reclamou a garota atrás dela. – Alguns de nós precisam chegar à aula.

Spencer deu um passo à frente sem muita convicção. O que quer que ela tivesse acabado de lembrar desaparecera rapidamente, mas ela sentia como se tivesse estado num terremoto. Ela olhou em volta procurando por vidro estilhaçado e estudantes correndo para todos os lados, certa de que todos tinham sentido isso também, mas tudo parecia perfeitamente normal. A alguns passos de distância, Naomi Zeigler inspecionava o próprio reflexo no pequeno espelho de seu armário. Dois calouros perto da placa de Professor do Ano riam da barba pontuda e dos chifres desenhados na foto do senhor Craft. As janelas que davam de frente para o pátio não tinham nenhum sinal de rachadura, e nenhum dos vasos na vitrine de Cerâmica III havia caído. O que teria sido essa visão que Spencer acabara de ter? Por que se sentia tão... sorrateira?

Ela deslizou para dentro da sala de economia avançada e desabou em sua carteira, que ficava do lado de um retrato bem grande de um J. P. Morgan de cenho franzido. Quando o restante da turma entrou e todos se sentaram, Lula Molusco caminhou para a frente da sala.

— Antes do vídeo de hoje, eu tenho um aviso. — Ele olhou para Spencer. O estômago dela revirou. Não queria todo mundo olhando para ela justo naquele momento.

— Como primeiro trabalho de redação, Spencer Hastings fez uma discussão convincente e muito eloquente sobre a teoria da mão invisível — proclamou Lula Molusco, tocando a gravata, que tinha a estampa de uma nota de cem dólares com o rosto de Benjamin Franklin. — E, como vocês devem ter ouvido, eu a indiquei para o prêmio Orquídea Dourada.

Lula Molusco começou a aplaudir, e o resto da classe o seguiu. Isso durou quinze insuportáveis segundos.

— Mas eu tenho outra surpresa — continuou Lula Molusco.

— Eu acabei de falar com um membro do júri, e, Spencer, você foi para a final.

A classe explodiu em aplausos de novo. Alguém no fundo assobiou. Spencer permaneceu sentada, imóvel. Por um momento, ela perdeu a visão por completo. Tentou colocar um sorriso no rosto.

Andrew Campbell, que sentava perto dela, deu um tapinha em seu ombro.

— Bom trabalho.

Spencer olhou em volta. Ela e Andrew mal se falavam desde que ela havia sido a pior companhia do mundo na Foxy, largando-o no baile. Na maioria das vezes, ele lançava olhares desprezíveis para ela.

— Obrigada — grunhiu ela, quando achou a voz.

— Você deve ter trabalhado duro de verdade nisso, não? Você usou fontes extras?

— Hum-hum. — Spencer pegou com fúria a papelada na pasta de economia e começou a arrumá-la. Alisou as orelhas e dobras e tentou organizar tudo por data. Na verdade, a única "fonte extra" de Spencer havia sido o trabalho de Melissa. Quando ela tentara fazer a pesquisa necessária para o trabalho, até mesmo a definição na Wikipédia de *mão invisível* era complexa demais para ela. As primeiras frases do trabalho da irmã eram bem mais claras: "*O conceito da mão invisível, do grande economista escocês Adam Smith, pode ser resumido muito facilmente, seja descrevendo os mercados do século XIX ou aqueles do século XXI: pode-se pensar que as pessoas estão fazendo coisas para ajudar, mas, na verdade, todo mundo está fazendo por si mesmo.*" Mas quando ela leu o resto do trabalho, sua mente ficou tão enevoada quanto a sauna a vapor de sua casa.

— Que tipo de fontes? — continuou Andrew. — Livros e artigos de revistas? — Quando ela olhou para ele de novo, ele parecia ter um sorrisinho no rosto, e Spencer se sentiu tonta. Ele *sabia*?

— Ah, fontes como... como os livros que McAdam sugeriu na lista dele — balbuciou ela.

— Ah... bem, que bom, então, parabéns. Espero que você vença.

— Obrigada — respondeu ela, decidindo que Andrew não teria como saber. Ele só estava com ciúmes. Spencer e Andrew eram sempre classificados como o número um e o número dois na classe e estavam sempre trocando de lugar. Andrew provavelmente monitorava todas as conquistas de Spencer como um corretor de valores monitora o índice Dow Jones. Spencer voltou a arrumar a pasta, apesar de aquilo não estar fazendo com que se sentisse melhor.

Enquanto Lula Molusco diminuía as luzes e começava o documentário *Microeconomia e o consumidor*, com uma musiquinha brega e ritmada, o Sidekick de Spencer vibrou em sua bolsa. Devagar, ela conseguiu alcançá-lo e o pegou. Uma nova mensagem.

Spence: Eu sei o que você fez. Mas não conto para ninguém se você fizer EXATAMENTE o que eu mandar. Quer saber o que acontece se você não fizer? Vá à competição de natação de Emily... e você verá. – A

Alguém ao lado de Spencer limpou a garganta. Ela olhou em volta e lá estava Andrew, encarando-a. Os olhos dele brilhavam, iluminados pela luz que vinha do filme. Spencer virou o rosto na direção do documentário, mas ela ainda podia sentir os olhos de Andrew no escuro, pregados nela.

10

CERTA PESSOA NÃO QUIS DAR OUVIDOS

No tempo livre em Rosewood Day para o torneio de natação contra a Drury Academy, Emily abriu seu armário de natação e tirou as alças do maiô de competição Speedo Fastskin. Este ano, o time de natação de Rosewood Day tinha arrasado com roupas de competição de nível olímpico que cobriam quase todo o corpo, confeccionadas em tecido antiatrito que haviam acabado de chegar, a tempo para a competição daquele dia. As roupas de competição cobriam desde os tornozelos, aderindo a cada centímetro da pele do atleta, revelando cada saliência, lembrando a foto em que uma sucuri devora um ratinho, que Emily vira no livro de biologia. Emily sorriu para Lanie Iler, sua colega de equipe.

– Estou tão feliz de poder me livrar deste negócio.

Emily também estava feliz por ter decidido contar sobre A para Wilden. Na noite anterior, depois que ela voltou para casa, ao sair da casa de Hanna, ela havia telefonado para o policial e marcado de encontrá-lo na delegacia de Rosewood, mais tarde, naquela noite. Emily não dava a mínima para o que as outras diriam ou pensariam sobre as ameaças de A. Com a polícia envolvida, elas poderiam acabar com todo aquele drama de uma vez por todas.

— Você tem tanta sorte de já ter acabado — respondeu Laine. Emily já tinha nadado e vencido todas as competições das quais deveria participar naquele dia; então, a única coisa que lhe restara fazer era torcer junto com os outros zilhões de alunos de Rosewood que tinham aparecido para assistir ao torneio. Dali do vestiário, ela podia ouvir as líderes de torcida gritando e esperou que elas não escorregassem no chão molhado da área de competição. Tracey Reid tinha tomado um belo tombo antes da primeira bateria.

— Ei, garotas. — A técnica, Lauren, entrou com passos largos no vestiário. Naquele dia, como de hábito, Lauren vestia uma de suas camisetas com dizeres inspiracionais sobre natação: AS DEZ MELHORES RAZÕES PARA NADAR (NÚMERO CINCO: PORQUE POSSO COMER 5000 CALORIAS SEM ME SENTIR CULPADA). Ela colocou a mão no ombro de Emily.

— Grande trabalho, Em. Tomar a frente no medley daquele jeito? Fantástico!

— Obrigada. — Emily ficou vermelha.

Lauren se inclinou sobre o banco vermelho de madeira, no meio do vestiário.

— Tem uma olheira da Universidade do Arizona aqui — informou ela, em voz baixa, para que só Emily ouvisse. — Ela perguntou se poderia dar uma palavrinha com você, rapidinho. Pode ser?

Emily arregalou os olhos.

— Claro! — A Universidade do Arizona tinha uma das melhores equipes de natação do país.

— Ótimo. Vocês podem conversar no meu escritório, se você quiser. — Lauren sorriu de novo para Emily. Ela desapareceu na direção do saguão que levava à área de competição, e Emily a seguiu, passando por sua irmã, Carolyn, que vinha na direção oposta.

— Carolyn, adivinhe! — Emily estava saltitante. — Uma recrutadora da Universidade do Arizona que conversar comigo! Se eu for para lá e você for para Stanford, ficaremos perto uma da outra! — Carolyn se formaria naquele ano e havia sido recrutada pelo time de natação de Stanford.

Carolyn olhou para Emily e desapareceu para dentro de um dos cubículos do banheiro, batendo a porta atrás de si com um estrondo. Emily recuou, surpresa. Ela e a irmã não eram muito próximas, mas esperava um *pouquinho* mais de entusiasmo do que aquilo.

Enquanto Emily caminhava na direção do saguão que levava à piscina, o rosto de Gemma Curran a espiou de um dos chuveiros. Quando Emily a encarou, Gemma fechou a cortina. E conforme passou pelas pias, Amanda Williamson sussurrava algo para Jade Smythe. Quando Emily encontrou seus olhos através do espelho, a boca delas formara um *O* mudo de espanto. Emily sentiu calafrios. O que estava acontecendo?

— Deus, agora parece que tem ainda *mais* gente por aqui! — murmurou Lanie, dirigindo-se para a área das piscinas, logo atrás de Emily. E ela tinha razão: as arquibancadas pareciam mais cheias do que estavam na primeira metade da competição. A banda, posicionada perto dos trampolins, estava tocando uma música enérgica, e o mascote da escola, Hammerhead, com sua fantasia de tubarão-martelo feita de espuma cinzenta havia se juntado às líderes de torcida, na frente da arquibancada. Todo mundo estava nas arquibancadas: os garotos e garotas populares, os meninos do time de futebol, as garotas do teatro, e até mesmo os professores. Spencer Hastings estava sentada ao lado de Kirsten Cullen. Maya estava lá em cima, digitando com fúria no teclado de seu celular e Hanna Marin estava sentada próxima a ela, sozinha, encarando a plateia, olhando para a multidão acima dela. E lá estavam os pais de Emily, usando as camisetas brancas e azuis da equipe de natação de Rosewood, com broches que diziam *VAI, EMILY!* e *VAI, CAROLYN!* Emily tentou acenar para eles, mas estavam ocupados demais com um pedaço de papel, provavelmente a lista de classificação. O sr. Shay, um professor de biologia velho e esquisitão que sempre assistia aos treinos porque tinha nadado mil anos atrás, segurava uma cópia a poucos centímetros do rosto. A lista de classificação não era *tão* interessante assim. Só listava a ordem das competições.

James Freed colocou-se no caminho de Emily. Havia um sorriso largo em seu rosto.

— *Ei*, Emily — disse ele, com cara de gozação —, eu não fazia ideia!

Emily franziu a testa.

— Não fazia ideia... do quê?

Mike, o irmão de Aria, se materializou ao lado de James.

— Oi, Emily.

Mona Vanderwaal veio por trás dos dois garotos.

— Parem de incomodá-la, vocês dois. — Ela se virou para Emily. — Ignore-os. Quero fazer um convite para você. — Mona vasculhou em sua enorme bolsa de camurça e entregou um envelope branco a Emily. Emily virou o envelope de cabeça para baixo. O que quer que fosse, Mona tinha borrifado o papel com um perfume caro. Emily olhou para ela, confusa.

— Vou dar uma festa de aniversário no sábado — explicou Mona, enrolando uma longa mecha loura nos dedos. — Alguma chance de ver você lá?

— Você deveria *mesmo* ir — concordou Mike, arregalando os olhos.

— Eu... — começou Emily. Mas antes que ela pudesse dizer qualquer outra coisa, a banda começou a tocar outro hino da equipe e Mona se afastou.

Emily olhou para o convite de novo. Em nome de Deus, *o que* era aquilo? Ela não era o tipo de garota que recebia convites para festas direto das mãos de Mona Vanderwaal. E ela também não era, com certeza, o tipo de garota que recebia olhares lascivos dos meninos.

De repente, do outro lado da piscina, algo capturou seu olhar. Era uma folha de papel grudada na parede. Não estava lá antes do intervalo. E parecia familiar. Como uma foto.

Emily apertou os olhos. Seu coração parou. *Era* mesmo uma foto... de duas pessoas se beijando em uma cabine fotográfica. Na cabine fotográfica da festa de *Noel Kahn*.

— Ah, meu Deus. — Emily disparou pela área da piscina, escorregando duas vezes no deque molhado.

— Emily! — Aria correu na direção dela, vinda da porta da entrada, com suas botas plataforma de camurça fazendo barulho contra o chão de cerâmica e o cabelo preto-azulado desarrumado cobrindo parte do rosto. — Desculpe, cheguei atrasada, mas nós podemos conversar?

Emily não respondeu. Alguém tinha posto uma cópia da foto perto do grande quadro de avisos que listava os competidores daquela bateria. Todo o time podia ver aquilo. Mas será que eles saberiam que era ela? Ela arrancou a foto da parede. No canto, em letras grandes e pretas, estava escrito: VEJAM O QUE EMILY FIELDS TREINA QUANDO NÃO ESTÁ NA PISCINA! Bem, aquilo esclarecia *tudo*.

Aria se inclinou para olhar melhor a foto.

— Essa é... você?

O queixo de Emily tremeu. Ela amassou o papel, mas quando olhou em volta, viu outra cópia em cima da mochila de alguém, já dobrada ao meio. Ela a pegou e a amassou também. Mas, então, viu outra cópia caída no chão, perto das *kickboards*. E outra... nas mãos da treinadora. Lauren olhava da foto para Emily e de Emily para a foto.

— Emily? — disse ela, baixinho.

— Isso não pode estar acontecendo — sussurrou Emily, passando a mão pelo cabelo molhado. Ela olhou para a cesta de lixo feita de arame que ficava perto do escritório de Lauren. Havia pelo menos dez fotos dela beijando Maya jogadas fora ali no fundo. Alguém tinha jogado uma lata de Sunkist pela metade em cima dos papéis. O refrigerante havia escorrido, pintando seus rostos de laranja. Havia mais cópias perto dos bebedouros. E também perto das prateleiras onde o equipamento ficava armazenado. Seus colegas de equipe, que saíam dos vestiários, olharam para ela pouco à vontade. Seu ex-namorado, Ben, sorriu para ela, como quem dizia: *Sua experienciazinha lésbica não está mais sendo tão bacana, está?*

Aria pegou uma cópia que parecia ter vindo flutuando lá do teto. Ela focou o olhar e estreitou os lábios cor de morango.

— E daí? É você beijando alguém. — Os olhos dela arregalaram. — *Ah*.

— Pois é — gemeu Emily, desamparada.

Emily olhou em volta, fora de si.

— Você viu quem está distribuindo isso? — Aria sacudiu a cabeça. Emily abriu o bolsinho de sua bolsa de natação e pegou o celular. Uma nova mensagem, é claro.

> Emily, querida, sei que você é do tipo olho por olho, então, quando você fez planos para revelar quem eu sou, decidi revelar quem você é. Beijos! — A

— Droga — sussurrou Aria, lendo o texto por cima do ombro de Emily.

Emily, de repente, se deu conta de uma coisa assustadora. Seus pais. Aquele papel no qual estavam concentrados... aquilo não era a lista de classificação. *Era aquela foto*. Ela deu uma olhada para as arquibancadas. E, claro, seus pais estavam olhando direto para ela. Pareciam prestes a cair no choro, com os rostos vermelhos e as narinas dilatadas.

— Tenho que sair daqui. — Emily olhou ao redor, procurando pela saída mais próxima.

— De jeito nenhum. — Aria agarrou Emily pelo pulso e fez com que ela a encarasse. — Não há nada do que se envergonhar. E se alguém disser alguma coisa, que vá se danar.

Emily fungou. As pessoas podiam até *chamar* Aria de esquisita, mas ela era normal. Ela tinha um namorado. Ela nunca poderia saber como uma pessoa se sente numa situação dessas.

— Emily, essa é sua oportunidade! — protestou Aria. — A deve estar *por aqui*! — Ela olhou ameaçadoramente para as arquibancadas.

Emily percorreu as arquibancadas com o olhar mais uma vez. Seus pais ainda tinham as mesmas expressões magoadas e irritadas. O lugar de Maya estava vazio. Emily procurou por ela por toda a arquibancada, mas ela havia ido embora.

A provavelmente *estava* lá. E Emily desejou ser corajosa o bastante para escalar a arquibancada e sacudir uma por uma as pessoas da plateia, até que alguém confessasse. Mas ela não conseguiria.

— Eu... eu sinto muito — disse Emily abruptamente, e correu para fora do vestiário. Ela passou pelas mais de cem pessoas que sabiam o que ela era de verdade, pisando em cópias da foto dela com Maya pelo caminho.

11

NEM MESMO UM SISTEMA DE SEGURANÇA SUPERAVANÇADO PROTEGE VOCÊ DE TUDO

Momentos depois, Aria passou pelas portas embaçadas da piscina de Rosewood Day e juntou-se a Spencer e Hanna, que estavam conversando baixinho perto das máquinas de refrigerante.

– Coitada da Emily – sussurrou Hanna para Spencer. – Vocês sabiam... disso?

Spencer balançou a cabeça.

– Não fazia a menor ideia.

– Vocês se lembram de quando entramos escondidas na piscina dos Kahn, quando eles estavam de férias e nadamos peladas? – murmurou Hanna. – E de todas as vezes que nos trocamos no vestiário juntas? Eu nunca achei estranho.

– Nem eu. – Aria falou alto, desviando de um calouro para que ele pudesse pegar um refrigerante na máquina de Coca-Cola.

– Vocês acham que ela achava alguma de nós bonita? – Hanna arregalou os olhos. – Mas eu estava tão gorda naquela época – acrescentou ela, parecendo um pouco desapontada.

— Foi A que distribuiu estes panfletos — disse Aria a Hanna e Spencer. Ela apontou para a piscina. — A deve estar aqui.

Elas olharam ao redor da piscina. Os competidores esperavam nos blocos de largada. O mascote desfilava de um lado para outro nas bordas. As arquibancadas ainda estavam lotadas.

— O que nós devemos fazer a respeito? — perguntou Hanna, cerrando os olhos. — Parar a competição?

— Não devemos fazer nada. — Spencer fechou o zíper do seu casaco cáqui da Burberry até o queixo. — Se nós procurarmos por A, A pode ficar bravo... e fazer algo pior.

— A... está... aqui! — repetiu Aria. — Esta pode ser a nossa grande chance!

Spencer olhou para a multidão de jovens na antessala da ala de natação.

— Eu... eu preciso ir. — Com isso, ela disparou pelas portas giratórias e correu pelo estacionamento.

Aria virou-se para Hanna.

— Spencer correu como se *ela* fosse A — disse, brincando.

— Ouvi dizer que ela é finalista em algum concurso de trabalhos escolares. — Hanna pegou seu pó compacto da Chanel e começou a passar no queixo. — Você sabe que ela fica doida quando está competindo. Provavelmente foi para casa estudar.

— Verdade — sussurrou Aria. Talvez Spencer estivesse certa. Talvez A *pudesse mesmo* fazer algo pior se elas procurassem por ele nas arquibancadas.

De repente, alguém arrancou o capuz de Aria, por trás. Ela se virou.

— Mike — engasgou ela. — *Santo Deus.*

O irmão riu.

—Você conseguiu uma foto da sessão lésbica? – Ele fingiu lamber a foto de Emily e Maya. –Você me arruma o telefone da Emily?

– Claro que não. – Aria observou seu irmão. O boné de lacrosse STX estava amassado sobre seus cabelos negros, e ele usava o casaco branco e azul do time da Rosewood Day. Ela não o via desde a noite anterior.

– Então. – Mike colocou as mãos nos quadris. – Ouvi dizer que você foi expulsa de casa.

– Eu não fui expulsa – defendeu-se Aria. – Eu apenas achei que seria melhor ficar fora por um tempo.

– E você vai mudar para a casa do Sean?

–Vou – respondeu Aria. Depois de Ella ter dito a ela que fosse embora, Aria ligara para Sean, histérica. Ela não estava pedindo um convite, mas Sean ofereceu, dizendo que não seria problema algum.

O queixo de Hanna caiu.

—Você vai se *mudar* para a casa do Sean? Tipo assim, para a casa dele?

– Hanna, não é porque eu quero – explicou Aria, rapidamente. – É uma emergência.

Hanna desviou o olhar.

– Que seja. Eu não me importo. Você vai odiar. Todo mundo sabe que ficar com os pais do namorado é o suicídio da relação.

Ela se virou, empurrando a multidão para chegar à porta.

– Hanna! – chamou Aria, mas Hanna não se virou. Ela fitou Mike. –Você *tinha* que tocar no assunto quando ela estava bem aqui? Você não tem tato algum.

Mike deu de ombros.

– Desculpe, eu não falo TPMês. – Ele pegou uma barra de cereal do bolso e começou a comê-la, sem se incomodar em oferecer a Aria. – Você vai à festa da Mona?

Aria fez beicinho.

– Não tenho certeza. Ainda não pensei a respeito.

– Você está *deprimida* ou algo assim? – perguntou Mike, com a boca cheia.

Aria não teve que pensar muito a respeito.

– Mais ou menos. Quer dizer... papai foi embora. Como *você* se sente?

A feição de Mike mudou de aberta e brincalhona para dura e resguardada. Ele deixou o papel cair ao seu lado.

– Então, na noite passada eu perguntei umas coisas pra mamãe. Ela me disse que o papai estava vendo a menina antes de irmos pra Islândia. E que você sabia.

Aria colocou as pontas do cabelo na boca a encarou a lata azul de reciclagem no canto. Alguém tinha desenhado um par de peitos na tampa.

– Sim.

– Então, por que você não *me* contou?

Aria olhou para ele.

– Byron me pediu pra não contar.

Mike deu uma mordida violenta na barra de ceral.

– Mas tudo bem contar pra Alison DiLaurentis. E tudo bem ela dizer isso num vídeo que está em *todos os noticiários*.

– Mike... Eu não *contei* a ela. Ela estava comigo quando aconteceu.

– Que seja – grunhiu Mike, esbarrando no tubarão mascote ao forçar a porta dupla da piscina. Aria pensou em ir atrás dele, mas não foi. Ela se lembrou, de repente, de um dia em

Reykjavík, quando deveria ter tomado conta de Mike, mas em vez disso foi ao spa geotérmico Lagoa Azul com seu namorado, Hallbjorn. Quando voltou, cheirando a enxofre e coberta de sais curativos, descobriu que Mike tinha ateado fogo a metade das treliças do quintal. Aria entrou numa fria por causa disso – e, realmente, *havia sido* sua culpa. Ela notara o irmão olhando com voracidade para os fósforos da cozinha antes de ir para o spa. Poderia tê-lo impedido. Provavelmente, poderia ter impedido Byron também.

– Então, este aqui é seu. – Sean conduziu Aria pelo corredor com piso de mogno, imaculadamente limpo, até um grande quarto branco. Tinha um assento colado numa janela grande, cortinas brancas, e um buquê de flores igualmente brancas na mesa ao fundo.

– Eu amei. – O quarto parecia o hotel parisiense em que a sua família ficou hospedada quando o pai foi entrevistado por um canal francês de televisão, por ser especialista em gnomos. – Você tem certeza de que não causei nenhum incômodo?

– Claro. – Sean deu um beijo suave numa das bochechas de Aria. – Vou deixar você se acomodar.

Aria olhou pela janela, para o tom rosado do fim de quinta-feira e não conseguiu evitar comparar aquela vista com a de sua casa. A propriedade dos Ackard estava localizada bem no meio do bosque e envolta por pelo menos dez acres de terras intocadas. A casa mais próxima, que parecia um castelo robusto com torres em estilo medieval, estava a pelo menos três quadras de futebol de distância. A casa de Aria ficava numa vizinhança adorável, mas capenga, perto da faculdade. As únicas coisas que ela conseguia ver no quintal de seus vizinhos eram uma ridícula coleção de banheiras de passarinho, animais de pedra e bonecos de jardim.

— Tudo certo com o quarto? — perguntou a sra. Ackard, madrasta de Sean, ao ver Aria descer as escadas para a cozinha.

— É ótimo — disse Aria. — Muito obrigada.

A sra. Ackard sorriu docemente de volta. Ela era loira, meio gordinha, com olhos azuis inquisitivos e uma boca que parecia sorrir mesmo quando estava relaxada. Quando Aria fechava os olhos e imaginava uma mãe, a sra. Ackard era bem o que ela tinha em mente. Sean havia lhe contado que antes de se casar com o pai dele, ela trabalhava como editora de uma revista na Filadélfia, mas que, após o casamento, se tornara dona de casa em tempo integral, mantendo a monstruosa a casa dos Ackard sempre pronta para uma sessão de fotografia. As maçãs na tigela de madeira na bancada estavam sem um arranhão, as revistas no console da sala estavam todas viradas para o mesmo lado e as franjas do gigantesco tapete oriental estavam arrumadas, como se tivessem acabado de ser penteadas.

— Estou fazendo ravióli de cogumelos. — A sra. Ackard convidou Aria a cheirar a panela de molho. — Sean me falou que você é vegetariana.

— Eu sou — concordou Aria, docemente —, mas a senhora não precisava fazer isso por mim.

— Sem problemas — disse a sra. Ackard, calorosa. Havia também batatas fatiadas, salada de tomate e um filão do delicioso pão *gourmet* de sete grãos da Fresh Fields, do qual Ella tanto tirava sarro, afirmando que qualquer um que pagasse onze dólares por um pouco de farinha e água precisava fazer um exame mental.

A sra. Ackard tirou a colher de madeira da panela e a colocou no canto da bancada.

– Você era muito amiga da Alison DiLaurentis, não era? Eu vi o vídeo de vocês no noticiário.

Aria abaixou a cabeça.

– É. – Um bolo cresceu em sua garganta. Ver Ali tão viva no vídeo tinha trazido o luto à tona novamente.

Para surpresa de Aria, a sra. Ackard passou o braço em volta de seu ombro e deu uma apertadinha.

– Sinto muito – murmurou ela. – Não consigo imaginar o que você está sentindo.

Lágrimas surgiram nos olhos de Aria. Ela sentiu como se estivesse aninhada nos braços de uma mãe, mesmo que aquela não fosse a sua.

Sean sentou-se perto de Aria no jantar, e *tudo* era a antítese do que acontecia na casa da Aria. Os Ackard punham o guardanapo no colo, não tinha televisão ligada com o jornal zunindo ao fundo, e o sr. Ackard, que era rechonchudo e meio careca, mas tinha um sorriso carismático, não lia o jornal na mesa. Os gêmeos Ackard, Colin e Aidan, deixaram os cotovelos fora da mesa e não cutucaram um ao outro com o garfo – Aria só podia imaginar as atrocidades que Mike cometeria se ele tivesse um irmão gêmeo.

– Obrigada – agradeceu Aria, enquanto a sra. Ackard colocava mais leite em seu copo, mesmo com Ella e Byron tendo dito que leite contém hormônios sintéticos e causa câncer. Aria tinha contado a Ezra sobre como seus pais haviam banido o leite na noite em que ela passou no apartamento dele, umas semanas antes. Ezra tinha rido, dizendo que a família dele tinha suas doideiras a respeito da granola também.

Aria apoiou o garfo. Como é que Ezra tinha entrado nos seus pensamentos tranquilos durante o jantar? Rapidamente, olhou para Sean, que mastigava uma garfada de batatas. Ela se curvou e tocou o pulso dele. Ele sorriu.

— Sean nos disse que você está fazendo aulas avançadas, Aria — comentou o sr. Ackard, espetando uma cenoura.

Aria encolheu os ombros.

— Só inglês e artes plásticas.

— Literatura inglesa foi a minha especialização na faculdade — disse a sra. Ackard, entusiasmada. — O que você está lendo agora?

— *A letra escarlate.*

— Eu amo esse livro! — gritou a sra. Ackard, tomando um pequeno gole de vinho tinto. — Ele realmente mostra como a sociedade puritana costumava ser restritiva. Pobre Hester Prynne.

Aria mordiscou a bochecha. Se ao menos ela tivesse falado com a senhora Ackard *antes* de ter marcado Meredith.

— *A Letra Escarlate.* — O sr. Ackard colocou um dos dedos nos lábios. — Fizeram um filme desse livro, não fizeram?

— A-hã — fez Sean. — Com a Demi Moore.

— Aquele em que o homem se apaixona por uma moça mais nova, certo? — acrescentou o sr. Ackard. — Tão escandaloso.

Aria inspirou. Sentiu como se todos estivessem olhando para ela, mas, na verdade, apenas Sean a olhava. Os olhos dele estavam arregalados e voltados para baixo, mortificados. *Desculpe,* dizia a expressão dele.

— Não, David — corrigiu a sra. Ackard, baixinho, numa voz que indicava que ela fazia alguma ideia da situação de Aria. — Esse é *Lolita.*

— Ah. Certo. — O sr. Ackard deu de ombros, aparentemente sem se dar conta do seu fora. — Eu misturo todos eles.

Depois do jantar, Sean e os gêmeos subiram para fazer a lição de casa, e Aria os seguiu. Seu quarto de hóspedes era silencioso e convidativo. Em algum momento entre o jantar e aquela hora, a sra. Ackard tinha posto uma caixa de lenços de papel e um vaso de lavanda na mesa de cabeceira. O cheiro de casa de vó que as flores tinham enchia o quarto. Aria despencou na cama, ligou no noticiário para ter companhia e abriu o Gmail no seu laptop. Havia apenas uma mensagem. O nome do remetente era uma série de letras e números misturados. Aria sentiu o coração parar ao clicar duas vezes para abrir a mensagem.

Aria: Você não acha que o Sean deveria saber do trabalho extracurricular que você fez com certo professor de inglês? Afinal, bons relacionamentos são construídos com base na verdade. – A

Naquele momento, o aquecimento central desligou, fazendo Aria sentar-se ereta. Lá fora, um galho bateu. Depois outro. *Alguém estava observando.*

Ela engatinhou até a janela e deu uma olhada. Os pinheiros projetavam sombras disformes na quadra de tênis. Uma câmera de segurança, pendurada na beirada da casa, virava vagarosamente da direita para a esquerda. Uma luz tremeluziu, depois nada.

Quando ela olhou de volta paro o quarto, alguma coisa no noticiário chamou sua atenção. Maníaco *visto novamente*, informava a legenda na parte de baixo da tela.

— Recebemos a informação de que algumas pessoas viram o Maníaco de Rosewood — disse o repórter, no momento em que Aria aumentava o volume. — Aguarde para mais detalhes. Passava a imagem de um carro de polícia em frente a uma casa enorme, com torres de castelo. Aria voltou-se para a janela de novo — lá estavam eles. Sem dúvida, a luz azul da polícia estava piscando nos pinheiros mais distantes.

Ela saiu para o corredor. A porta do Sean estava fechada; podia-se ouvir Bloc Party vindo lá de dentro.

— Sean? — Ela empurrou e abriu a porta do quarto dele. Os livros estavam espalhados pela escrivaninha, mas a cadeira estava vazia. Havia um amassado na cama perfeitamente arrumada, onde o corpo dele estivera. A janela estava aberta, e um vento frio soprou, fazendo as cortinas dançarem como fantasmas.

Aria não sabia mais o que fazer, então, voltou para seu computador. Foi quando viu um novo e-mail.

P.S.: Posso ser um pé no saco, mas não sou assassino. Aqui vai uma pista para quem não faz ideia: alguém queria alguma coisa da Ali. O assassino está mais perto do que você pensa.
— A

12

AH, A VIDA NA CORTE

Quinta à noite, Hanna se arrastou para o pátio do Shopping King James, mexendo no seu BlackBerry. Ela tinha mandado uma mensagem de texto para Mona, *"Ainda vamos nos encontrar p minha prova d vestido?"*, mas não tinha recebido resposta.

Mona provavelmente estava chateada com ela por causa do lance do Amiganiversário. De qualquer forma, Hanna tinha tentado explicar por que suas velhas amigas tinham ido a sua casa, mas Mona a interrompera antes mesmo que pudesse começar, declarando com sua voz mais gelada:

— Eu vi você e suas amiguinhas queridas no jornal. Parabéns por sua grande estreia na televisão. — E aí, desligou. Hanna tinha certeza de que ela estava danada da vida, mas sabia que Mona não conseguia ficar brava com ela por muito tempo. Se ficasse, quem seria sua Melhor Amiga Para Sempre?

Hanna passou pela Rive Gauche, a *brasserie* do Shopping, onde deveria ter sido o jantar de Amiganiversário delas no dia anterior. Era uma cópia do Balthazar de Nova York, que era uma cópia de zilhões de cafés em Paris. Ela avistou um grupo de meninas no bufê favorito de Hanna e Mona. Uma das meninas era Naomi. A outra era Riley. E a menina ao lado dela era... Mona.

Hanna olhou de novo. O que a Mona estava fazendo ali com... *elas*?

Apesar das luzes do Rive Gauche serem fracas e românticas, Mona estava usando seus óculos de sol de lente rosa. Naomi, Riley, Kelly Hamilton, e Nicole Hudson – Naomi e Riley, as bajuladoras do segundo ano – cercavam-na, e havia um enorme e intocado prato de batatas fritas no meio da mesa. Mona parecia estar contando uma história, balançando as mãos, animada, e abrindo os grandes olhos azuis. Ela chegou ao ponto alto da história, e as outras deram gritinhos.

Hanna ajeitou os ombros. Caminhou pela antiga porta marrom do café. Naomi acenou para Kelly e elas cochicharam juntas.

– O que vocês estão fazendo aqui? – perguntou ela, parando perto de Riley e Naomi.

Mona inclinou-se para a frente e apoiou-se nos cotovelos.

– Bem, não é uma surpresa? Eu não sabia se você ainda queria ser da corte, já que anda tão ocupada com suas velhas amigas. – Ela jogou o cabelo por sobre o ombro e tomou um gole de Coca zero.

Hanna revirou os olhos e os pousou no fim da bancada vermelha do bufê.

– É claro que ainda quero estar na sua corte, sua vaca dramática.

Mona deu um sorrisinho para ela.

– Sua decadente.

– Vadia – rebateu Hanna.

– Vagabunda – disse Mona. Hanna gargalhou... e Naomi, Riley e as outras também. Às vezes, ela e a Mona tinham brigas de mentira como essa, entretanto, normalmente elas não tinham plateia.

Mona enrolou um pedaço de cabelo louro claro em volta do dedo.

– De qualquer forma, eu decidi que quanto mais, melhor. Cortes pequenas são entediantes. Quero que essa festa seja a melhor de todas.

– Nós estamos *tão* animadas – disse Naomi, efusiva. – Eu mal posso esperar para provar o vestido Zac Posen que a Mona escolheu para nós.

Hanna abriu um meio sorriso. Aquilo realmente não fazia nenhum sentido. Todo mundo na Rosewood sabia que Riley e Naomi andavam falando de Hanna pelas costas. E não tinha sido no ano passado que a Mona prometera odiar Naomi para sempre, depois de ela ter espalhado a fofoca de que Mona tinha feito enxerto de pele? Hanna tinha ficado amiga de mentira da Naomi por isso – tinha fingido que ela e Mona estavam brigadas, ganhou a confiança da Naomi, depois pegou uma carta de amor que Naomi havia escrito pro Mason Byers do caderno dela. Hanna colocou a carta anonimamente na intranet de Rosewood Day no dia seguinte. Todos acharam graça, e tudo ficou bem de novo.

De imediato, Hanna teve uma epifania. Claro! Mona estava fingindo de amiga delas! Fazia *todo* o sentido. Sentiu-se um pouco melhor, dando-se conta do que estava acontecendo, mas ainda queria uma confirmação. Ela olhou pra Mona.

– Ei, Mon, posso falar com você um minuto? A sós?

– Agora não posso, Han. – Mona olhou para seu relógio Movado. – Nós estamos atrasadas para a prova de roupa. Vamos.

Com isso, Mona caminhou pra fora do restaurante, o salto alto batendo contra o piso castanho brilhante. As outras a seguiram. Hanna esticou-se para pegar sua enorme bolsa Gucci, mas o zíper abriu e tudo que tinha dentro espalhou-se embaixo da mesa. Toda a maquiagem, sua carteira, suas vitaminas e o Hydroxycut que ela tinha roubado da loja de suplementos séculos atrás, mas estava com um pouco de medo demais de usar... tudo. Hanna se apressou em recolher as coisas, seus olhos em Mona e nas outras, se esgueirando para fora. Ela se ajoelhou, tentando enfiar tudo de volta na bolsa o mais rápido possível.

– Hanna Marin?

Hanna pulou. Acima dela estava o conhecido garçom, alto, de cabelo desalinhado.

– Sou o Lucas – relembrou-a ele, mexendo no punho da camisa branca do uniforme do Rive Gauche. – Você provavelmente não me reconheceu porque eu fico muito francês com esta roupa.

– Ah – disse Hanna, cansada. – Ei. – Ela conhecia Lucas Beattie há muito tempo. No sétimo ano, ele era popular e, que coisa estranha, por um segundo, ele tinha gostado de Hanna. Dizia-se por aí que Lucas ia mandar para Hanna uma caixa vermelha de bombons, em formato de coração, no Dia do Bombom da escola. Um menino mandando para você uma caixa de bombons com formato de coração significava *amor*, então, Hanna ficou toda animada.

Mas aí, uns dias antes do Dia do Bombom, algo mudou. Lucas, de repente, virou um idiota. Os amigos dele começaram a ignorá-lo, as meninas começaram a rir dele, e um rumor desenfreado de que ele seria hermafrodita se espalhou. Hanna não podia acreditar na sua sorte, mas, secretamente, imaginava se ele tinha passado de famoso a fracassado só porque tinha decidido gostar *dela*. Mesmo ela sendo amiga da Ali D., ainda era uma gorda idiota, desajeitada e fracassada. Quando ele mandou a caixa de bombons, Hanna a escondeu em seu armário e não agradeceu a ele.

– E aí? – perguntou Hanna calmamente. Lucas ainda era um fracassado.

– Tudo na boa – respondeu Lucas, sedento. – E aí, tudo bem com você?

Hanna revirou os olhos. Ela não queria começar uma conversa.

– Preciso ir. – Ela olhou para o pátio externo do shopping. – Minhas amigas estão esperando por mim.

– Na verdade... – Lucas a seguiu em direção à saída. – Suas amigas esqueceram de pagar a conta. – Ele sacou uma carteira de couro. – A não ser que, hm... você esteja bancando desta vez.

– Oh. – Hanna limpou a garganta. Legal da parte da Mona ter avisado. – Sem problemas.

Lucas passou o AmEx de Hanna na máquina e lhe entregou o boleto para que ela assinasse. Hanna caminhou pra fora do Rive Gauche sem deixar gorjeta – nem dar tchau para Lucas. Quanto mais pensava no assunto, mais animada ficava com o fato de que Naomi e Riley faziam parte da corte de Mona. Em Rosewood, as meninas da corte de uma festa sempre competiam para ver quem daria o presente mais glamouroso para a aniversariante. Um dia no spa Blue Springs ou um vale-presente Prada não impressionavam – o presente ganhador tinha que ser totalmente demais. A melhor amiga de Julia Rubenstein tinha contratado alguns *strippers* para se apresentar na *after-party* para um pequeno grupo seleto – e tinham sido strippers *gostosos*, não uns musculosos babacas. E Sarah Davies convencera o pai a contratar Beyoncé para cantar "Parabéns pra você" para a aniversariante. Ainda bem que Naomi e Riley eram tão criativas quanto o panda recém-nascido do Zoológico da Filadélfia. Hanna poderia superá-las até mesmo em seu pior dia.

Ela ouviu o BlackBerry vibrar na bolsa e o pegou. Havia duas mensagens em sua caixa de entrada. A primeira, de Mona, havia chegado seis minutos antes.

Onde você está, vadia? Se você se atrasar mais um pouco, a costureira vai ficar furiosa. – Mon

Mas a segunda mensagem, que chegara há dois minutos, era de um número bloqueado. Só podia ser de uma pessoa.

Querida Hanna, nós podemos não ser amigos, mas temos as mesmas inimigas. Então, aqui vão duas dicas: uma de suas antigas amigas está escondendo algo de você. Algo grande. E Mona? Ela também não é sua amiga. Então, fica esperta. – A

13

OLÁ, MEU NOME É EMILY E EU SOU GAY

Naquela noite, às 19:17, Emily estacionou na entrada da garagem de sua casa. Depois de ter fugido da piscina, ela andou pelo Santuário de Aves de Rosewood por horas. Os pardais piando diligentemente e os alegres patinhos e periquitos adestrados a acalmaram. Foi um bom lugar para escapar da realidade... e de certa foto incriminadora.

Todas as luzes da casa estavam acesas, inclusive a do quarto que Emily e Carolyn dividiam. Como ela ia explicar a foto para a família? Ela queria dizer que beijar Maya naquela foto havia sido uma brincadeira, que alguém estava pregando uma peça nela. *Ha ha, beijar meninas é nojento.*

Mas não era verdade, e isso fazia seu coração doer.

A casa parecia quente e convidativa, como uma mistura de café e *poutpourri* de flores. A mãe havia acendido as luzes do corredor onde ficava a estante com pequenas estátuas Hummel. Pequenas estátuas de um menino ordenhando uma vaca e uma menina de calça e suspensório empurrando um carrinho de mão se alternavam. Emily entrou pelo corredor revestido por um papel de parede floral, em direção à sala de estar. Os pais estavam sentados no sofá florido. E uma mulher mais velha na namoradeira.

A mãe lhe lançou um sorrisinho.

– Bem, olá, Emily.

Emily piscou algumas vezes.

– Hã, oi... – Ela olhava dos pais para a estranha na namoradeira.

–Você não quer entrar? – perguntou a mãe. – Tem alguém aqui que quer ver você.

A mulher, que estava usando calças pretas de cintura alta e um casaco verde-menta, levantou-se e estendeu a mão.

– Eu sou a Edith. – Ela sorriu. – É um prazer conhecer você, Emily. Por que você não se senta?

O pai de Emily correu para a sala de jantar e arrastou outra cadeira para ela. Ela se sentou, indecisa, sentindo-se nervosa.

Era a mesma sensação que ela costumava ter quando suas velhas amigas brincavam do Jogo do Travesseiro – uma pessoa andava pela sala com os olhos vendados, e, inesperadamente, as outras a bombardeavam com os travesseiros. Emily não gostava dessa brincadeira – ela odiava esses momentos tensos um pouco antes de começarem a bater nela, mas participava, de qualquer forma, porque Ali adorava.

– Eu sou de um programa chamado Tree Tops – explicou Edith. – Seus pais me falaram do seu problema.

Os ossos do traseiro de Emily pressionaram a madeira da cadeira da sala de jantar.

– Problema? – O estômago dela afundou. Ela sentiu que sabia o que *problema* significava.

— É claro que é um problema. — A voz da mãe estava engasgada. — Aquela foto, com aquela menina que nós *proibimos* você de ver... aquilo aconteceu mais de uma vez?

Emily tocou, nervosa, a cicatriz na palma da mão esquerda, que conseguiu quando Carolyn, acidentalmente, a cortara com a tesoura de jardinagem. Ela cresceu lutando para ser o mais obediente e bem-comportada possível, e não conseguiria mentir para os pais. Pelo menos não muito bem.

— Aconteceu mais de uma vez, acho — balbuciou ela.

A mãe soltou um gemido curto e sofrido.

Edith fez biquinho com os lábios enrugados, pintados com batom fúcsia. Ela cheirava à velhice e naftalina.

— O que você está sentindo não é permanente. É uma doença, Emily. Mas nós, da Tree Tops, podemos curar você. Nós já reabilitamos muitos ex-homossexuais, desde que o programa começou.

Emily estourou numa gargalhada.

— Ex... *homossexuais*?

O mundo começou a girar, depois parou. Os pais de Emily olharam para ela parecendo os donos da verdade, com as mãos em volta das xícaras de café.

— Seu interesse em mulheres jovens não é genético ou científico, é ambiental — explicou Edith. — Com aconselhamento, nós vamos acabar com a sua... necessidade, digamos assim.

Emily segurou os braços da cadeira.

— Isso parece... *estranho*.

— Emily! — repreendeu a mãe. Ela havia ensinado os filhos a nunca desrespeitar os adultos. Mas Emily estava perplexa demais para ficar envergonhada.

– Não é estranho – chilreou Edith. – Não se preocupe se você não entende tudo isso agora. Muitas das nossas novas recrutas não entendem. – Ela olhou para os pais de Emily. – Nós temos um *maravilhoso* registro de reabilitação na grande Filadélfia.

Emily queria vomitar. *Reabilitação?* Ela investigou os rostos dos pais, mas não encontrou nada. Olhou para a rua. *Se o próximo carro que passar for branco, isso não está acontecendo*, pensou. *Se for vermelho, está.* Um carro passou batido. Com certeza, era vermelho.

Edith recolocou a xícara de café no pires.

– Nós vamos mandar uma colega mentora para conversar com você. Alguém que experimentou o programa em primeira mão. Ela é do último ano do Rosewood Senior High e seu nome é Becka. Ela é muito legal. Vocês vão apenas conversar. E, depois disso, discutiremos a sua entrada oficial no programa. Tudo bem?

Emily olhou para os pais.

– Eu não tenho tempo de conversar com ninguém – insistiu. –Tenho natação de manhã e depois da escola, e, depois, tenho lição de casa.

A mãe lhe lançou um sorriso tenso.

– Você vai arranjar tempo. Que tal amanhã, na hora do almoço?

Edith concordou.

– Tenho certeza de que vai dar.

Emily coçou sua cabeça latejante. Ela já odiava Becka, e nem a tinha conhecido ainda.

– Tudo bem – concordou. – Diga a ela para me encontrar na capela Lorence. – Nem pensar em conversar com a srta.

Tree Tops na cantina. A escola já ia ser massacrante o suficiente no dia seguinte do jeito que as coisas estavam.

Edith esfregou as mãos e se levantou.

– Eu vou arranjar tudo.

Emily esperou perto da parede da entrada, enquanto os pais entregavam a Edith seu casaco e agradeciam por ela ter vindo. Edith caminhou pela entrada de pedras dos Fields até seu carro. Quando os pais de Emily se viraram para ela, tinham um olhar cansado e sóbrio em suas faces.

– Mãe, pai... – começou Emily.

A mãe se virou.

– Essa menina, Maya, tem alguns truques na manga, não?

Emily deu um passo para trás.

– Maya não espalhou a foto por aí.

A senhora Fields examinou Emily com cuidado, depois se sentou no sofá e colocou as mãos sobre a cabeça.

– Emily, o que nós vamos fazer *agora*?

– O que você quer dizer com *nós*?

A mãe olhou para cima.

– Você não percebe que isso tem um reflexo sobre nós?

– Não fui *eu* que contei para todo mundo – protestou Emily.

– Não importa como aconteceu – interrompeu a mãe. – O que importa é que todo mundo sabe. – Ela levantou e olhou para o sofá, depois pegou uma almofada decorativa e bateu nela com o pulso, para afofá-la. Ela a colocou de volta, pegou outra, e começou tudo de novo. *Paf.* Estava socando as almofadas com mais força que o necessário. – Foi muito chocante ver aquela foto sua, Emily. *Terrivelmente* chocante. E ouvir que foi uma coisa que você fez *mais de uma vez*, bem...

— Sinto muito — choramingou Emily. — Mas talvez isso não seja...

— Alguma vez você pensou em como isso seria duro para nós? — interrompeu a sra. Fields mais uma vez. — Nós todos estamos... bem, Carolyn veio para casa chorando. E seu irmão e sua irmã me ligaram, se oferecendo para vir para cá.

Ela pegou outra almofada. *Paf, paf.* Algumas penas saíram e voaram pelo ar antes de pousar no carpete. Emily imaginou o que aquilo iria parecer para alguém que passasse pela janela. Talvez eles vissem as penas voando e pensassem que fosse fruto de algo alegre, o contrário do que estava acontecendo na realidade.

A língua de Emily estava pesada dentro da boca. O buraco no fundo do estômago permanecia.

— Desculpe — sussurrou ela.

Os olhos da mãe se acenderam. Ela acenou para o pai de Emily.

—Vá pegar.

Seu pai desapareceu pela sala, e Emily o ouviu revirando as gavetas de sua antiga escrivaninha. Segundos depois, ele voltou com um impresso da Expedia.

— Isso é para você — informou o sr. Fields.

Era um itinerário de voo da Filadélfia para Des Moines, Iowa. Com o nome de Emily nele.

— Eu não entendi.

O sr. Fields limpou a garganta.

— Apenas para deixar as coisas perfeitamente claras, ou você faz o Tree Tops e obtém resultados *positivos* ou vai morar com sua tia Helene.

Emily piscou.

— Tia Helene... que mora numa fazenda?
—Você se lembra de outra tia Helene? — perguntou ele.
Emily se sentiu tonta. Ela olhou para a mãe.
—Você vai me mandar *embora*?
—Vamos esperar que não precisemos chegar a tanto — respondeu a sra Fields.
Lágrimas despontaram nos olhos de Emily. Por um tempo, ela não conseguiu falar. Parecia que um bloco de cimento estava apertando seu peito.
— Por favor, não me mande embora — sussurrou ela. — Eu vou... eu vou fazer o Tree Tops. Pode ser?
Emily abaixou o olhar. Era a mesma sensação de quando ela e Ali faziam queda de braço — elas tinham a mesma força e podiam fazer aquilo por horas, mas, em determinado momento, Emily se renderia, amolecendo o braço, deixando-o cair. Talvez estivesse desistindo muito fácil, mas não conseguiria lutar contra aquilo.
Um pequeno sorriso de alívio brotou no rosto da mãe. Ela colocou o itinerário no bolso do casaco.
— Então, não foi tão difícil, foi?
Antes que ela pudesse responder, seus pais saíram da sala.

14

O GRANDE CLOSE DE SPENCER

Quarta-feira de manhã, Spencer se olhou em sua penteadeira de mogno Chippendale. A penteadeira e a mesinha estavam na família Hastings havia duzentos anos, e a mancha d'água no tampo supostamente teria sido feita por Ernest Hemingway — ele teria colocado seu copo suado de uísque ali, durante um baile formal do tataravô de Spencer.

Spencer pegou a escova de cabelo de cerdas e escovou o cabelo até que seu couro cabeludo começasse a doer. Jordana, a repórter do *Philadelphia Sentinel*, chegaria logo para sua grande entrevista e para a sessão de fotos. Um estilista ia trazer algumas roupas e a cabeleireira de Spencer, Uri, deveria chegar a qualquer momento para fazer uma escova. Ela já tinha acabado de fazer sua maquiagem, escolhendo um estilo refinado, bem natural, que esperava fazê-la parecer inteligente, íntegra — e de *modo algum* uma plagiadora.

Spencer engoliu em seco e deu uma olhada numa foto que mantinha encaixada na moldura do espelho. Era de suas antigas amigas no iate do tio de Ali, em Newport, Rhode

Island. Elas estavam espremidas, usando biquínis combinando da J.Crew e chapéus de palha de aba larga, rindo como se fossem deusas do mar.

Vai ficar tudo bem, falou Spencer para o espelho, tomando fôlego. O artigo acabaria virando um pequeno item na seção Estilo, algo que ninguém iria ver. Jordana poderia só lhe fazer duas ou três perguntas. As mensagens de A do dia anterior – *eu sei o que você fez* – eram apenas para assustá-la. Ela tentou esconder esses pensamentos nos confins de sua mente.

De repente, seu Sidekick apitou. Spencer pegou-o, apertou alguns botões para acessar sua caixa de entrada e olhou para a tela.

Precisa de outro aviso, Spence? O assassino de Ali está bem na sua frente. – A

O telefone de Spencer se espatifou no chão. *O assassino da Ali?* Ela olhou para o próprio reflexo no espelho. Depois, para a foto de suas amigas no canto. Ali estava segurando o leme do iate, e as outras estavam rindo atrás dela.

Então, algo na janela chamou sua atenção. Spencer virou-se, mas não havia nada. Ninguém no quintal, exceto um marreco Mallard, parecendo perdido. Ninguém no quintal dos DiLaurentis nem no dos Cavanaugh. Spencer virou-se para o espelho e passou as mãos frias por todo o rosto.

– Oi.

Ela deu um pulo. Melissa parou atrás dela, apoiando-se na cama de dossel de Spencer. Spencer virou-se, sem saber ao certo se o reflexo de Melissa era real. Ela tinha chegado até Spencer tão... sorrateiramente.

—Você está bem? – perguntou Melissa, mexendo na gola ondulada da sua blusa de seda. – Parece até que viu um fantasma.

– É que acabei de receber uma mensagem muito esquisita – desabafou Spencer.

– É mesmo? O que dizia?

Spencer deu uma olhada no Sidekick em cima do tapete cor de creme, depois o chutou ainda mais pra baixo da penteadeira.

– Deixa pra lá.

– Bem, de qualquer forma, a repórter está aqui. – Melissa vagou pelo quarto de Spencer. – A mamãe pediu para avisar você.

Spencer levantou-se e andou até a porta. Ela não podia acreditar que quase tinha contado a Melissa sobre a mensagem de A. Mas o que A queria dizer? Como o assassino de Ali poderia estar na frente dela, quando estava se olhando no espelho?

Uma imagem apareceu diante de seus olhos. *Qual é*, cacarejou Ali, estupidamente. *Você leu isso no meu diário, não foi?*

Eu não leria seu diário, respondeu Spencer. *Eu não me importo.*

Diante de seus olhos, apareceram alguns pontos e luzinhas, e um movimento borrado. E depois, *puf*, nada. Spencer piscou furiosamente por alguns segundos, ficou parada sozinha e em choque no meio do corredor do andar de cima. Parecia a continuação da estranha e confusa lembrança do outro dia. Mas o que era aquilo?

Ela caminhou lentamente para o andar de baixo, segurando no corrimão para se apoiar. Seus pais e Melissa estavam reunidos em volta do sofá na sala. Uma mulher gorducha, de cabelos negros arrepiados e óculos pontudos de plástico; um cara magrelo, com barbicha de bode e uma gigantesca câmera pendurada no pescoço; e uma moça asiática miudinha, com uma mecha rosa no cabelo, estavam perto da porta da frente.

— Spencer Hastings! — gritou a mulher de cabelo arrepiado quando a viu. — Nossa finalista.

Ela jogou os braços em volta de Spencer, e o nariz da menina bateu no casaco da mulher, que cheirava a cereja marrasquino, que Spencer costumava pescar no Shirley Temples que tomava no country club. Depois, ela se afastou e segurou Spencer pelo braço.

— Eu sou Jordana Pratt, editora de estilo do *Philadelphia Sentinel* — bradou ela. Jordana gesticulou para os outros dois estranhos. — E estes são Bridget, nossa estilista; e Matthew, nosso fotógrafo. Prazer em conhecê-la!

— Igualmente — disse Spencer.

Jordana cumprimentou o pai e a mãe de Spencer. Ela passou por Melissa sem nem mesmo olhar para ela, e Melissa arranhou a garganta.

— Hum, Jordana, acho que já nos conhecemos também.

Jordana apertou os olhos e enrugou o nariz, como se um cheiro ruim tivesse acabado passar no ar. Ela encarou Melissa por alguns segundos.

— Já?

— Você me entrevistou quando eu corri a Maratona da Filadélfia, há uns dois anos — relembrou Melissa, ficando ainda mais ereta e pondo os cabelos atrás das orelhas. — No Estádio Eames, na frente do museu de artes?

Jordana ainda parecia perdida.

— Ótimo, ótimo! — exclamou, distraída. — Adoro maratonas!

Ela deu uma olhada em Spencer mais uma vez. Spencer notou que ela usava um relógio Cartier Tank Americaine – e não um daqueles de aço baratos.

– Então. Quero saber tudo sobre você. O que você gosta de fazer para se divertir, suas comidas favoritas, quem você acha que vai ganhar o *American Idol*, tudo. Você provavelmente vai ser famosa algum dia, sabe? Todas as ganhadoras do Orquídea Dourada acabam se tornando estrelas.

– Spencer não assiste ao *American Idol* – prontificou-se a sra. Hastings. – Ela é muito ocupada com todas as suas atividades e estudos.

– Ela tirou 2350 no simulado do vestibular – mencionou o sr. Hastings, orgulhoso.

– Acho que aquela menina, a Fantasia, vai ganhar – disse Melissa. Todos pararam e olharam para ela. – O *American Idol* – especificou ela.

Jordana franziu a testa.

– Essa foi praticamente a primeira temporada. – Ela se virou de volta para Spencer e fez beicinho com os lábios vermelhos brilhantes. – Então, Senhorita Finalista. Nós queremos enfatizar que você é fantástica e maravilhosa, mas queremos que seja divertido, também. Você foi indicada para um trabalho de economia, o que é um lance de negócios, certo? Eu pensei que as fotos poderiam ser como uma sátira de *O aprendiz*. A foto podia gritar: *Spencer Hastings, você está contratada!* Você usaria um terninho preto brilhante, sentada atrás de uma mesa grande, dizendo a um homem que ele está demitido. Ou contratado. Ou que você gostaria que ele te preparasse um martíni. Tanto faz.

Spencer piscou. Jordana falava rápido demais e gesticulava sem parar.

– A mesa do meu escritório deve servir – ofereceu a sra. Hastings. – É só seguir pelo corredor.

Jordana olhou para Matthew.

– Quer ir checar?

Matthew concordou.

– E eu tenho um terninho que ela podia pegar emprestado – completou Melissa.

Jordana pegou seu BlackBerry do suporte na cintura e começou a digitar freneticamente no teclado.

– Não será necessário – murmurou ela. – Já está resolvido.

Spencer sentou-se na poltrona listrada da sala. A mãe pegou o banco do piano. Melissa juntou-se a elas, se apoiando perto da harpa antiga.

– É tão emocionante – arrulhou a sra. Hastings, debruçando-se para tirar uma mecha de cabelo do olho de Spencer.

Spencer tinha que admitir, adorava quando as pessoas a adulavam. Era tão raro isso acontecer.

– Eu imagino o que ela vai me perguntar – pensou ela.

– Ah, provavelmente sobre os seus interesses, sua educação – cantarolou a sra. Hastings. – Não se esqueça de contar sobre os retiros educacionais aos quais eu mandei você. E você se lembra de como eu comecei a lhe ensinar francês, quando você ainda tinha oito anos? Você conseguiu ir direto para a turma de francês II, no sexto ano, por causa disso.

Spencer pôs a mão na boca para cobrir o riso.

– Vai ter outras histórias na edição de sábado do *Sentinel*, mãe. Não só a minha.

— Talvez ela pergunte sobre o seu trabalho — disse Melissa, categórica.

Spencer olhou para cima, confusa. Melissa estava folheando uma revista *Town & Country*, com uma expressão que não deixava escapar nem uma única pista... será que Jordana ia perguntar sobre o trabalho?

Bridget veio dançando de volta, com uma arara cheia de sacos protetores de roupas em cabides.

— Comece a abrir os zíperes desses protetores de roupas e veja se tem alguma coisa de que goste — instruiu ela. — Eu só tenho que dar uma corridinha no carro e pegar a sacola de sapatos e acessórios. — Ela franziu o nariz. — Um assistente seria ótimo neste momento.

Spencer passou as mãos pelos protetores de vinil. Havia pelo menos umas vinte e cinco roupas.

— Tudo isso é apenas para minha pequena sessão de fotos?

— A Jordana não falou para você? — Bridget arregalou os olhos acinzentados. — O editor amou sua história, particularmente, porque você é daqui. Vamos colocá-la na primeira página!

— Da sessão de Estilo? — Melissa parecia incrédula.

— Não, do jornal! — empolgou-se Bridget.

— Meu Deus, Spencer! — A sra. Hastings segurou a mão da filha.

— Isso mesmo! — prosseguiu Bridget. — Pode ir se acostumando. E, se você ganhar, vai estar na trilha da fama. Eu fiz o guarda-roupa da ganhadora de 2001 para a *Newsweek*. A agenda dela era uma loucura.

Bridget caminhou de volta para a porta da frente, seu perfume de jasmim permanecia no ar. Spencer tentou fazer a respiração de fogo da ioga. Ela abriu o zíper do primeiro protetor de roupas, passando a mão sobre um casaco de lã escuro. Ela checou a etiqueta. Calvin Klein. O outro era Armani.

A mãe dela e Melissa começaram a abrir os outros protetores. Elas ficaram quietas por alguns segundos, até que Melissa disse:

— Spence, tem algo grudado aqui.

Spencer olhou para a irmã. Um pedaço de folha de fichário dobrada estava afixada com fita adesiva num blazer com galões da marinha. Na frente do bilhete havia uma única inicial, escrita à mão: S.

As pernas de Spencer se enrijeceram. Ela puxou o bilhete devagar, virando o corpo de maneira que Melissa e a mãe não pudessem ver o papel e, então, o abriu.

— O que é isso? — Melissa saiu de perto da arara.

— A-apenas instruções da estilista. — As palavras saíram distorcidas e duras.

A sra. Hastings continuou abrindo os protetores de roupa com calma, mas Melissa ficou encarando Spencer um pouco mais. Quando a irmã finalmente parou de olhar, Spencer abriu o bilhete de novo.

Cara Senhorita Finalista: O que você acha de eu contar seu segredo AGORA MESMO? Eu posso, você sabe. E se você não tomar cuidado, talvez eu conte. – A

15

NUNCA, JAMAIS, CONFIE EM ALGO TÃO OBSOLETO QUANTO UM APARELHO DE FAX

Quarta-feira, na hora do almoço, Hanna sentou-se numa mesa de fazenda feita de teca, que dava vista para os campos de treino de Rosewood Day e para o lago dos patos. O monte Kale, imenso, reinava ao longe. Era uma tarde perfeita. Céu azulpiscina, nenhuma umidade, o cheiro das folhas e o ar fresco tomavam conta de tudo ao redor. O cenário ideal para o presente de aniversário de Hanna para Mona – tudo que Mona precisava fazer era chegar lá. Hanna não tinha conseguido trocar nem uma única palavra com Mona enquanto elas estavam experimentando seus vestidos de gala Zac Posen cor de champanhe na Saks no dia anterior – não com Naomi e Riley por perto. Ela tentou ligar para Mona para falar sobre o assunto à noite, mas Mona disse que estava estudando para uma prova de alemão. Se repetisse, o baile de dezessete anos seria cancelado.

Mas tudo bem. Mona deveria chegar a qualquer momento, e elas iriam compensar todo o tempo particular Hanna-

Mona que haviam perdido. E a mensagem de ontem de A, sobre Mona não ser confiável? *Que mentira.* Mona podia ainda estar um pouco chateada com o mal-entendido do Amiganiversário, mas não havia como ela abrir mão da amizade delas. De qualquer forma, a surpresa de aniversário de Hanna faria tudo ficar melhor. Então, era bom que Mona viesse rapidinho, antes que ela perdesse a coisa toda.

Enquanto Hanna esperava, deu uma olhada no BlackBerry. Ela tinha programado o celular para manter as mensagens até que fossem apagadas manualmente, então, todas as suas antigas correspondências com Alison ainda estavam na caixa de entrada. Geralmente, Hanna não gostava de lê-las — era muito triste — mas, naquele dia, por alguma razão, ela queria vê-las. Achou uma de primeiro de junho, alguns dias antes de Ali desaparecer.

Tentando estudar para a prova final de programas de saúde, Ali tinha escrito: Eu estou com a maior energia nervosa.

PQ?, tinha sido a resposta de Hanna.

Ali: Não sei. Talvez eu esteja apaixonada. rsrs.

Hanna: Apaixonada? Por quem?

Ali: Brincadeira. Ai droga, Spencer está aqui. Ela quer treinar a tacada de hóquei... DE NOVO.

Diga a ela que não, Hanna escrevera de volta. P quem vc tá apaixonada?

Você não diz não a Spencer, respondeu Ali. Ela vai, tipo, magoar você.

Hanna fitou a tela brilhante do BlackBerry. Na época, ela provavelmente riu. Mas, depois de tudo que aconteceu, Hanna lia as mensagens com outros olhos. A mensagem de A — dizendo que uma das amigas da Hanna estava escondendo algo — a assustou. Será que *Spencer* estava escondendo alguma coisa?

De repente, Hanna lembrou-se de uma situação em que ela não pensava há muito tempo: alguns dias antes de Ali desaparecer, as cinco amigas foram a uma excursão ao teatro People's Light, para assistir a *Romeu e Julieta*. Poucos alunos do sétimo ano que quiseram ir – o restante dos alunos presentes era do ensino médio. Praticamente todas as turmas de ensino médio do Rosewood Day estavam lá – o irmão mais velho de Ali, Jason; a irmã de Spencer, Melissa; Ian Thomas; Katy Houghton, a amiga de hóquei da Ali e Preston Kahn, um dos irmãos Kahn. Depois que a peça acabou, Aria e Emily correram para o banheiro, Hanna e Ali se sentaram no muro de pedra e começaram a comer o almoço, e Spencer correu para falar com a sra. Delancey, a professora de inglês, que estava sentada perto dos alunos.

– Ela só está lá porque quer ficar perto dos meninos mais velhos – grunhiu Ali, encarando Spencer.

– Nós podemos ir para lá também, se você quiser – sugeriu Hanna.

Ali fez que não.

– Eu estou brava com a Spencer.

– Por quê? – Hanna quis saber.

Ali suspirou.

– É uma história longa e chata.

Hanna deixou para lá. Ali e Spencer frequentemente ficavam bravas uma com a outra sem razão. Ela começou a sonhar acordada sobre como o ator que fez Teobaldo tinha olhado bem para ela durante a cena em que morria. Teobaldo achara Hanna bonita... ou gorda? Ou talvez ele não estivesse olhando para ela mesmo, talvez só estivesse fazendo seu papel de morto de olhos abertos. Quando Hanna olhou para cima de novo, Ali estava chorando.

— Ali — sussurrou Hanna. Ela nunca tinha visto Ali chorar.

— O que aconteceu?

As lágrimas corriam silenciosas pelas bochechas de Ali. Ela nem se incomodou em limpá-las. Olhava na direção de Spencer e da sra. Delancey.

— Esquece.

— Droga! Olha lá! — gritou Mason Byers, tirando Hanna dos velhos pensamentos do sétimo ano. Alto lá no céu, um avião, um biplano cortou as nuvens em linha reta. Passou por Rosewood Day, fez a volta e passou zunindo de novo. Hanna se ajeitou no banco e olhou ao redor. Onde diabos estaria Mona?

— Isso é um velho Curtiss? — perguntou James Freed.

— Acho que não — respondeu Ridley Mayfield. — Eu acho que é um Travel Air D4D.

— É mesmo — concordou James, como se soubesse disso o tempo todo.

O coração de Hanna batia animadamente. O avião fez alguns rabiscos no ar, soltando uma trilha de fumaça que formava perfeitamente a letra A.

— Está escrevendo alguma coisa! — gritou uma menina perto da porta.

O avião passou para o F, depois E, e aí, acrescentou um S. Hanna estava quase explodindo. Aquele era o melhor presente de uma menina da corte *de todos* os tempos.

Mason olhava fixamente para o avião, que mergulhava e fazia manobras elaboradas no céu.

— *A festa da Mona... Vai ser a...* — leu ele.

Neste exato momento, Mona sentou-se ao lado de Hanna, jogando a bolsa cinza-escuro acolchoada Louis Vuitton em uma cadeira.

— E aí, Han — disse ela, abrindo uma caixa de comida chinesa e desembrulhando os palitinhos de madeira — Você nunca vai acreditar em quem Naomi e Riley contrataram para tocar na minha festa de aniversário. É o melhor presente de todos os tempos!

— Esquece isso — esgoelou-se Hanna. — Eu vou dar uma coisa mais legal para você.

Hanna tentou apontar o avião no céu, mas Mona estava alvoroçada.

— Elas conseguiram a Lexi — continuou ela, rápido. — *Lexi*! Para mim! Na minha festa! Você acredita?

Hanna deixou a colher cair de volta no pote de iogurte. Lexi era uma cantora de hip-hop da Filadélfia. Uma gravadora poderosa a tinha contratado e ela ia virar uma superestrela. Como Naomi e Riley tinham conseguido aquilo?

— Que seja. — Hanna moveu rapidamente o queixo da Mona em direção às nuvens. — Veja o que *eu* fiz para você.

Mona olhou para o céu com os olhos semicerrados. O avião tinha acabado de escrever a mensagem e estava fazendo curvas em volta das letras. Quando Hanna leu a mensagem toda, seus olhos se arregalaram.

— A festa da Mona vai ser a ... — o queixo de Mona caiu — ... *peidada* de sexta?

— A festa da Mona vai ser a peidada de sexta! — gritou Mason. Outros que viram também estavam repetindo. Um calouro perto do mural de pintura abstrata assoprou nas mãos para fazer um barulho de peido.

Mona encarou Hanna. Ela estava meio verde.

– Mas que diabos é isso, Hanna?

– Não, está errado! – guinchou Hanna. – Era para escreverem "A festa da Mona vai ser a pedida de sexta!" P-E-D-I-D-A! Eles erraram a palavra!

Mais gente fez barulho de peido.

– Nojento! – gritou uma menina perto delas. – Por que ela *escreveria* isso?

– É horrível! – gritou Mona, colocando o casaco por sobre a cabeça, exatamente da mesma forma que as celebridades fazem para evitar os paparazzi.

– Eu vou ligar para eles agora mesmo para reclamar – exaltou-se Hanna. Ela pegou o BlackBerry e, tremendo, digitou o número da companhia responsável pelo avião. Não era justo. Ela usou a mais clara e bem-feita letra cursiva possível quando mandou o fax da mensagem de aniversário da Mona para a companhia.

– Eu sinto muito, Mon. Eu não sei como isso aconteceu.

O rosto do Mona estava ocultado pelo casaco.

–Você sente muito, não é? – sussurrou ela. – Eu aposto que sente. – Mona deixou o casaco cair sobre os ombros, endireitou-se e caminhou para longe o mais rápido que suas rasteirinhas de palha Celine podiam levá-la.

– Mona! – Hanna correu atrás dela. Hanna tocou o braço de Mona e ela se virou.

– Foi um engano! Eu nunca faria isso com você!

Mona deu um passo à frente. Hanna podia sentir o cheiro do sabão em pó francês de lavanda que era usado na roupa da amiga.

— Perder o Amiganiversário é uma coisa, mas nunca pensei que você tentaria destruir minha festa — grunhiu ela, alto o suficiente para todo mundo ouvir. — Mas você quer jogar assim? Está certo. Você nem precisa ir. Você está oficialmente desconvidada.

Mona entrou pisando duro pela porta da cantina, praticamente empurrando dois calouros com cara de *nerd* para dentro das jardineiras de pedra.

— Mona, espera! — gritou Hanna, fraquinho.

—Vá para o inferno — respondeu Mona por sobre o ombro.

Hanna deu alguns passos para trás, seu corpo todo tremia. Quando ela olhou em volta do pátio, todos a estavam encarando.

— Vi! Essa doeu! — Hanna ouviu Desdemona Lee cochichar com sua amiga do *softball*.

— *Tsssc* — fez um grupo de meninos mais novos, que estava perto dos chafarizes cobertos de musgo.

— Fracassada — gritou uma voz anônima.

O cheiro da pizza da cantina, cheia de molho e com casquinha macia, que enchia o ar, estava começando a dar a Hanna aquela velha e familiar sensação de estar ao mesmo tempo nauseada e com vontade de comer. Ela procurou no bolso lateral da bolsa, a cabeça em outro lugar, pelo pacote de Cheetos de queijo cheddar para emergências. Colocou um após o outro na boca, sem nem mesmo sentir o gosto. Quando olhou para o céu, as nuvens fofas que anunciavam a festa da Mona tinham se dissipado.

A única letra que tinha ficado intacta era a última que o avião havia escrito: uma nítida e angular letra *A*.

16

ALGUÉM ESTEVE DANDO UNS AMASSOS NO FORNO

Naquele mesmo intervalo do almoço de quarta-feira, Emily entrou depressa pelo corredor da sala de artes.

— Ooooiiiii, Emily — cantarolou Cody Wallis, a estrela do tênis de Rosewood Day.

— Oi? — Emily olhou por sobre seu ombro. Ela era a única pessoa por ali. Será que Cody estava mesmo dizendo oi para *ela*?

— Você está ótima, Emily Fields. — murmurou John Dexter, o capitão incrivelmente sexy do time de Rosewood Day. Emily não conseguiu nem balbuciar um olá. A última vez que John tinha falado com ela foi na aula de educação física, no quinto ano. Eles estavam jogando queimado, e John tinha acertado o peito de Emily para eliminá-la. Mais tarde, ele tinha vindo escondido e dito:

— Desculpe por ter acertado seu seio.

Ela nunca tinha visto tantas pessoas — especialmente rapazes — sorrindo, acenando e dando oi para ela. Naquela manhã,

Jared Coffey, um aluno do último ano, que vinha para a escola numa antiga moto Indian e era descolado demais pra falar com qualquer um, tinha insistido em comprar para ela um bolinho de amora da máquina de doces. E quando Emily mudara de sala naquela manhã, uma pequena comitiva de calouros a seguiu. Um filmou-a no seu Nokia – o vídeo provavelmente já estava no YouTube. Ela tinha ido para a escola preparada para ser ridicularizada por causa da foto que A tinha espalhado na reunião do dia anterior, então, isso era meio que... inesperado.

Quando uma mão se projetou da sala de modelagem em argila, Emily se esquivou e soltou um gritinho. O rosto de Maya materializou-se na porta.

– *Psiu*, Em!

Emily saiu do meio do tráfego.

– Maya. Oi.

Maya lhe lançou uma piscadela.

–Vem comigo.

– Agora não posso. – Emily checou seu enorme relógio da Nike. Ela estava atrasada para o almoço com Becka, a srta. Tree Tops. – Que tal depois da aula?

– Não, isso só vai levar um segundo! – Maya voou pra dentro da sala vazia e passou em volta de um labirinto de mesas viradas para um forno de cerâmica do tamanho de uma sala. Para surpresa de Emily, Maya empurrou a pesada porta do forno e enfiou-se lá dentro. Maya colocou a cabeça para fora e sorriu.

–Vem?

Emily deu de ombros. Dentro do forno, tudo era escuro, amadeirado e quente – como uma sauna. Dúzias de tigelas feitas pelos estudantes estavam nas prateleiras. O professor de cerâmica não as tinha assado ainda, por isso, ainda estavam vermelho-tijolo e tinham uma aparência grudenta.

— É arrumado aqui — falou Emily, suavemente. Ela sempre gostara do cheiro úmido de terra da argila molhada. Em uma das prateleiras estava um vaso em forma de mola que ela fizera dois semestres antes. Ela achara que tinha feito um bom trabalho, mas, vendo de novo, notou que um dos lados estava meio amassado.

De repente, Emily sentiu as mãos de Maya passando pelas suas costas até os ombros. Maya virou Emily de frente para ela e seus narizes se tocaram. O hálito de Maya, como sempre, cheirava a chiclete de banana.

— Eu acho que esta é a sala mais sexy da escola, você não acha?

— Maya — avisou Emily. Elas tinham que parar... mas, as mãos de Maya eram tão gostosas...

— Ninguém vai ver — protestou Maya. Ela passou as mãos pelo cabelo ressecado de cloro de Emily. — E, além disso, todo mundo sabe da gente mesmo.

— Você não está chateada pelo que aconteceu ontem? — perguntou Emily, se desvencilhando. — Você não se sente... invadida?

Maya pensou por um momento.

— Não particularmente. E ninguém parece ligar.

— Isso é que é estranho. — Emily concordou. — Eu achei que todo mundo ia ser mau hoje, tipo, me provocando ou coisa assim. Mas em vez disso... eu de repente virei uma pessoa muito popular. As pessoas não deram tanta atenção para mim nem quando Ali desapareceu.

Maya sorriu e tocou o queixo de Emily.

— Viu só? Eu falei que não seria tão ruim assim. Não foi uma boa ideia?

Emily deu um passo para trás. Na luz fraca do forno, o rosto de Maya brilhava num tom verde fantasmagórico. No dia anterior, Maya estava na arquibancada da piscina... mas quando Emily soube da foto, não conseguiu achar Maya em lugar nenhum. Maya queria tornar o relacionamento delas público. Uma sensação de náusea a atingiu.

— O que você quer dizer com *boa ideia*?

Maya deu de ombros.

— Eu só quis dizer que quem quer que tenha feito isso tornou as coisas mais fáceis para nós.

— M-mas *não está* mais fácil — gaguejou Emily, lembrando-se de onde ela deveria estar naquele exato momento. — Meus pais estão passados com aquela foto. Eu vou ter que entrar num programa de aconselhamento para provar a eles que não sou homossexual. E, se eu me recusar a fazer isso, eles vão me mandar para Iowa, para morar com a minha tia Helene e meu tio Allen. Para *sempre*.

Maya franziu a testa.

— Por que você não contou a verdade aos seus pais? Que é assim que você é, e que não é algo que você possa, tipo, mudar? Mesmo em Iowa. — Ela deu de ombros. — Eu contei para minha família que era bi no ano passado. Eles não encararam *tão* bem no começo, mas depois aceitaram.

Emily movia os pés para a frente e para trás contra o chão lisinho do forno.

— Seus pais são diferentes.

— Talvez — concordou Maya. — Mas, escuta, desde o ano passado, quando eu finalmente fui sincera comigo mesma e com todo mundo, eu me sinto superbem.

Os olhos de Emily recaíram instintivamente na cicatriz em forma de serpente da parte de dentro do braço da Maya. Ela costumava se cortar, dizia que era a única coisa que a fazia sentir-se bem. Ser sincera sobre como ela era teria mudado isso? Emily fechou os olhos e imaginou a cara brava de sua mãe. E a si mesma entrando num avião para viver em Iowa. Nunca mais dormir em sua cama de novo. Seus pais a odiando para sempre. Ficou com um nó na garganta.

— Eu tenho que fazer o que eles querem. — Emily focou num pedaço de chiclete que alguém tinha colocado numa prateleira do forno de cerâmica. — Preciso ir. — Ela abriu a porta do forno e voltou para a sala de aula.

Maya a seguiu.

— Espera! — Ela pegou no braço de Emily, e quando Emily se virou, os olhos de Maya esquadrinharam seu rosto. — O que você está dizendo? Você está terminando comigo?

Emily olhou através da sala. Havia um adesivo acima da mesa da professora que dizia EU AMO CERÂMICA! Só que alguém tinha desenhado uma folha de maconha em cima do ponto de exclamação.

— Rosewood é meu lar, Maya. Eu quero ficar aqui. Sinto muito.

Ela serpenteou por entre os tanques de verniz e tornos.

— Em! — Maya chamou atrás dela. Mas Emily não se virou.

Ela passou pela saída que levava diretamente da sala de cerâmica para o pátio, sentindo que tinha cometido um erro enorme. A área estava vazia — todos estavam almoçando — mas, por um segundo, Emily jurou ter visto uma figura parada no telhado da torre do sino de Rosewood Day. A figura tinha lon-

gos cabelos loiros e segurava um binóculo perto do rosto. Até parecia a Ali.
Depois que Emily piscou, tudo que viu foi o sino de bronze, gasto pelas intempéries. Seus olhos devem tê-la enganado. Provavelmente, tinha visto uma árvore retorcida.
Ou... será que tinha mesmo visto alguma coisa?

Emily se arrastou pela pequena calçada, que dava na capela Lorence, que parecia menos uma capela do que a casa de biscoito de gengibre que Emily fez para a competição de Natal do Shopping King James, no quarto ano. O lado do prédio que era cheio de curvas era marrom-canela e o elaborado batente, os balaústres e as beiradas do telhado eram cor de creme. Flores multicoloridas emolduravam as jardineiras das janelas. Dentro, uma menina estava sentada em um dos bancos da frente, virada para a capela vazia.

— Desculpe pelo atraso — ofegou Emily, escorregando pelo banco. Havia um presépio sobre o altar, virado para o salão, esperando para ser montado. Emily balançou a cabeça. Não era nem novembro ainda.

— Não tem problema. — A menina estendeu a mão. — Rebecca Johnson. Mas pode me chamar de Becka.

— Emily.

Becka usava uma longa bata de renda, jeans justos, e discretas sandálias cor-de-rosa. Delicados brincos de flores pendiam de suas orelhas, e o cabelo estava preso com uma faixa de renda. Emily se perguntou se ela ia acabar se parecendo com aquela garota se fizesse o programa Tree Tops até o fim.

Alguns minutos se passaram. Becka pegou um tubo de brilho labial cor-de-rosa e aplicou uma nova camada.

– Então, você gostaria de saber alguma coisa sobre o Tree Tops?

Na verdade, não, Emily queria responder. Maya provavelmente estava certa: Emily nunca seria verdadeiramente feliz até parar de se sentir envergonhada e de negar seus sentimentos. Embora... ela deu uma olhada em Becka. *Ela* parecia bem. Emily abriu sua Coca.

– Então, *você* gostava de meninas? – Emily não acreditava nisso inteiramente.

Becka pareceu surpresa.

– E-eu gostava... mas não gosto mais.

– Bem, quando você... como você teve certeza? – perguntou Emily, se dando conta de que estava enchendo a menina de perguntas.

Becka mordeu um minúsculo pedaço de seu sanduíche. Tudo dela era pequeno e parecia de boneca, até mesmo suas mãos.

– Parecia diferente, eu acho. Melhor.

– O mesmo comigo! – Emily praticamente gritou. – Eu tinha namorados quando era menor... mas sempre me senti *diferente* em relação às meninas. Eu até achava minhas Barbies bonitas.

Becka limpou delicadamente a boca com um guardanapo.

– A Barbie não faz meu tipo.

Emily sorriu, quando outra pergunta ocorreu a ela.

– Por que você acha que nós gostamos de meninas? Pois eu estava lendo que isso é genético, mas então significa que, se eu tivesse uma filha, ela acharia suas Barbies bonitas também?

– Emily pensou por um momento, antes de voltar a divagar.

Ninguém estava por perto e era bom poder perguntar as coisas que estavam enchendo sua cabeça. Era isso que deveria acontecer nessa reunião, certo? – Embora... minha mãe pareça a mulher mais hétero da face da Terra – continuou Emily, um pouco enlouquecida. – Talvez pule uma geração?

Emily parou, percebendo que Becka a estava encarando com a cara mais esquisita.

– Eu não acho – disse ela, desconfortável.

– Desculpe. Eu estou, tipo, falando feito uma doida. Eu só estou muito... confusa. E nervosa. – E magoada, ela queria adicionar, se apegando por um segundo em como a expressão de Maya desabara quando Emily falou que tudo estava acabado.

– Tudo bem – sussurrou Becka.

– Você teve namorada antes de começar o Tree Tops? – perguntou Emily, mais baixo desta vez.

Becka mastigou a unha de um dos dedões.

– Wendy – disse ela, quase inaudível. – Nós trabalhávamos juntas na Body Shop do Shopping King James.

– Você e a Wendy... davam uns amassos? – Emily mordiscou uma batata frita.

Becka olhou desconfiada para as figuras perto da manjedoura no altar, como se pensasse que José e Maria e os três reis magos estivessem ouvindo.

– Talvez – disse ela bem baixinho.

– Como foi?

Uma pequena veia perto da têmpora de Becka pulsava.

– Pareceu *errado*. Ser... homossexual... não é fácil mudar isso, mas eu acho que você pode. O Tree Tops me ajudou a entender por que eu estava com a Wendy. Eu cresci com três irmãos, e minha conselheira disse que eu fui criada num mundo muito centrado em meninos.

Essa era a coisa mais estúpida que Emily já tinha ouvido.

— Eu tenho um irmão, mas tenho duas irmãs, também. Eu não fui criada num mundo centrado em meninos. Então, o que está errado comigo?

— Bem, talvez a raiz do seu problema seja diferente. — Becka deu de ombros. — As conselheiras vão ajudá-la a descobrir isso. Elas fazem você falar de um monte de sentimentos e memórias. A ideia é substituí-los por novas ideias.

Emily franziu a testa.

— Eles estão fazendo você *esquecer* coisas?

— Não exatamente. É mais como deixar para trás.

Mesmo com Becka tentando fazer o programa parecer melhor, o Tree Tops parecia horrível. Emily não queria deixar Maya para trás. Ou Ali, pelo menos no que dizia respeito àquela questão.

De repente, Becka estendeu a mão e colocou-a sobre a de Emily. Aquilo era uma surpresa.

— Eu sei que isso não faz muito sentido para você agora, mas eu aprendi algo muito importante no Tree Tops. A vida é difícil. Se nós continuamos com esses sentimentos que são... que são *errados*, nossas vidas serão uma luta constante. As coisas já são difíceis o bastante, sabia? Por que torná-las ainda pior?

Emily sentiu seus lábios tremerem. As vidas de todas as lésbicas eram uma batalha constante? E aquelas duas mulheres homossexuais que são donas da loja de triatlo, duas cidades adiante? Emily tinha comprado seus New Balance lá, e elas pareciam muito felizes. E Maya? Ela costumava se cortar, mas agora estava melhor.

— Então, Wendy está bem com você estando no Tree Tops? — perguntou Emily.

Becka olhou para a janela de vidros manchados atrás do altar.

— Eu acho que ela entende.

— Vocês ainda se veem?

Becka deu de ombros.

— Na verdade, não. Mas ainda somos amigas, eu acho.

Emily passou a língua nos dentes.

— Talvez nós pudéssemos todas sair juntas, qualquer hora?

— Seria bom ver duas *ex-homossexuais* que realmente são amigas. Talvez ela e Maya pudessem ser amigas, também.

Becka levantou a cabeça, parecendo surpresa.

— Tudo bem. Que tal sábado à noite?

— Parece bom para mim — respondeu Emily.

Elas terminaram de almoçar e Becka se despediu. Emily começou a descer a colina coberta por uma grama bem verde, indo parar na fila com os outros jovens de Rosewood Day que voltavam para a aula. Seu cérebro estava sobrecarregado com informação e emoções.

As lésbicas do triatlo podiam estar felizes e Maya podia estar melhor, mas talvez Becka também estivesse certa. Como seria na faculdade, e depois da faculdade, e para arrumar emprego? Ela teria que explicar sua sexualidade para as pessoas milhares de vezes. Algumas não a aceitariam.

Antes do dia anterior, as únicas pessoas que sabiam como ela realmente se sentia eram Maya, seu ex, Ben, e Alison. Dois dos três não encararam isso muito bem.

Talvez eles estivessem certos.

17

PORQUE TODOS OS MOMENTOS MELOSOS DOS RELACIONAMENTOS ACONTECEM EM CEMITÉRIOS

Quarta-feira, depois da escola, Aria observava Sean pedalar, a mountain bike Gary Fisher dele se distanciando, subindo com facilidade a estrada de West Rosewood.
— Me alcança! — provocou ele.
— Fácil para você dizer! — respondeu Aria, pedalando furiosamente na velha bicicleta Peugeot de dez marchas, dos tempos de faculdade da mãe, que ela trouxera consigo quando mudou para a casa do Sean.
— Eu não corro dez quilômetros toda manhã!
Sean surpreendeu Aria depois da aula, ao anunciar que não iria ao futebol para que eles pudessem ficar juntos. O que era uma grande coisa — nas vinte e quatro horas em que estava morando com ele, Aria tinha percebido que Sean era viciado em futebol, da mesma forma que seu irmão era doido por lacrosse. Toda manhã, Sean corria dez quilômetros, treinava e

praticava chutes a gol numa rede colocada no quintal dos Ackard até a hora de ir para a escola.

Aria lutou para subir o morro e ficou feliz de ver que havia uma longa descida à frente. Fazia um dia lindo, então eles tinham decidido dar uma volta de bicicleta pelos arredores de West Rosewood. Pedalaram por diversas fazendas e por quilômetros de bosques intocados.

No fundo do vale, passaram por uma cerca de ferro trabalhado com um portão cheio de adornos. Aria pisou no freio.

– Espera aí. Eu tinha esquecido completamente deste lugar.

Eles tinham parado na frente do cemitério Saint Basil, o mais antigo e assustador de Rosewood, onde Aria costumava copiar as inscrições das lápides. Ele abrigava hectares e mais hectares de montanhas e lindos gramados bem cuidados, e algumas das lápides datavam de 1700. Antes de Aria achar seu lugarzinho com Ali, ela tinha passado por uma fase gótica, adotando tudo que tivesse a ver com morte, Tim Burton, Halloween e unhas extremamente compridas. Os carvalhos cheios de folhas do cemitério faziam uma sombra perfeita para sentar e descansar.

Sean parou ao lado dela. Aria virou-se para ele.

– Podemos entrar por um minuto?

Ele pareceu alarmado.

– Você tem *certeza*?

– Eu amava vir aqui.

– Tudo bem. – Relutante, Sean prendeu sua bicicleta e a de Aria a uma lata de lixo de ferro e foi atrás dela pelas primeiras lápides. Aria lia os nomes e as datas que tinha praticamente decorado alguns anos atrás. EDITH JOHNSTON, 1807-1856.

PEQUENA AGNES, 1820-1821. SARAH WHITTIER, com aquela frase de Milton, A MORTE É A CHAVE DOURADA QUE ABRE O PALÁCIO DA ETERNIDADE. Morro acima, Aria sabia, estavam os túmulos de um cachorro chamado Puff, um gato chamado Rover e um periquito chamado Lily.

— Eu adoro túmulos — disse Aria, ao passarem por um túmulo com uma enorme estátua de um anjo. — Eles me lembram "O coração delator".

— O quê?

Aria levantou uma das sobrancelhas.

— Ah, vai! Você leu o conto. Edgar Allan Poe? O cara morto enterrado no chão? O narrador ainda consegue ouvir seu coração batendo?

— Não.

Aria pôs suas mãos nos lábios, estarrecida. Como o Sean podia não ter lido isso?

— Quando voltarmos, vou achar meu livro do Poe para que você possa ler.

— Tudo bem — concordou Sean, depois mudou de assunto.

— Você dormiu bem noite passada?

— Muito bem. — Uma mentira inofensiva. Seu quarto estilo hotel parisiense era lindo, mas Aria achou difícil dormir lá. A casa do Sean era... perfeita *demais*. O edredom parecia fofo *demais*, o colchão acolchoado demais, o quarto tranquilo *demais*. Cheirava bem *demais* e era limpo *demais* também.

Mais do que isso, ela estava extremamente preocupada com a movimentação do lado de fora da janela do seu quarto de hóspedes, com a possibilidade de ver o perseguidor, *e* com o bilhete de A, que dizia que o assassino da Ali estava mais perto do que ela imaginava. Aria se revirara por horas, sozinha, certa de que iria abrir os olhos e ver o perseguidor – ou o assassino de Ali – diante da sua cama.

– Mas sua madrasta ficou toda neurótica comigo esta manhã. – Aria deu a volta numa cerejeira japonesa em flor. – Eu esqueci de arrumar a minha cama. Ela me fez voltar para cima e ajeitá-la. – Aria riu. – Minha mãe não faz isso há bilhões de anos.

Quando ela olhou de volta, Sean não estava rindo com ela.

– Minha madrasta trabalha duro para manter a casa limpa. Excursões da Casa Histórica de Rosewood vêm quase todos os dias.

Aria irritou-se. Ela queria contar a ele que a Sociedade Histórica de Rosewood também tinha considerado a casa dela para o tour – um protegido de Frank Lloyd Wright a tinha projetado. Em vez disso, suspirou.

– Desculpe. É que... minha mãe não me ligou depois que eu deixei o recado dizendo que ficaria com você. Eu me sinto tão... abandonada.

Sean acariciou o braço dela.

– Eu sei, eu sei.

Aria encostou a língua no ponto do fundo de sua boca onde seu único siso havia estado.

– Este é o problema – disse ela, suavemente. – Você não sabe. – A família de Sean era perfeita. O sr. Ackard tinha preparado waffles belgas naquela manhã, e a sra. Ackard tinha feito o almoço de todo mundo, inclusive o de Aria. Até mesmo o cachorro, um Airedale, era bem-comportado.

– Então me explica – disse Sean.

Aria suspirou.

— Não é tão simples assim.

Eles passaram por uma árvore retorcida, cheia de nós. De repente, Aria olhou para baixo... e logo parou. Logo à frente dela havia uma nova lápide. Os coveiros ainda não tinham cavado o buraco para o caixão, mas havia uma marcação, do tamanho certo. O mármore da lápide já havia sido colocado, entretanto. Dizia apenas ALISON LAUREN DILARENTIS.

Um pequeno som, borbulhante, escapou da garganta de Aria. As autoridades ainda estavam examinando os restos mortais à procura de veneno e traumatismos, então, os pais dela ainda não a haviam enterrado. Aria não sabia que eles planejavam enterrá-la *ali*.

Ela olhou para Sean, desamparada. Ele ficou pálido.

— Eu achei que você soubesse.

— Eu não fazia a menor ideia — sussurrou ela de volta.

A lápide não dizia nada além do nome de Ali. Nada de *filha devotada*, ou *maravilhosa jogadora de hóquei na grama*, ou *a mais bela menina de Rosewood*. Não havia nem o dia, mês, ou ano da morte. Aquilo era um problema porque ninguém *sabia* a data exata.

Aria estremeceu.

— Você acha que eu deveria dizer alguma coisa?

Sean fez um biquinho com seus lábios cor-de-rosa.

— Quando eu visito o túmulo de minha mãe, às vezes eu digo.

— Tipo o quê?

— Eu a coloco a par dos que está acontecendo. — Ele olhou para ela de lado e ficou corado. — Eu fui depois da Foxy. Contei a ela sobre você.

Aria também corou. Ela encarou a lápide, mas sentiu-se desconfortável. Falar com gente morta não era sua praia. *Eu não acredito que você esteja morta*, pensou Aria, sem poder falar em voz alta. *Eu estou parada aqui, olhando para o seu túmulo e, ainda assim, não é real. Eu odeio não saber o que aconteceu. O assassino ainda está aqui? A está falando a verdade?*

Siiiiim, Aria podia jurar que ouviu uma voz ao longe falar. Parecia a voz da Ali.

Ela pensou sobre a mensagem de A. Alguém queria ter algo de Ali – e a tinha matado por isso. O quê? Todo mundo já quisera *alguma coisa* de Ali – até mesmo suas melhores amigas. Hanna queria a personalidade de Ali, e parecia ter se apropriado dela depois que Ali sumiu. Emily tinha amado Ali mais que qualquer uma – elas costumavam chamar Emily de "delegada", o cão de guarda de Ali. Aria queria a habilidade de flertar de Ali, sua beleza, seu carisma. E Spencer sempre teve muito ciúme dela.

Aria olhou para a área demarcada que seria o túmulo de Ali e perguntou a frase que estava lentamente se formando em sua mente: *Sobre o que era realmente a briga de vocês?*

– Isso não está dando certo pra mim – sussurrou Aria, depois de um momento. – Vamos embora.

Ela deu um olhar de despedida para o túmulo de Ali. Ao virar-se para ir embora, os dedos de Sean se entrelaçaram nos dela. Eles andaram calados por um tempo, mas a meio caminho do portão, Sean parou.

– Um coelhinho. – Ele apontou para um coelho do outro lado da clareira e beijou os lábios de Aria.

A boca de Aria curvou-se para cima em um sorriso.

– Eu ganho um beijo só porque você viu um coelho?

– Sim. – Sean a agarrou, brincalhão. – É como o jogo em que você dá um soco em alguém quando vê um fusca. Conosco, pode ser com beijos. E coelhos. É o nosso jogo de casal.

– Jogo de casal? – Aria deu uma risadinha, achando que ele estava brincando.

Mas a feição de Sean estava séria.

– Você sabe, um jogo só nosso. É bom que seja com coelhos, pois há *milhares* deles em Rosewood.

Aria estava com medo de tirar sarro dele, mas, realmente – um jogo de *casal*? Isso lembrava a ela uma coisa que Jennifer Thatcher e Jennings Silver pudessem fazer. Jennifer e Jennings eram um casal de sua classe que estavam juntos desde *antes* de Aria ir para a Islândia, no fim do sexto ano. Eles eram conhecidos apenas como Duplo-J, ou Dois-J, e eram chamados assim mesmo, individualmente. Aria *não podia* ser uma Dois-J.

Ao observar Sean andando na frente dela, em direção às bicicletas, os delicados cabelos de sua nuca se arrepiaram. Parecia que alguém a estava observando. Mas, quando olhou em volta, tudo o que viu foi um gigantesco corvo negro, no topo da lápide da Ali.

O corvo olhou para ela, sem piscar, e depois abriu as asas enormes e levantou voo em direção às árvores.

18

UM BOM TAPA NA NUCA NUNCA FEZ MAL A NINGUÉM

Na quinta-feira de manhã, a dra. Evans fechou a porta de seu escritório, ajeitou-se em sua cadeira de couro, juntou as mãos placidamente, e sorriu para Spencer, que estava sentada do lado oposto a ela.

– Então. Eu soube que você teve uma sessão de fotos e uma entrevista ontem para o *Sentinel*.

– Isso mesmo – confirmou Spencer.

– E como foi?

– Bem. – Spencer deu um gole no seu *vanilla latte* extragrande, do Starbucks. A entrevista realmente *tinha* corrido bem, mesmo depois de toda a preocupação de Spencer e das ameaças de A, Jordana quase não tinha perguntado sobre o trabalho, e Matthew dissera que as fotos tinham ficado primorosas.

– E como sua irmã reagiu a você ser o centro das atenções? – perguntou a dra. Evans. Quando Spencer levantou uma das sobrancelhas, a terapeuta deu de ombros e inclinou-se para a frente. – Já te ocorreu que ela pudesse ter ciúme de você?

Spencer olhou ansiosamente para a porta fechada do consultório. Melissa estava sentada do lado de fora, no sofá da sala de espera, lendo *Viagem & Lazer*. Mais uma vez, ela tinha marcado sua sessão para logo depois da de Spencer.

– Não se preocupe, ela não consegue ouvir você – assegurou a dra. Evans.

Spencer suspirou.

– Ela parecia bem... chateada – sussurrou ela. – Normalmente, tudo diz respeito a Melissa. Mesmo quando meus pais fazem uma pergunta endereçada apenas a mim, Melissa imediatamente tenta manobrar a conversa de volta para ela. – Spencer encarava o anel de prata da Tiffany, revirando-o na ponta de um dos dedos indicadores. – Eu acho que ela me odeia.

A dra. Evans tamborilou sobre um caderno.

– Faz muito tempo que você acha que ela te odeia, certo? Como você se sente em relação a isso?

Spencer deu de ombros, abraçando contra o peito uma das almofadas de chenile verde-floresta da terapeuta.

– Com raiva, eu acho. Às vezes, fico muito frustrada com o jeito que as coisas estão, eu só queria... bater nela. Nunca fiz isso, claro, mas...

– Mas seria muito bom, não seria?

Spencer fez que sim, olhando para a luminária pescoço de ganso cromada da dra. Evans. Uma vez, depois que Melissa dissera a Spencer que ela não era uma boa atriz, Spencer tinha chegado perto de dar um tapa na cara da irmã. Em vez disso, tinha jogado um dos pratos de Natal da Spode da mãe pela sala de jantar. Ele tinha se espatifado, deixando uma rachadura em forma de borboleta na parede.

A dra. Evans folheou seu caderno de anotações.

— Como seus pais lidam com a animosidade entre você e sua irmã?

Spencer deu de ombros.

— Em geral, não lidam. Se você perguntar para minha mãe, ela provavelmente diria que nós nos damos perfeitamente bem.

A dra. Evans se recostou e pensou por um longo tempo. Ela batucou no passarinho de brinquedo em sua mesa, e o passarinho de plástico começou a tomar goles de água medidos de uma caneca de EU AMO Rosewood.

— É apenas uma teoria precoce, mas talvez Melissa tenha medo de que, se seus pais reconhecerem algo que você tenha feito bem, eles vão amar você em vez dela.

Spencer levantou a cabeça.

— Mesmo?

— Talvez. Você, por outro lado, acha que seus pais não te amam mesmo. Tudo gira ao redor de Melissa. Você não sabe como competir com ela, é aí que entra seu namorado. Mas talvez não seja exatamente que você queira os namorados da Melissa, mas que você queira feri-la. Faz sentido?

Spencer concordou, pensativa:

— Talvez...

—Vocês duas estão sofrendo muito — disse a dra. Evans baixinho, seu rosto se suavizando. — Eu não sei o que provocou esse comportamento. Pode ter sido alguma coisa há muito tempo, algo que você pode nem se lembrar, mas vocês criaram um padrão para lidar uma com a outra desse jeito, e vão continuar com isso, a não ser que reconheçam o que está na base disso, aprendam como respeitar os sentimentos uma da outra e mudem. O padrão pode estar se repetindo em seus outros relacionamentos, também. Você pode estar escolhendo amigos e namorados que tratem você do mesmo jeito que Melissa porque você se sente confortável dentro desta dinâmica, dentro dela, você conhece o seu papel.

– O que você quer dizer? – perguntou Spencer, abraçando os joelhos. Para ela, aquilo soava como uma baboseira psicológica.

– As suas amigas são um tipo de... centro de tudo? Elas têm tudo que você quer, elas te obrigam a fazer as coisas, você nunca se sente bem o suficiente?

A boca de Spencer ficou seca. Ela certamente tivera uma amiga assim: Ali.

Ela fechou seus olhos e visualizou a lembrança de Ali que a atormentara a semana toda. A lembrança era de uma briga, Spencer tinha certeza disso. A questão é que, normalmente Spencer se lembrava de todas as brigas com Ali, melhor do que lembrava dos bons momentos daquela amizade. Seria um sonho?

– No que você esta pensando? – perguntou a dra. Evans.

Spencer respirou fundo.

– Na Alison.

– Ah. – A dra. Evans balançou a cabeça. – Você acha que a Alison era como Melissa?

– Eu não sei. Talvez.

A terapeuta puxou um lenço de papel da caixa em sua mesa e assoou o nariz.

– Eu vi um vídeo de vocês duas na TV. Você e Alison pareciam bravas uma com a outra. Estavam mesmo?

Spencer respirou fundo.

– Mais ou menos.
– Você se lembra do motivo?

Spencer pensou por um momento e olhou em volta da sala. Havia uma placa na mesa da dra. Evans que ela não tinha notado da última vez em que estivera lá. Dizia:

O ÚNICO CONHECIMENTO VERDADEIRO NA VIDA É SABER QUE VOCÊ NÃO SABE NADA. – SÓCRATES.

– Naquelas semanas, antes de Alison desaparecer, ela começou a agir... de um jeito diferente. Como se odiasse a gente. Nenhuma de nós queria admitir isso, mas eu acho que ela estava planejando nos abandonar naquele verão.

– Como você se sentiu com isso? Com raiva?

– Sim. Claro. – Spencer fez uma pausa. – Ser amiga de Ali era ótimo, mas nós tivemos que fazer muitos sacrifícios. Nós aguentamos muita coisa juntas, e muitas delas não foram boas. Era como: 'Nós passamos por tudo isso por você, e você retribui nos descartando?'

– Então ela estava em débito com você.

– Talvez – respondeu Spencer.

– Mas você se sente culpada também, certo? – sugeriu a dra. Evans.

Spencer abaixou os ombros.

– Culpada? Por quê?

– Porque Alison está morta. Porque, de certa forma, você ficou ressentida. Talvez você quisesse que alguma coisa ruim acontecesse com Alison porque ela a estava magoando.

– Eu não sei – sussurrou Spencer.

– E aí, seu desejo virou realidade. Agora você acha que o desaparecimento de Alison é culpa sua, que se você não tivesse se sentindo desse jeito em relação a Alison, ela não teria sido assassinada.

Os olhos de Spencer encheram-se de lágrimas. Ela não conseguia responder.

– Não é culpa sua – afirmou a dra. Evans com energia, inclinando-se para a frente na cadeira. – Nós nem sempre amamos nossas amigas todo o tempo. Alison machucou você. Só porque você teve um pensamento maldoso sobre Alison não significa que você causou a morte dela.

Spencer fungou. Ela olhou para a frase de Sócrates mais uma vez. O ÚNICO CONHECIMENTO VERDADEIRO NA VIDA É SABER QUE VOCÊ NÃO SABE NADA.

– Tem uma lembrança que fica voltando à minha cabeça – desabafou Spencer. – Sobre a Ali. Nós estamos brigando. Ela fala sobre algo que li em seu diário. Ela sempre achou que eu estava lendo o diário dela, mas eu nunca li. Mas eu... não estou nem mesmo certa de que essa lembrança seja real.

A dra. Evans pôs a caneta na boca.

– As pessoas lidam com as coisas de maneiras diferentes. Para algumas, se elas presenciam ou fazem algo perturbador, o cérebro, de alguma maneira, edita isso. Mas, frequentemente, a lembrança tenta reaparecer.

A boca de Spencer coçou, como se tivesse palha de aço por dentro.

– Nada de perturbador aconteceu.

– Eu poderia tentar hipnotizar você para trazer a memória de volta.

A boca de Spencer ficou seca.

— Hipnotizar?

A dra. Evans estava olhando para ela.

— Poderia ajudar.

Spencer pegou um pedaço de cabelo com a boca. Ela apontou para a frase de Sócrates.

— O que significa aquilo?

— Aquilo? — A dra. Evans deu de ombros. — Pense nisso você mesma. Tire suas próprias conclusões. — Ela sorriu. — Agora, está pronta? Deite-se e fique confortável.

Spencer afundou-se no sofá. Enquanto a dra. Evans descia as persianas de bambu, Spencer se encolheu. *Isso foi exatamente o que a Ali fez no celeiro, na noite antes de sua morte.*

— Apenas relaxe. — A dra. Evans desligou o abajur de sua mesa. — Sinta-se ficando mais calma. Tente esquecer tudo sobre o que falamos hoje. Está bem?

Spencer não estava nem um pouco relaxada. Os joelhos haviam travado e os músculos tremiam. Até seus dentes rangiam. *Agora ela vai andar em volta de mim e começar a contagem regressiva a partir de cem. Ela vai tocar minha testa, e eu estarei em seu poder.*

Quando Spencer abriu os olhos, ela não estava mais no consultório da dra. Evans. Estava do lado de fora do celeiro. Era de noite. Alison estava olhando para ela, balançando a cabeça do mesmo jeito que fizera em todos os flashes de memória de que ela havia se recordado durante a semana. De repente, Spencer sabia que aquela era a noite em que Ali havia desaparecido. Ela tentou se desvencilhar da lembrança, mas seus membros pareciam pesados e inúteis.

— Você tenta roubar tudo de mim — dizia Ali, com uma entonação aterrorizantemente familiar. — Mas você não pode ter.

– Não posso ter o quê? – O vento estava gelado. Spencer estremeceu.

– Ah, qual é? – provocou Ali, colocando as mãos nos quadris. – Você leu sobre isso no meu diário, não leu?

– Eu não leria seu diário idiota – rebateu Spencer. – Eu não dou a mínima.

– Até parece. – Ali se inclinou para a frente. Seu hálito era mentolado.

– Você está delirando – acusou Spencer.

– Não, não estou – rosnou Ali. – *Você* está.

De repente, Spencer se encheu de raiva. Ela se inclinou para a frente e empurrou Ali.

Ali pareceu surpresa.

– Amigas não empurram amigas.

– Bem, talvez nós não sejamos amigas – retrucou Spencer.

– Acho que não.

Ela deu uns passos e virou-se de volta. Então disse mais alguma coisa, Spencer via a boca de Ali se mover, depois, sentiu a sua própria boca se movendo, mas não conseguia ouvir as palavras. Tudo que ela sabia era que seja lá o que Ali dissera, isso a deixara brava. De algum lugar distante veio um som agudo e rápido. Os olhos de Spencer abriram-se imediatamente.

– Spencer – chamou a voz da dra. Evans. – Ei, Spencer.

A primeira coisa que ela viu foi a placa do outro lado da sala. O ÚNICO CONHECIMENTO VERDADEIRO NA VIDA É SABER QUE VOCÊ NÃO SABE NADA. Então, o rosto da dra. Evans entrou em seu campo de visão. Ela tinha uma expressão de dúvida e preocupação no rosto.

– Você está bem? – perguntou a dra. Evans.

Spencer piscou algumas vezes.

— Eu não sei. — Ela se sentou e passou uma das mãos na testa. A sensação era a mesma de quando ela acordou da anestesia depois de tirar o apêndice. Tudo parecia borrado e sem sentido.

— Me diga o que você vê na sala — pediu a dra. Evans. — Descreva tudo.

Spencer olhou em volta.

— O sofá de couro, o tapete branco fofo, o...

O que Ali tinha dito? Por que Spencer não tinha conseguido ouvi-la? Aquilo realmente tinha acontecido?

— Um cesto de lixo de arame — gaguejou ela. — Uma vela em forma de pera da Anjou.

— Certo. — A dra. Evans colocou uma das mãos no ombro de Spencer. — Sente-se aqui. Respire.

A janela da dra. Evans estava aberta, e Spencer podia sentir o cheiro do asfalto fresco do estacionamento. Duas pombas arrulhavam uma para a outra. Quando ela finalmente levantou-se e disse à dra. Evans que a veria na próxima semana, se sentia mais lúcida. Passou reto pela sala de espera sem perceber Melissa. Ela só queria sair logo de lá.

No estacionamento, Spencer deslizou para dento do carro e sentou-se em silêncio. Ela listou todas as coisas que viu ali, também. A bolsa de lã escocesa. O letreiro da feira livre do outro lado da rua onde se lia OMATES FRESCOS. O T tinha caído no chão. O Chevy azul mal estacionado na frente das barracas. A alegre casa de passarinho pendurada num carvalho ali perto. A placa na porta do escritório que dizia que só era permitida a entrada de cães-guia. O perfil de Melissa na janela do consultório da dra. Evans.

Os cantos da boca da irmã estavam espalhados num grande sorriso, e ela gesticulava animadamente com as mãos. Quando Spencer olhou de volta para a feira, notou que o pneu do Chevy estava murcho. Havia algo se esquivando atrás do caminhão. Um gato, talvez.

Spencer sentou-se ereta. Não era um gato, mas uma *pessoa*. Olhando para ela.

Os olhos da pessoa não piscavam. E aí, de repente, quem quer que fosse virou a cabeça, agachou-se na sombra e desapareceu.

19

É MELHOR QUE UMA PLAQUINHA DIZENDO "CHUTE-ME"

Quinta-feira à tarde, Hanna seguia sua turma de química pelo pátio até o mastro da bandeira. Tinha havido um treinamento para incêndio, o sr. Percival estava contando para ter certeza de que nenhum aluno havia fugido. Era outro dia extremamente quente de outubro, e com o sol arrebentando a cabeça de Hanna, ela ouviu duas garotas do primeiro ano cochichando.

— Você *ficou sabendo* que ela é cleptomaníaca? — silvou Noelle Frazier, uma menina alta com cachos louros.

— Eu sei — disse Anna Walton, uma morena miúda, de peitos enormes. — Ela, tipo, organizou aquele roubo imenso na Tiffany. E depois ela destruiu o carro do sr. Ackard.

O corpo de Hanna enrijeceu. Normalmente, ela não se incomodaria com duas retardadas do primeiro ano, mas estava se sentindo um tanto vulnerável. Fingiu estar interessada num monte de pinheiros que os jardineiros tinham acabado de plantar.

— Eu ouvi dizer que ela vai parar na delegacia tipo, todo dia — falou Noelle.

— E você soube que ela não está mais convidada para a festa da Mona, certo? — sussurrou Anna. — Elas tiveram uma superbriga porque Hanna a humilhou com aquele lance de escrever no céu.

— Mona queria largar dela já há uns dois meses — completou Noelle, como se soubesse de tudo. — Hanna virou uma superperdedora.

Isso era demais. Hanna virou-se.

— Onde você ouviu isso?

Anna e Noelle trocaram uma risadinha sarcástica. E aí, correram morro abaixo, sem responder.

Hanna fechou os olhos e recostou-se no mastro da bandeira, tentando ignorar o fato de que todos da sua turma de química a estavam encarando. Já haviam passado 24 horas desde o desastre da escrita no céu, e as coisas iam de mal a pior. Hanna tinha deixado pelo menos dez mensagens pedindo desculpas no celular de Mona na noite anterior... mas Mona não tinha ligado de volta. E, naquele dia, ela ouviu coisas estranhas e desagradáveis sobre si mesma... da boca de todo mundo.

Ela pensou na mensagem de A. *E Mona? Ela também não é sua amiga. Então, fica esperta.* Hanna observou a multidão de jovens no pátio. Perto das portas, duas meninas em uniforme de animadora de torcida ensaiavam de brincadeira. Perto de um eucalipto, dois meninos estavam fazendo "Briga de Blazer" — batendo um no outro com seus blazers do uniforme de Rosewood Day. O irmão de Aria, Mike, passou jogando em seu PSP. Finalmente, ela visualizou o cabelo loiro-claro de

Mona. Ela estava voltando para o prédio principal por uma das portas laterais, com uma cara de entediada, arrogante. Hanna arrumou seu blazer, apertou e soltou as mãos e foi direto até sua melhor amiga.

Quando alcançou Mona, ela deu um tapinha em seu ombro ossudo. Mona olhou para ela.

– Ah. É você – disse ela em um tom monótono, do jeito que costumava cumprimentar os derrotados que não eram descolados o suficiente para estar em sua presença.

– Você está espalhando coisas a meu respeito? – questionou Hanna, colocando suas mãos nos quadris, caminhando junto com Mona, que estava dando passadas rápidas pela porta lateral em direção ao corredor do estúdio de artes.

Mona segurou sua bolsa cor de tangerina da Dooney & Bourke ainda mais alto em um dos ombros.

– Nada que não seja verdade.

O queixo da Hanna caiu. Ela se sentiu como o Coiote em um daqueles desenhos antigos do Pernalonga que ela costumava assistir: ele corria sem parar e de repente caía de um penhasco. O Coiote parava, sem saber o que estava acontecendo por um segundo, e então caía rapidamente.

– Então, você acha que eu sou uma derrotada? – esgoelou Hanna.

Mona levantou uma das sobrancelhas.

– Como eu disse, nada que não seja verdade.

Ela deixou Hanna parada no meio do corredor, os alunos indo e vindo em volta dela. Mona andou para o fundo do corredor e parou num grupo de meninas. De cara, elas pareciam todas iguais – bolsas caras, cabelos brilhantes, pernas magricelas com bronzeamento artificial – mas, então, os olhos de Hanna desanuviaram. Mona estava parada perto de Naomi e de Riley, e elas estavam todas cochichando.

Hanna tinha certeza que ia chorar. Ela cambaleou pela porta do banheiro e se fechou numa das cabines ao lado da Velha Confiável, a privada famosa por aleatoriamente espirrar água aos montes, ensopando você se fosse burra o suficiente para usá-la. O banheiro dos meninos também tinha uma privada que espirrava. Por muitos anos, os encanadores tentaram consertar as duas, mas como não conseguiram descobrir a causa, as Velhas Confiáveis tinham virado lenda nos anais de Rosewood Day. Todo mundo sabia muito bem que não devia usá-los.

Exceto que... Mona tinha usado a Velha Confiável apenas algumas semanas depois de ela e Hanna terem ficado amigas, no tempo em que Mona ainda não tinha rumo. Ela havia mandado uma mensagem de texto desesperada para Hanna durante a aula de programas de saúde, e Hanna tinha corrido até o banheiro para emprestar uma saia e uma blusa do uniforme que ela tinha no armário. Hanna lembrava-se de ter embrulhado a saia ensopada de Mona numa sacola plástica e passado por baixo da porta da cabine para que Mona pudesse se trocar discretamente – Mona sempre tinha sido engraçada com esse lance de se trocar na frente de outras pessoas.

Como Mona podia não se *lembrar* disso?

Como se estivesse esperando, a Velha Confiável entrou em erupção. Hanna deu um grito e encostou-se à parede oposta da cabine quando uma coluna de água azul da privada subiu pelos ares. Algumas gotas pesadas respingaram nas costas do blazer de Hanna, e ela se curvou contra a parede e, finalmente, começou a soluçar. Ela odiava que Mona não precisasse mais dela. E que Ali tivesse sido assassinada. E que seu pai ainda não tivesse ligado. Por que isso estava *acontecendo*? O que ela tinha feito para merecer isso?

Quando a Velha Confiável diminuiu para apenas um borbulho, a porta principal foi aberta. Hanna dava pequenos soluços, tentando chorar baixinho. A pessoa que entrou foi para a pia, e Hanna espiou por debaixo da porta. Ela viu um par de sapatos pretos masculinos.

— Olá? — falou uma voz de menino. — Tem... alguém aí?

Hanna colocou a mão na boca. O que um *menino* estava fazendo naquele banheiro?

A não ser... *Não*. Ela não tinha feito isso.

— Hanna? — Os sapatos pararam em frente à sua cabine.

Hanna também reconheceu a voz.

Ela espiou pelo vão da porta. Era Lucas, o menino do Rive Gauche. Podia ver a ponta do nariz dele e um longo pedaço de cabelos loiros. Havia um broche grande na lapela dele dizendo: VAI, TIME DE FUTEBOL DE ROSEWOOD!

— Como você sabia que era eu?

— Eu vi você entrar aqui — respondeu ele. — Você sabia que este é o banheiro dos meninos, certo?

Hanna respondeu com uma fungada envergonhada. Ela tirou o blazer molhado, se arrastou para fora da cabine, andou até a pia, e apertou o dispensador de sabonete com força demais. O sabão tinha aquele cheiro artificial de amêndoa que Hanna odiava.

Os olhos de Lucas se desviaram para a Velha Confiável.

— Essa coisa entrou em erupção?

— Sim.

E, então, Hanna não conseguiu mais controlar suas emoções. Ela se curvou sobre a pia, as lágrimas pingando na cuba. Lucas ficou parado por momento, então, pôs a mão no meio das costas dela. Hanna sentiu que a mão dele tremia um pouco.

— É apenas a Velha Confiável. Ela entra em erupção, tipo, a cada hora. Você sabe dessa parada.

— Não é isso. — Hanna pegou uma toalha de papel áspera e assoou o nariz. — Minha melhor amiga me odeia. E está fazendo todas as outras pessoas me odiarem também.

— O quê? Claro que ela não te odeia. Que loucura.

— Sim, ela me odeia! — A voz aguda de Hanna ecoou nas paredes de azulejo do banheiro. — Agora, Mona está saindo com essas meninas que nós odiávamos, e está fazendo fofoca sobre mim, tudo porque eu perdi o Amiganiversário e o avião escreveu "A festa da Mona vai ser a *peidada* de sábado" em vez de "*Pedida* de sábado" no céu, e ela me desconvidou para sua festa de aniversário, e eu deveria ser sua melhor amiga!

Ela falou tudo isso numa longa frase sem respirar, sem se preocupar com onde estava ou com quem estava falando. Quando terminou, olhou para Lucas, de repente irritada, pois ele estava lá e tinha ouvido tudo.

Lucas era tão alto que praticamente tinha que se abaixar para não bater com a cabeça no teto.

— Eu poderia começar a espalhar rumores sobre ela. Tipo, que talvez ela tenha uma doença que faz com que ela precise comer meleca quando ninguém está olhando?

O coração da Hanna amoleceu. Isso era nojento... mas ao mesmo tempo engraçado... e amável.

– Não precisa.

– Bem, fica valendo a oferta. – Lucas tinha um olhar honesto no rosto. Na horrorosa luz verde do banheiro, ele até que era bonitinho. – Mas, espera! Eu sei de uma coisa que nós podemos fazer para te animar.

Hanna olhou para ele, incrédula. O quê? O Lucas achava que eles eram amigos agora, porque ele a tinha visto no banheiro? Ainda assim, ela estava curiosa.

– O quê?

– Não posso te contar. É supersecreto. Eu vou te pegar amanhã de manhã.

Hanna lançou um olhar de aviso na direção dele.

– Tipo... um *encontro*?

Lucas levantou as mãos, como se estivesse se rendendo.

– De jeito nenhum. Apenas... como amigos.

Hanna engoliu em seco. Ela precisava de um amigo naquele momento. *Nada bom.*

– Tudo bem – concordou ela baixinho, sentindo-se cansada demais para discutir. Então, com um suspiro, saiu do banheiro dos meninos e se encaminhou para sua próxima aula. Estranhamente, se sentia um pouquinho melhor.

Mas, ao virar para o corredor da ala de línguas estrangeiras, Hanna pôs a mão para trás para colocar seu blazer de volta e sentiu alguma coisa grudada em suas costas. Ela puxou um pedaço amassado se papel. *Sinta pena de mim*, dizia, em letra cursiva cor-de-rosa.

Hanna olhou para os alunos passando ao redor, mas nenhum deles estava prestando atenção. Por quanto tempo ela estaria andando com o bilhete pendurado? Quem teria feito isso? Poderia ter sido qualquer um. Ela tinha estado no meio da multidão durante o treinamento de incêndio. Todos haviam estado lá.

Hanna olhou para o papel de novo e virou-o. Do outro lado tinha uma mensagem impressa. Hanna estava com aquela sensação de estômago afundado.

Hanna, lembra quando você viu a Mona sair da clínica de cirurgia plástica Bill Beach? Alôô, lipo!! Mas, shhh! Você não soube por mim. – A

20

A VIDA IMITA A ARTE

Quinta-feira à tarde na hora do almoço, Aria virou no corredor da ala administrativa de Rosewood Day. Todos os professores tinham gabinetes ali e costumavam dar aulas particulares ou aconselhamento para alunos durante o horário de almoço. Aria parou diante da porta fechada do gabinete de Ezra. A sala havia mudado bastante desde o começo do ano. Ele tinha instalado uma lousa branca, e ela estava completamente cheia de recados de estudantes em tinta azul. *Sr. Fitz, quero falar do meu trabalho sobre o Fitzgerald. Passo aí depois da aula.* – Kelly. Tinha uma frase de *Hamlet* na parte de baixo: *Ó vilão, vilão, que ri, vilão maldito!* Abaixo do suporte de canetas havia um recorte de um *cartoon* de um cachorro num divã de analista, tirado da *New Yorker*. E na maçaneta estava uma placa de NÃO PERTURBE de um hotel; Ezra a tinha virado do outro lado: ARRUMADEIRA, POR FAVOR, LIMPE ESTE CÔMODO.

Aria bateu, hesitante.

– Entre. – Ela o ouviu dizer do outro lado. Aria esperava que Ezra estivesse com outro aluno. Pelos comentários que ouviu em classe, ela achou que a hora do almoço no gabinete dele eram sempre movimentadas, mas lá estava Ezra, sozinho, com uma caixa de McLanche Feliz em sua mesa. A sala cheirava a McNuggets.

– Aria! – exclamou Ezra, levantando uma das sobrancelhas. – Que surpresa. Sente-se.

Aria pulou no sofá de tweed arranhado de Ezra, do mesmo tipo que havia no gabinete do diretor de Rosewood Day. Ela apontou para a mesa dele.

– McLanche Feliz?

Ele sorriu, envergonhado.

– Eu gosto dos brinquedos. – Ele segurou um carro que fazia parte de algum filme infantil. – McNuggets? – Ele ofereceu a caixa. – Peguei molho *barbecue*.

Ela acenou que não.

– Eu não como carne.

– É mesmo. – Ele comeu um *nugget*, com os olhos presos aos dela. – Eu esqueci.

Aria sentiu algo – uma mistura de intimidade e desconforto. Ezra olhou para o outro lado, provavelmente sentindo o mesmo. Ela olhou a mesa dele. Estava cheia de pilhas de papéis, um minijardim zen, e cerca de mil livros.

– Então... – Ezra limpou a boca com um guardanapo, sem notar a expressão de Aria. – O que posso fazer por você?

Aria apoiou o cotovelo no braço do sofá.

– Bem, eu gostaria de saber se você pode prorrogar meu prazo para a entrega do trabalho sobre *A letra escarlate*, que é para amanhã.

Ele apoiou o refrigerante na mesa.

— Mesmo? Estou surpreso. Você nunca se atrasa com nada.

— Eu sei — murmurou ela, envergonhada. Mas a casa dos Ackard não era convidativa ao estudo. Primeiro: era muito quieta. Aria estava acostumada a estudar enquanto simultaneamente ouvia música, a TV e Mike falando ao telefone no quarto ao lado. Segundo: era difícil se concentrar quando ela sentia que alguém... a estava observando. — Mas não é grande coisa. Só preciso de mais um final de semana.

Ezra coçou a cabeça.

— Bem... eu ainda não tenho uma política para a prorrogação de prazos. Mas tudo bem. Apenas desta vez. Na próxima, eu vou ter que tirar um ponto de você.

Ela colocou o cabelo atrás da orelha.

— Não pretendo fazer isso o tempo todo.

— Bom. Então, o que é? Você não está gostando do livro? Ou ainda não começou?

— Eu terminei hoje. Mas eu o odiei. Odiei Hester Prynne.

— Por quê?

Aria brincou com a fivela dos sapatos Urban Outfitters cor de marfim.

— Ela presume que o marido esteja perdido no mar e, então, tem um caso com outro — murmurou ela.

Ezra inclinou-se para a frente apoiado sobre um dos cotovelos, parecendo se divertir.

— Mas o marido dela não é um homem muito bom. Isso é o que torna tudo complicado.

Aria olhou para os livros socados nas prateleiras de madeira lotadas. *Guerra e paz. O arco-íris da gravidade.* Uma coleção cara de e.e.cummings e poesia de Rilke, e não um, mas *dois* exemplares de *Sem saída*. Havia a coleção de Edgar Allan Poe, que Sean não tinha lido. Todos os livros pareciam amassados e usados por terem sido lidos e relidos.

— Mas eu não consegui ver além do que a Hester fez — confessou Aria, baixinho. — Ela *traiu*.

— Mas nós devíamos ter pena da luta dela, e de como a sociedade a rotulou, e de como ela luta para construir sua própria identidade e não permitir que alguém crie uma para ela.

— Eu a odeio, certo? — explodiu Aria. — E não vou perdoá-la nunca!

Ela cobriu o rosto com as mãos. Lágrimas escorreram por suas bochechas. Quando fechou os olhos, ela imaginou Byron e Meredith como os amantes ilícitos do livro, e Ella como o criticado marido vingativo de Hester. Mas se a vida realmente imita a arte, eram Byron e Meredith que deveriam estar *sofrendo*... não Aria. Ela havia tentado ligar para casa na noite anterior, mas no momento em que Ella ouviu a voz de Aria do outro lado da linha, desligou. Quando Aria acenou para Mike do outro lado da sala de ginástica, ele imediatamente se virou e entrou de volta no vestiário. Ninguém estava do seu lado.

— Ei — disse Ezra, baixinho, depois que Aria deu um suspiro sufocado. — Está tudo bem. Então, você não gostou do livro. Não tem problema.

— Desculpe. Eu só... — Ela sentiu as lágrimas quentes na palma das mãos. A sala de Ezra ficou muito quieta. Havia apenas a vibração do disco rígido do computador. O zumbido da lâmpada fluorescente. Os gritos alegres do playground da pré-escola. Todas as crianças estavam do lado de fora para o intervalo.

– Há algo que você queira me contar? – perguntou Ezra.

Aria enxugou os olhos com a parte de trás da manga do blazer. Ela pegou um botão solto em uma das almofadas do assento do sofá.

– Meu pai teve um caso com uma aluna, três anos atrás – desabafou ela. – Ele é professor na Hollis. Eu sempre soube, mas ele me pediu para não contar para minha mãe. Bem, agora ele está com essa aluna de novo... e minha mãe descobriu. Ela está furiosa porque eu sabia há muito tempo... e agora meu pai foi embora.

– Meu Deus – sussurrou Ezra. – Isso foi há pouco tempo?

– Sim. Há algumas semanas.

– Céus. – Ezra olhou para o teto de vigas por um momento. – Isso não parece muito justo da parte do seu pai. *Nem* da de sua mãe.

Aria deu de ombros. Seu queixo começou a tremer de novo.

– Eu não deveria ter escondido isso da minha mãe. Mas o que eu poderia ter feito?

Ele levantou da cadeira, deu a volta indo para a frente da mesa, empurrou uns papéis para o lado e se sentou na beirada.

– Certo. Bem, eu nunca disse isso para ninguém, mas quando eu estava no ensino médio, eu vi minha mãe beijando o médico dela. Ela estava com câncer na época, e, como meu pai estava viajando, ela me pediu para levá-la às sessões de quimioterapia. Um dia, enquanto eu estava esperando, tive que ir ao banheiro e, quando estava andando de volta pelo corredor, vi a porta do consultório aberta. Eu não sei por que olhei lá para dentro, mas quando olhei... lá estavam eles. Se beijando.

Aria engasgou.

— O que você fez?

— Eu fingi que não vi. Minha mãe não fazia a menor ideia que eu tinha visto. Ela saiu vinte minutos depois, toda arrumada, sóbria e apressada. Eu realmente queria falar sobre o assunto, mas, ao mesmo tempo, não podia. — Ele balançou a cabeça. — Dr. Poole. Nunca mais o vi da mesma maneira.

—Você não disse que seus pais tinham se divorciado? — perguntou Aria, lembrando-se de uma conversa que haviam tido na casa de Ezra. — Sua mãe ficou com o dr. Poole?

— Não. — Ezra estendeu a mão e pegou um McNugget da caixa. — Eles se divorciaram uns dois anos depois. O dr. Poole e o câncer já tinham passado.

— Deus. — Foi tudo em que Aria pôde pensar em dizer.

— É uma droga. — Ezra brincou com uma das pedras do minijardim zen, que estava na beira da mesa dele. — Eu idolatrava o casamento dos meus pais. Para mim, não parecia que eles tinham problemas. Todo o meu ideal de relacionamento estava destruído.

— O meu também — disse Aria, entristecida, passando um dos pés sobre uma pilha de papéis no chão. — Meus pais pareciam muito felizes juntos.

— Não tem nada a ver com você. Isso é uma grande coisa que eu aprendi. É uma coisa deles. Infelizmente, você tem que lidar com isso, e eu acho que isso a torna mais forte.

Aria gemeu e bateu a cabeça no encosto duro do sofá.

— Detesto quando as pessoas me dizem coisas assim. Que essas coisas vão me fazer uma pessoa melhor, mesmo que tudo esteja uma droga.

Ezra sorriu.

— Para dizer a verdade, eu também detesto.

Aria fechou os olhos, achando aquele momento agridoce. Ela estava esperando por alguém com quem conversar sobre tudo isso – alguém que realmente, verdadeiramente, entendesse. Ela queria dar um beijo em Ezra por ter uma família tão problemática quanto a dela.

Ou, talvez, ela quisesse dar um beijo em Ezra... porque ele era Ezra.

Os olhos de Ezra encontraram os dela. Aria podia ver seu reflexo nas pupilas escuras dele. Com uma das mãos, Ezra empurrou o pequeno carrinho do McLanche Feliz para que deslizasse sobre a mesa, pela beirada, caindo no colo dela. Um sorriso apareceu no rosto dele.

– Você tem namorada em Nova York? – desembuchou Aria.

A testa de Ezra formou uma ruga.

– Uma namorada... – Ele piscou algumas vezes. – Eu *tinha*. Mas nós terminamos neste verão.

– Ah.

– De onde saiu *isso*? – quis saber ele.

– Alguns alunos estavam falando sobre isso, eu acho. E eu... eu fiquei imaginando como ela era.

Um olhar demoníaco dançou pelo rosto de Ezra, mas ele logo perdeu essa expressão. Ele abriu a boca para dizer algo, mas mudou de ideia.

– O que foi? – perguntou Aria a ele.

– Eu não deveria.

– O *quê*?

– É que... – Ele avaliou o questionamento dela. – Ela não era nada comparada a você.

Um calor atravessou o corpo de Aria. Lentamente, sem tirar os olhos dela, Ezra deslizou da mesa e se pôs de pé. Aria foi para a beirada do sofá. O momento se prolongou eternamente. E, então, Ezra se debruçou, pegou Aria pelos ombros e a pressionou contra seu corpo. Os lábios dela bateram nos dele. Ela segurou o rosto dele com ambas as mãos, e ele passou as dele pelas costas dela. Eles se separaram e olharam um para o outro, então, se juntaram de novo. O cheiro de Ezra era delicioso, como uma mistura de Pantene, menta e chá e alguma coisa que era apenas... Ezra. Aria nunca se sentira assim com um beijo. Nem mesmo com Sean, nem com ninguém.

Sean. A imagem dele apareceu na cabeça de Aria. Sean deixando-a encostar-se nele enquanto assistiam a versão da BBC de *The Office*, na noite anterior. Sean beijando-a antes da aula de biologia, consolando-a, pois eles iam começar a fazer dissecações naquele dia. Sean segurando sua mão durante o jantar com a família dele. Sean era seu *namorado*.

Aria empurrou Ezra e deu um pulo.

— Preciso ir.

Ela estava suada, como se alguém tivesse aumentado o termostato uns cinquenta graus. Ela rapidamente juntou suas coisas, com o coração disparado e as bochechas em brasa.

— Obrigada pela prorrogação — disse ela, saindo desajeitadamente porta afora.

Lá fora, no corredor, ela respirou fundo por alguns instantes. Mais adiante, uma figura desapareceu rapidamente, virando num corredor. Aria ficou tensa. *Alguém tinha visto.*

Ela notou algo na porta de Ezra e arregalou os olhos. Alguém tinha apagado todas as mensagens do velho quadro branco, substituindo-as por uma nova mensagem escrita com uma caneta rosa-shocking desconhecida.

Cuidado, cuidado! Eu estou sempre de olho! – A

E depois, em letras menores, lá embaixo.

Aqui vai uma segunda pista: Todas vocês conheciam cada centímetro do quintal dela. Mas, para uma de vocês, foi tão, tão fácil.

Aria puxou a manga do blazer pra baixo e rapidamente apagou as letras. Quando chegou na assinatura, apagou com mais força, esfregando sem parar até que não houvesse mais nenhum traço de *A*.

21

COMO SE SOLETRA D-R-O-G-A D-E V-I-D-A?

Quinta-feira à noite, Spencer se acomodou nas cadeiras fofas e vermelhas do restaurante do country club de Rosewood e olhou pela janela. No campo de golfe, dois caras mais velhos, usando casacos de gola em V e calças cáqui, estavam tentando acertar mais alguns buracos antes de o sol se pôr. Lá fora, no deque, as pessoas aproveitavam os últimos dias de calor do ano, tomando gin tônica e comendo camarão e *bruschetta*. O sr. e a sra. Hastings mexeram seus Martinis Bombay Sapphire, e depois se entreolharam.

– Eu proponho um brinde. – A sra. Hastings pôs os cabelos curtos e loiros atrás das orelhas, seu anel de diamante de três quilates brilhando contra o pôr do sol que podia ser visto pela janela. Os pais de Spencer sempre brindavam antes de tomar alguma bebida... qualquer uma, até mesmo água.

A sra. Hastings ergueu o copo.

– A Spencer, por estar na final da Orquídea Dourada.

O sr. Hastings brindou.

– E por estar na capa do *Sentinel* de domingo.

Spencer levantou seu copo e brindou com eles, mas o esforço foi desinteressado. Ela não queria estar ali. Queira estar em casa, protegida e segura. Ela não conseguia parar de pensar na estranha consulta com a dra. Evans naquela manhã. A visão que tivera – a briga esquecida com Ali na noite em que a amiga desapareceu – a estava assombrando. Por que ela não havia se lembrado daquilo antes? Tinha alguma coisa a mais? E se ela *tivesse visto* o assassino da Ali?

– Parabéns Spencer. – A mãe dela interrompeu seus pensamentos. – Espero que você ganhe.

– Obrigada – balbuciou Spencer. Ela dobrou seu guardanapo verde como se fosse uma sanfona, depois, deu a volta na mesa e dobrou todos os outros também.

– Nervosa com alguma coisa? – A mãe apontou com o queixo para os guardanapos.

Spencer parou na mesma hora.

– Não – respondeu ela depressa.

Toda vez que fechava os olhos, voltava para a lembrança de Ali. Tudo se tornara tão claro. Conseguia sentir o cheiro das flores que cresciam no bosque e que cercavam o celeiro, sentir a brisa de verão, ver os vaga-lumes piscando contra o céu escuro. Mas aquilo não podia ser real.

Quando Spencer olhou para cima, seus pais estavam olhando para ela de forma estranha. Eles provavelmente tinham perguntado algo que ela não tinha ouvido. Pela primeira vez, gostaria que Melissa estivesse ali, monopolizando a conversa.

– Você está nervosa por causa da médica? – sussurrou a mãe.

Spencer não conseguiu esconder o sorriso sarcástico. Adorava que a mãe chamasse a dra. Evans de "a médica" em vez de "terapeuta".

– Não, eu estou bem.

–Você acha que conseguiu algum... – seu pai parecia estar procurando pelas palavras, brincando com o prendedor da gravata. – ...progresso, com a médica?

Spencer balançou o garfo para a frente e para trás. *Defina progresso*, ela queria dizer.

Antes que pudesse responder, o garçom apareceu. Era o mesmo garçom que os atendia há anos, o cara baixinho e careca, que tinha voz de ursinho Puff.

– Olá sr. e sra. Hastings. – Puff apertou a mão do pai dela.
– E Spencer. Você está adorável.

– Obrigada – murmurou Spencer, apesar de estar certa de que não estava. Ela não tinha lavado o cabelo depois do hóquei, e, na última vez em que tinha se olhado no espelho, seus olhos tinham uma aparência selvagem, assustada. Continuava tendo espasmos, também, e olhando ao redor do restaurante para ver se alguém a estava observando.

– Como estão todos esta noite? – perguntou Puff. Ele afofou os guardanapos que Spencer tinha acabado de redobrar e os colocou no colo de cada um deles. – É uma ocasião especial?

– Na verdade, sim – disse a sra. Hastings com um gritinho.
– Spencer é finalista da competição Orquídea Dourada. É um prêmio acadêmico de grande importância.

– *Mãe* – reclamou Spencer. Ela odiava o jeito com que a mãe anunciava os feitos da família. Particularmente neste caso, já que ela tinha trapaceado.

– Que maravilha! – urrou Puff. – É bom ter boas notícias, para variar. – Ele se debruçou para se aproximar dos Hastings.

– Muitos de nossos clientes acham que viram aquele perseguidor de que todo mundo está falando. Alguns disseram que ele esteve perto do clube, na noite passada.

– Esta cidade já não passou pelo bastante? – reclamou o sr. Hastings.

A sra. Hastings olhou, preocupada, para o marido.

– Você sabe, eu juro que vi alguém me observando quando fui encontrar com Spencer na médica, na segunda-feira.

Spencer levantou a cabeça, com o coração disparado.

– Você conseguiu ver quem era?

A sra. Hastings deu de ombros.

– Na verdade, não.

– Alguns dizem que é um homem. Outros, que é uma mulher – informou Puff.

Todos soltaram um *tsc* de preocupação.

Puff anotou os pedidos deles. Spencer murmurou que queria atum grelhado – a mesma coisa que pedia desde que parara de pedir pratos do cardápio infantil. Conforme o garçom se afastava, Spencer olhou vagamente para o salão. Era decorado no estilo dos barcos naufragados de Nantucket, com cadeiras escuras de vime e montes de boias salva-vidas e cabeças de bronze. A parede do fundo ainda tinha o mural de oceano completo, com uma lula gigante horrorosa, uma baleia assassina e um sereio com fluidos cabelos loiros e um nariz quebrado, estilo Owen Wilson. Quando Spencer, Ali e as outras iam jantar sozinhas ali – um superprograma, quando estavam no sexto e no sétimo ano – elas adoravam sentar perto do sereio. Uma vez, quando Mona Vanderwaal e Chassey

Bledsoe vieram ali sozinhas, Ali mandou Mona e Chassey darem um beijo de língua no sereio. Lágrimas de vergonha rolaram pelos seus rostos quando elas enfiaram a língua nos lábios pintados.

Ali era tão má, pensou Spencer. Seu sonho reapareceu. *Você não vai conseguir isso*, dissera Ali. Spencer se perguntou por que ficara tão brava. Ali ia contar para Melissa sobre Ian naquela noite. Seria esse o motivo? E o que a dra. Evans quis dizer quando afirmou que algumas pessoas apagam coisas que aconteceram com elas? Será que Spencer já tinha feito isso antes?

— Mãe? — De repente, Spencer estava muito curiosa. —Você sabe se eu alguma vez, aleatoriamente, esqueci um monte de coisas? Se eu já tive... tipo, amnésia temporária?

Sua mãe segurou a bebida a meio caminho da boca.

— Po...por que você está perguntando isso?

A nuca de Spencer ficou ensopada. A mãe falou do mesmo jeito perturbado do tipo *eu não quero lidar com isso* que usou quando o irmão dela, o tio de Spencer, Daniel, ficou bêbado demais numa festa e revelou alguns segredos cuidadosamente varridos para debaixo do tapete pela família. Foi como Spencer descobriu que sua avó era viciada em morfina, e que sua tia Penélope tinha dado uma criança para adoção quando tinha dezessete anos.

— Espere, *aconteceu*?

A mãe dela passou a mão pela borda arredondada do prato.

—Você tinha sete anos. E estava gripada.

As veias do pescoço da mãe estavam saltadas, o que queria dizer que ela estava prendendo a respiração. E isso significava que ela não estava contando tudo a Spencer.

— *Mãe*.

A mãe passou um dedo na borda do copo de Martini.
— Não é nada importante.
— Oh, conte a ela, Verônica — disse o pai de Spencer, ríspido. — Ela aguenta.

A sra. Hastings respirou bem fundo.
— Bem, Melissa, você e eu fomos ao Instituto Franklin. Vocês duas amavam andar naquela réplica gigante de um coração. Lembra?
— Claro — assentiu Spencer. A exposição do coração do Instituto Franklin tinha 450 metros quadrados, veias do tamanho do braço de Spencer e batia tão forte que, quando se estava dentro dos ventrículos, o batimento era o único barulho audível.
— Nós estávamos voltando para o carro — continuou a mãe, olhando para o próprio colo. — No caminho, um homem nos parou. — Ela fez uma pausa e pegou a mão do pai de Spencer. Os dois pareciam extremamente solenes. — Ele... ele tinha uma arma na jaqueta. Ele queria minha carteira.

Spencer arregalou os olhos.
— *O quê?*
— Ele nos fez deitar de bruços na calçada. — A boca da sra. Hastings tremia. — Eu não me incomodei em dar minha carteira, mas estava apavorada por vocês duas. Você ficou gemendo e chorando, perguntando se nós íamos morrer.

Spencer torceu a ponta do guardanapo que estava em seu colo. Ela não se lembrava daquilo.
— Ele me mandou contar até cem antes de levantar de novo — prosseguiu a mãe. — Quando pareceu seguro, corremos para o carro, e eu as trouxe para casa. Dirigi bem acima do

limite de velocidade, eu me lembro. É impressionante que eu não tenha sido parada.

Ela fez uma pausa e tomou um gole da bebida. Alguém tinha derrubado um monte de pratos na cozinha, e muitos dos clientes viraram os pescoços na direção da louça que se despedaçava, mas a sra. Hastings parecia não ter ouvido nada.

– Quando chegamos em casa, você estava com muita febre – continuou ela. – Apareceu de repente. Nós levamos você para o pronto-socorro. Ficamos com medo que estivesse com meningite, pois havia surgido um caso a algumas cidades daqui. Tivemos que ficar perto de casa enquanto aguardávamos os resultados, no caso de precisarmos levá-la de volta correndo para o hospital. Perdemos o campeonato nacional de soletração de Melissa. Lembra do quanto ela estava se preparando para isso?

Spencer lembrava. Algumas vezes ela e Melissa brincavam de soletrar – Melissa como participante, Spencer como juíza, bombardeando Melissa com palavras de uma longa lista. Aquilo era na época em que Melissa e Spencer gostavam uma da outra. Mas, pelo que Spencer se lembrava, Melissa tinha optado por sair da competição porque ela tinha um jogo de hóquei no mesmo dia.

– Melissa foi para a competição de soletração, no fim das contas? – quis saber Spencer.

– Ela foi, mas com a família da Yolanda. Lembra da amiga dela, Yolanda? Ela e Melissa estavam sempre juntas nessas competições de conhecimento.

Spencer franziu a testa.

– Yolanda Hensler?

– Isso mesmo.

— Melissa nunca foi... — Spencer interrompeu-se. Ela estava prestes a dizer que Melissa nunca foi amiga de Yolanda Hensler. Yolanda era o tipo de menina que era um doce na frente dos adultos e uma terrorista mandona por trás. Spencer sabia que Yolanda, uma vez, havia forçado Melissa a responder todas as amostras de perguntas de competições de conhecimento sem parar, mesmo Melissa tendo dito um milhão de vezes que precisava fazer xixi. Melissa acabou fazendo xixi na calça e molhando todo o edredom Lilly Pulitzer de Yolanda.

— De qualquer forma, uma semana depois, sua febre cedeu — prosseguiu a mãe. — Mas quando você acordou, tinha esquecido de tudo aquilo. Você se lembrava de ter ido ao Instituto Franklin, e se lembrava de ter andado dentro do coração, mas, então, eu perguntei se você se lembrava do homem mau na cidade. E você perguntou: "Que homem mau?" Você não se lembrava do pronto-socorro, de fazer os exames, de estar doente, de nada. Você simplesmente... apagou tudo. Nós ficamos de olho em você pelo resto daquele verão. Tínhamos medo de que você ficasse doente de novo. Melissa e eu perdemos o acampamento de caiaque para mães e filhas no Colorado e aquele recital de piano incrível em Nova York, mas eu acho que ela entendeu.

O coração de Spencer estava acelerado.

— Por que ninguém nunca me contou isso?

A mãe olhou para o pai.

— A coisa toda foi tão estranha. Eu achei que pudesse magoar você, saber que você esqueceu uma semana inteira. Você ficou tão preocupada depois daquilo.

Spencer segurou a beirada da mesa. *Eu posso ter esquecido mais que uma semana da minha vida*, ela queria dizer para os pais. *E se não tivesse sido apenas um apagão?*

Ela fechou os olhos. Tudo que conseguia ouvir era o barulho de sua memória. E se ela tivesse tido um apagão antes da Ali desaparecer? O que ela tinha esquecido sobre aquela noite? Quando Puff trouxe os pratos fumegantes, Spencer estava tremendo. A mãe inclinou a cabeça.

— Spencer? Qual é o problema? — Ela se virou para o pai de Spencer. — Eu sabia que não deveríamos ter contado a ela.

— Spencer? — O sr. Hastings abanou as mãos na frente do rosto da filha. — Você está bem?

Os lábios de Spencer estavam dormentes, como se estivessem anestesiados.

— Estou com medo.

— Com medo? — repetiu o pai, se debruçando. — De quê?

Spencer piscou. Sentiu que estava tendo aquele sonho recorrente no qual sabia o que queria dizer em sua cabeça, mas em vez de palavras saírem da sua boca, saía uma concha. Ou uma minhoca. Ou uma fumaça roxa. Então, apertou os lábios com força. De repente, se deu conta da resposta que estava procurando, do que tinha medo.

Dela mesma.

22

NÃO HÁ LUGAR COMO ROSEWOOD – VISTA A MIL METROS DE ALTITUDE

Sexta-feira de manhã, Hanna saiu do Volkswagen Jetta vinho de Lucas. Eles estavam no estacionamento do Parque Estadual Ridley Creek, e o sol havia acabado de aparecer.

— Esta é a grande surpresa que deveria fazer eu me sentir melhor? — Ela olhou ao redor. O Parque Estadual era cheio de jardins ondulantes e trilhas de escalada. Ela viu passar um bando de meninas, de shorts de corrida e camisetas de manga comprida. Então, um grupo de ciclistas com shorts de *spandex*. Isso fez Hanna se sentir preguiçosa e gorda. Não eram nem seis horas da manhã e ali estavam aquelas pessoas, já queimando suas calorias virtuosamente. Eles provavelmente também não haviam se entupido com uma caixa cheia de biscoitinhos de *cheddar* na noite anterior.

— Eu não posso contar — respondeu Lucas. — Senão, não seria uma surpresa.

Hanna grunhiu. O ar cheirava a folhas queimadas, o que Hanna sempre achou assustador. Ao passar pelo cascalho do estacionamento, ela imaginou ter ouvido alguém. Virou-se rapidamente, alerta.

— Algo errado? — Lucas parou alguns passos atrás. Hanna apontou para as árvores.

—Você viu alguém?

Lucas fez sombra nos olhos com uma das mãos.

—Você está preocupada com aquele perseguidor?

— Mais ou menos.

A ansiedade abocanhou a barriga de Hanna. No caminho, ainda na semiescuridão, Hanna sentiu que um carro os estava seguindo. A? Ela não conseguia parar de pensar na mensagem bizarra do dia anterior sobre Mona ter ido a Bill Beach para fazer plástica. Por um lado, fazia sentido — Mona nunca tinha usado nada que mostrasse muito da sua pele, mesmo ela sendo muito mais magra que Hanna. Mas cirurgia plástica — a não ser uma turbinada nos peitos — era tipo... vergonhoso. Significaria que a genética estava contra você, e que você não conseguia ter o corpo ideal apenas com exercício. Se Hanna espalhasse essa fofoca sobre Mona, o coeficiente de popularidade dela cairia alguns pontos. Hanna teria feito isso com qualquer outra menina sem nem piscar... mas, com Mona? Magoá-la parecia diferente.

— Eu acho que estamos a salvo. — Lucas andou pelo caminho de pedregulho. — Dizem que o perseguidor só espiona as pessoas em suas casas.

Hanna esfregou os olhos, nervosa. Daquela vez, não tinha que se preocupar em borrar seu rímel. Ela não tinha colocado quase nenhuma maquiagem naquela manhã. E estava vestindo calças *legging* da Juicy e um blusão cinza, que ela normalmente usava para correr. Isso tudo era para mostrar que eles *não* estavam em um encontro matinal feliz.

Quando Lucas apareceu na porta, Hanna ficou aliviada por ele estar usando um jeans rasgado, uma camiseta velha e um blusão cinza igualmente detonado. Então, ele tinha caído numa pilha de folhas no caminho para o carro e rolado nela, como fazia o cachorrinho de Hanna, Dot. Foi realmente fofo. O que era completamente diferente de achar que Lucas era bonitinho, obviamente.

Eles entraram numa clareira e Lucas virou-se para Hanna.

– Pronta para sua surpresa?

– É melhor que seja boa. – Hanna revirou os olhos. – Eu ainda poderia estar na cama.

Lucas a guiou pelas árvores. Na clareira havia um balão de ar quente de listras com as cores do arco-íris. Estava murcho e caído para o lado, com a cesta parcialmente virada. Dois caras estavam em volta enquanto ventiladores enchiam o balão de ar, fazendo-o ondular.

– Tchã-ram! – gritou Lucas.

– Tá booooom. – Hanna fez sombra nos olhos com as mãos. – Eu vou olhar os caras encherem um balão? – Ela *sabia* que aquilo não era uma boa ideia. Lucas era tão atrapalhado.

– Não exatamente. – Lucas se apoiou nos calcanhares. – Você vai *subir* nele.

– O quê? – esganiçou Hanna. – *Sozinha?*

Lucas bateu na cabeça dela.

– Eu vou com você, dããã. – Ele começou a andar em direção ao balão. – Eu tenho licença para pilotar balões. Estou aprendendo a voar num Cessna, também. Mas esta é minha maior realização. – Ele pegou uma garrafa de aço inox. – Eu fiz milk-shake para nós esta manhã. Foi a primeira vez que usei um liquidificador, a primeira vez que usei algum utensílio de cozinha, na verdade. Você não está orgulhosa de mim?

Hanna deu um meio sorriso. Sean sempre cozinhava para ela, o que a fazia se sentir mais inadequada do que mimada. Ela achava bom que Lucas fosse masculinamente sem noção.

– Eu estou orgulhosa. – Hanna sorriu. – E, claro, vou subir nessa armadilha com você.

Depois de o balão ficar cheio e firme, Hanna e Lucas subiram no cesto, e ele soltou uma longa chama dentro do envelope. Em segundos, eles começaram a subir. Hanna ficou surpresa que o seu estômago não embrulhou como acontecia às vezes em elevadores e, quando olhou para baixo, ficou maravilhada de ver que os dois caras que ajudaram a encher o balão pareciam duas manchas na grama. Ela viu o Jetta vermelho de Lucas no estacionamento... depois o riacho de pescaria, a trilha sinuosa, a Rodovia 352.

– Ali está o prédio da Hollis! – gritou Hanna, animada, apontando para a construção a distância.

– Legal, não é? – Lucas sorriu.

– É *sim* – admitiu Hanna. Era tão legal e silencioso ali em cima. Não havia barulho de tráfego nem pássaros chatos, apenas o som do vento. O melhor de tudo, A não estava ali em cima. Hanna se sentiu tão livre. Parte dela queria voar, ir embora em um balão para sempre, como o Mágico de Oz.

Eles sobrevoaram o bairro de Old Hollis, com suas casas vitorianas e seus gramados bagunçados. Depois o Shopping King James, com o estacionamento quase vazio. Hanna sorriu quando eles passaram sobre o internato Quaker. Tinha um obelisco vanguardista no gramado frontal que foi apelidado o Pênis de Willian Penn.

Eles flutuaram sobre a velha casa de Alison DiLaurentis. Dali de cima, parecia tão sem problemas. Ao lado estava a casa de Spencer, com seu moinho, estábulos, celeiro e uma piscina com deque de pedra. Algumas casas depois ficava a de Mona, era uma bonita casa de tijolos vermelhos, cercada por cerejeiras, com uma garagem destacada ao lado do jardim. Uma vez, logo depois do tratamento de beleza delas, elas haviam pintado HM+MV= MAPTS, melhores amigas para todo o sempre com tinta fosforescente no telhado. Elas nunca souberam como era visto de cima. Ela pegou seu BlackBerry para mandar uma mensagem para Mona contando isso.

Então, Hanna se lembrou. Elas não eram mais amigas. Ela suspirou.

– Tudo bem? – perguntou Lucas.

Hanna desviou o olhar.

– Sim. Tudo bem.

As sobrancelhas de Lucas formaram um V.

– Eu estou no Clube do Sobrenatural na escola. Nós praticamos leitura de mente. Eu consigo ler sua mente extrassensorialmente. – Ele fechou os olhos e colocou as mãos nas têmporas. – Você está chateada porque... a Mona vai fazer uma festa de aniversário e você não foi convidada.

Hanna segurou uma risada de deboche. Como se isso fosse difícil de deduzir. Ela encontrou Lucas no banheiro logo depois que a coisa toda aconteceu. Ela desenroscou a tampa da garrafa de milk-shake.

— Por que você, tipo, faz parte de todos os clubes que existem em Rosewood Day? — Ele era uma versão mais boba de Spencer, com essa mania de se filiar a todos os clubes possíveis.

Lucas abriu os olhos. Eles eram de um azul-claro, límpido — como o giz de cera da caixa de 64 cores da Crayola.

— Eu gosto de estar ocupado o tempo todo. Se não estou fazendo nada, começo a pensar.

— Sobre o quê?

O pomo de adão do Lucas subiu e desceu quando ele engoliu em seco.

— Meu irmão mais velho tentou se matar faz um ano.

Hanna arregalou os olhos.

— Ele é bipolar. Ele parou de tomar o medicamento e... alguma coisa errada aconteceu na cabeça dele. Ele tomou um monte de Aspirinas, e eu o achei desmaiado em nossa sala de estar. Ele está num hospital psiquiátrico agora. Eles dão a ele um monte de remédios e... ele não é mais a mesma pessoa, então...

— Ele era aluno de Rosewood Day? — perguntou Hanna.

— Sim, mas ele é seis anos mais velho que a gente. Você não deve se lembrar dele.

— Meu Deus. Eu sinto muito — sussurrou Hanna. — Isso é ruim.

Lucas deu de ombros.

— Muitas pessoas provavelmente apenas se sentariam no quarto para se drogar, mas me manter ocupado funciona melhor pra mim.

Hanna cruzou os braços.

— Meu jeito de me manter sã é comer uma tonelada de salgadinhos de queijo e depois vomitar.

Ela cobriu a boca. Hanna não conseguia acreditar que tinha dito aquilo.

Lucas levantou uma das sobrancelhas.

— Salgadinhos de queijo, hein? Tipo Cheetos? Doritos?

— Arã. — Hanna olhou para o fundo de madeira do cesto do balão.

Os dedos de Lucas se moveram, nervosamente. As mãos dele eram fortes e proporcionais e pareciam ser muito boas para esfregar as costas. De repente, Hanna queria tocá-las.

— Minha prima teve esse... problema... também — disse Lucas, suavemente. — Ela superou.

— Como?

— Ela ficou feliz. E foi em frente.

Hanna olhou para fora do cesto. Eles estavam sobrevoando Cheswold, o condomínio mais caro de Rosewood. Hanna sempre quis morar numa casa em Cheswold, e lá de cima as propriedades pareciam ainda mais incríveis do que no nível da rua. Mas também pareciam rígidas e formais, e não muito reais — mais a *ideia* de uma casa em vez de alguma coisa em que uma pessoa realmente quisesse morar.

— Eu era feliz — suspirou Hanna. — Eu não fazia... esse negócio... do queijo há alguns anos. Mas a minha vida anda horrível ultimamente. Eu *estou* chateada com a Mona. Mas tem mais. É tudo. Desde que eu recebi o primeiro recado, as coisas foram de mal a pior.

— Volta. — Lucas inclinou-se para trás. — Recado?

Hanna parou. Ela não queria mencionar A.

— São só esses recados que eu tenho recebido. Alguém está me provocando com um monte de coisas pessoais. — Ela deu uma olhada para Lucas, esperando que ele não estivesse interessado, a maioria dos meninos não se interessaria. Infelizmente, ele parecia preocupado.

— Isso parece cruel. — Lucas franziu a testa. — Quem os está mandando?

— Não sei. Primeiro, achei que fosse Alison DiLaurentis. — Ela parou, tirando o cabelo dos olhos. — Eu sei que é idiota, mas os primeiros recados falavam de coisas que só ela sabia.

Lucas fez uma cara de nojo.

— O corpo da Alison foi achado há, o quê, um mês? Alguém está se passando por ela? Isso é... isso é loucura.

Hanna balançou os braços.

— Não, eu comecei a receber os recados antes de o corpo de Ali ser encontrado, até então, ninguém sabia que ela estava morta... — A cabeça de Hanna começou a doer. — É confuso e... não se preocupe com isso. Esqueça que eu disse qualquer coisa.

Lucas olhou para ela, desconfortável.

— Talvez você devesse chamar a polícia.

Hanna fungou.

— Quem quer que seja não violou nenhuma lei.

— Mas você não sabe com quem está lidando.

— É, provavelmente, algum garoto burro.

Lucas parou.

— A polícia não fala que se você está sendo perturbado, tipo, recebendo trotes, é muito mais provável que seja alguém que você conheça? Eu ouvi isso num seriado policial uma vez.

Hanna sentiu um friozinho na barriga. Ela pensou nos recados de A. *Uma de suas antigas amigas está escondendo algo de você.* Ela pensou de novo em Spencer. Uma vez, não muito tempo depois do desaparecimento de Ali, o pai de Spencer levou as quatro para o Wildwater Kingdom, um parque aquático não muito distante da casa delas. Quando Hanna e Spencer estavam subindo a escada para um tobogã chamado Devil Drop, Hanna tinha perguntado se ela e Ali estavam bravas uma com a outra por algum motivo. O rosto de Spencer tinha ficado da mesma cor vermelha do seu biquíni de lacinho Tommy Hilfiger.

– Por que você está perguntando isso?

Hanna franziu a testa, segurando sua prancha de isopor contra o peito.

– Eu só estou curiosa.

Spencer deu um passo mais para perto. O ar ficou parado e todos os barulhos de mergulho e a gritaria pareciam ter evaporado.

– Eu não estava brava com a Ali. Ela é que estava brava comigo. Eu não tenho ideia do motivo, ok? – Depois, ela deu um giro de cento e oitenta graus e começou a marchar escada abaixo, praticamente batendo nas outras crianças ao passar.

Hanna encolheu os dedos dos pés. Ela não pensava sobre esse dia havia algum tempo.

Lucas limpou a garganta.

– Os recados são sobre o quê? O lance do queijo?

Hanna olhou para as luzes no topo da Abadia de Rosewood, o lugar do funeral da Ali. *Que se dane*, pensou ela. Ela tinha contado a Lucas sobre A, por que então não sobre todo o resto? Era como aquele exercício para confiança que ela havia feito na excursão do sexto ano: uma menina da sua turma, chamada Viviana Rogers, ficou atrás de Hanna e ela teve que cair nos braços da menina, confiando que ela iria pegá-la em vez de deixá-la se estatelar na grama.

– Sim, o queijo – disse ela, baixinho. – E... bem, você pode ter ouvido algumas das outras paradas. Muita coisa está sendo dita por aí sobre mim. Como meu pai. Ele se mudou uns dois anos atrás e agora mora com a enteada. Ela veste tamanho *trinta e quatro*.

– Que tamanho você usa? – perguntou Lucas, confuso.

Ela respirou fundo, ignorando a pergunta.

– E eu fui pega roubando, também. Algumas joias da Tiffany e o carro do pai do Sean Ackard.

Ela olhou para cima, surpresa de ver que Lucas não tinha pulado do balão de tanto nojo.

– No sétimo ano, eu era uma gorda desajeitada e feia. Mesmo sendo amiga da Alison, eu me sentia... como nada. Mona e eu trabalhamos duro para mudar, e eu achei que nós duas nos tornaríamos... a *Alison*. Funcionou por um tempo, mas agora já era.

Ouvir seus problemas em alto e bom som a fazia parecer uma perdedora. Mas também se sentiu como quando ela foi com a Mona para um spa e fez uma lavagem do cólon. O procedimento era nojento, entretanto, depois ela se sentiu tão livre!

– Eu fico feliz que você não seja Alison – disse Lucas, baixinho.

Hanna revirou os olhos.

– Todo mundo amava a Alison.

– Eu não. – Lucas desviou do olhar surpreso de Hanna. – Eu sei que isso é horrível de falar, e eu sinto muito pelo que aconteceu com ela. Mas Alison não era legal comigo. – Ele soprou uma chama de fogo para dentro do balão. – No sétimo ano, Ali espalhou um boato de que eu era hermafrodita.

Hanna olhou para cima, desconcertada.

– Ali não espalhou esse boato.

– Espalhou, sim. Na verdade, eu comecei isso para ela. Ela perguntou se eu era hermafrodita durante um jogo de futebol.

Eu disse que eu não sabia. Eu não fazia a menor ideia do que *era* um hermafrodita. Ela riu e contou para todo mundo. Um tempo depois, quando me toquei do que estava rolando era tarde demais... todo mundo já estava comentando.

Hanna olhou para ele sem acreditar.

— Ali não faria isso.

Mas... Ali *faria* aquilo sim. Fora Ali quem fizera todo mundo chamar Jenna Cavanaugh de Neve. Ela tinha espalhado o boato de que Toby tinha brânquias. Todos tomavam o que a Ali dizia como algo sagrado.

Hanna espiou pela beirada do cesto. Aquele boato sobre o Lucas ser hermafrodita tinha começado depois que elas souberam que ele ia mandar uma caixa de bombom em formato de coração para Hanna, no Dia do Chocolate. Ali tinha até ido com a Hanna comprar uma calça nova, de bolsos e com purpurina, da Sevens, para a ocasião. Ela disse que adorou a calça, mas provavelmente estava mentindo sobre isso também.

— E você não deveria dizer que é feia, Hanna — disse Lucas.

— Você é tão, *tão* bonita.

Hanna enfiou o queixo dentro da gola da camiseta, sentindo-se inesperadamente tímida.

— Você é. Eu não consigo parar de olhar para você. — Lucas sorriu. — Opa. Eu provavelmente ultrapassei *muito* o lance de amizade, hein?

— Tudo bem. — O calor se espalhou pela pele de Hanna. Ouvir que era bonita a fez sentir-se muito bem. Quando tinha sido a última vez que alguém falou aquilo para ela? Lucas era tão diferente do perfeito Sean quanto qualquer menino podia ser. Lucas era alto e esguio, e não seguia nem um pouquinho a moda, com seu emprego no Rive Gauche, o clube de experiências extrassensoriais e o adesivo do SCISSOR SISTERS na traseira do carro, que podia ser uma banda, um cabeleireiro ou uma religião. Mas havia algo a mais ali, também... só tinha que cavar fundo para achar, como Hanna e seu pai tinham uma vez revirado as praias de Nova Jersey com um detector de metal. Eles tinham procurado por horas e tinham achado não um, mas dois brincos de diamante escondidos na areia.

– Então, ouça – disse Lucas. – Eu também não fui convidado para a festa da Mona. Você não quer sair comigo e fazer uma antifesta? Na minha casa tem piscina. Ela é aquecida. Ou, você que sabe, se esse não for o seu lance, nós poderíamos... sei lá. Jogar pôquer.

– Pôquer? – Hanna olhou para ele, intrigada. – Só se não for strip.

– E você acha que eu jogo isso? – Lucas pôs a mão sobre o seu peito. – Estou falando de Texas Hold'Em. Só que você vai ter de tomar cuidado. Eu sou bom.

– Tá bom. Claro. Eu vou até lá e vamos jogar pôquer. – Ela se recostou de volta no balão, se dando conta de que estava ansiosa pelo jogo. Ela deu um sorriso tímido para Lucas. – Mas não mude de assunto. Agora que fiz papel de idiota, você tem que me confessar alguma coisa embaraçosa sobre você, também. O que mais você está evitando com todas essas atividades?

Lucas se inclinou para trás.

– Vejamos. Tem o fato de eu ser hermafrodita.

Seu rosto estava sério como a morte. Hanna arregalou os olhos, pega de surpresa. Mas, aí, Lucas sorriu e começou a gargalhar, então, Hanna riu também.

23

AS ROSEIRAS TÊM OLHOS

Sexta-feira, na hora do almoço, Emily sentou-se na estufa de Rosewood Day, onde folhagens altas e algumas espécies de borboletas floresciam na umidade. Apesar de estar quente e o lugar cheirar a terra, muitas pessoas estavam almoçando ali. Talvez fosse para escapar do tempo chuvoso – ou, talvez, elas apenas quisessem estar perto da Garota do Momento, Emily Fields.

– Então, você vai à festa da Mona? – O irmão de Aria, Mike, olhou com expectativa para Emily. Ele e alguns outros meninos do time de lacrosse estavam sentados num banco na frente dela e prestavam atenção em cada palavra que ela dizia.

– Eu não sei – respondeu Emily, terminando sua batata frita. Tinha dúvidas de que sua mãe a deixasse ir à festa de Mona, e também não sabia se queria ir.

–Você deveria vir curtir a minha banheira depois. – Noel Kahn escreveu o número de seu celular num pedaço de folha de fichário. Ele o arrancou e entregou a ela. – É quando a *verdadeira* festa vai começar.

– Traga sua namorada, também – sugeriu Mike, com um olhar faminto. – E fique à vontade para beijá-la perto de nós. Nós temos a mente bem aberta.

– Eu poderia pegar minha cabine de foto para você – ofereceu Noel, dando uma piscadela para Emily. – Qualquer coisa que a deixe excitada.

Emily revirou os olhos. Quando os meninos saíram de mansinho, ela se debruçou sobre as pernas e deu uma respirada cansada. Era uma pena que ela não fosse do tipo que tirava vantagem – ela provavelmente podia ganhar um dinheirão com esses meninos de Rosewood Day que só pensavam em sexo e mulher-com-mulher.

De repente, sentiu uma pequena mão segurar seu pulso.

– Você está saindo com um garoto bobão? – sussurrou Maya em seu ouvido. – Eu o vi passando o telefone dele para você.

Emily olhou para cima. Seu coração deu um salto. Parecia que ela não via Maya há semanas, e não conseguia parar de pensar nela. O rosto de Maya aparecia diante dela a cada vez que fechava os olhos. Ela pensou na sensação dos lábios de Maya durante as sessões de beijos no rochedo, perto do riacho.

Não que aquelas sessões de beijo pudessem acontecer de novo.

Emily puxou sua mão.

– Maya. Nós não podemos.

Maya fez beicinho. Ela olhou em volta. Havia alguns alunos sentados perto da fonte e nos bancos de madeira, próximos aos

jardins de flores ou perto do santuário das borboletas, calmamente pegando e comendo seus almoços.
 — Não é como se alguém estivesse nos vigiando.
 Emily estremeceu. *Parecia* que alguém estava. Durante o almoço inteiro, ela teve a horripilante sensação de que havia alguém atrás dela, espiando. As plantas da estufa eram tão altas e espessas que davam cobertura fácil para as pessoas se esconderem.
 Maya soltou um chaveiro com um canivete suíço da mochila e cortou uma rosa de um arbusto exuberante atrás delas.
 — Aqui — disse ela, entregando-a a Emily.
 — Maya! — Emily deixou a rosa cair em seu colo. — Você não pode colher flores aqui!
 — Eu não me importo — insistiu Maya. — Quero que você fique com ela.
 — Maya. — Emily bateu as mãos com força nas coxas. —Você deveria ir embora.
 Maya franziu a testa, olhando para ela.
 —Você está levando o lance do Tree Tops a sério?
 Quando Emily acenou que sim, Maya grunhiu:
 — Eu achei que você era mais forte que isso. E parece tão assustador.
 Emily fechou a sacola com seu almoço. Ela já não tinha passado por isso?
 — Se eu não fizer o Tree Tops, vou ter que ir para Iowa. E eu não posso. Meu tio e minha tia são loucos.
 Ela fechou os olhos e pensou nos tios e nos três primos de Iowa. Ela não os via há anos, e tudo que podia visualizar eram cinco sobrancelhas enrugadas de desaprovação.

— Na última vez em que os visitei, minha tia Helene disse que eu deveria comer sucrilhos *e só sucrilhos* no café da manhã, pois isso suprimia o desejo sexual. Meus dois primos faziam longas corridas pelas plantações de milho toda manhã, para drenar as energias sexuais. E minha prima, Abby, que tem a minha idade, queria ser freira. Ela provavelmente já *é,* agora. Ela andava com um caderno por todo canto, que chamava de "O Livro do mal de Abby", onde escrevia tudo que achava que era pecado. Ela escreveu *trinta* coisas pecaminosas sobre mim. Abby achava até que *andar descalça* era pecado!

Maya deu uma risadinha.

— Se você tiver pés realmente horrorosos, é.

— Não é engraçado! — gritou Emily. — E isso não tem a ver com eu ser forte ou achar que o Tree Tops está certo ou mentir pra mim mesma. Eu *não posso* lidar com isso.

Emily mordeu o lábio, sentindo subir aquele calor típico de quando ia chorar. Nos dois últimos dias, se seus pais passavam por ela nos corredores da casa ou na cozinha, nem olhavam na direção de Emily. Eles não lhe dirigiam a palavra durante as refeições. Ela sentia que era estranho sentar-se no sofá com eles para ver televisão. E a irmã de Emily, Carolyn, parecia não ter ideia de como lidar com ela. Desde a reunião da natação, Carolyn ficara distante do quarto que dividiam. Geralmente, elas faziam a lição de casa em suas escrivaninhas, murmurando uma com a outra sobre os problemas de matemática, trabalhos de história, ou fofocas em geral que ouviam na escola. Na noite anterior, Carolyn só subiu quando Emily já estava na cama. Ela se trocou no escuro e se deitou em sua cama sem dizer uma única palavra.

— Minha família não vai me amar se eu for homossexual — explicou Emily, olhando nos olhos arredondados e castanhos de Maya. — Imagine se sua família acordasse e decidisse que odeia você.

— Eu só quero estar com você — murmurou Maya, revirando a rosa em suas mãos.

— Bem, eu também — respondeu Emily. — Mas não podemos.

— Vamos nos ver em segredo — sugeriu Maya. — Eu vou à festa de Mona Vanderwaal amanhã. Me encontre lá. Nós vamos embora e achamos um lugar para ficarmos sozinhas.

Emily roeu a unha de um dos dedões. Ela gostaria de poder... mas as palavras de Becka a perseguiam. *A vida já é dura o suficiente. Por que a tornar ainda mais difícil?* No dia anterior, durante seu tempo livre, Emily havia entrado no Google e digitado, *A vida das lésbicas é dura?* Mesmo quando estava digitando aquela palavra — lésbica — sua mão direita indo para o L e a esquerda para o E, S, B, parecia estranho pensar que aquilo se aplicava a ela. Ela não gostava dessa palavra — como pudim de arroz, que ela detestava. Todos os *links* na lista apontavam para um site pornô bloqueado. É claro, Emily tinha posto as palavras lésbica e dura no mesmo campo de busca.

Ela sentiu o olhar de alguém. Emily olhou as trepadeiras e os arbustos lá fora, e viu Carolyn e algumas outras meninas do time de natação sentadas perto das bougainvílleas. A irmã a encarou, com um olhar de nojo no rosto.

Emily pulou do banco.

— Maya, vá embora. Carolyn está nos vendo.

Ela deu uns passos para longe, fingindo estar fascinada por alguns cravos, mas Maya não se moveu.

— Rápido! — silvou Emily. — Saia daqui!

Emily sentiu os olhos de Maya sobre si.

— Eu vou à festa da Mona, amanhã — informou ela em voz baixa. — Você vai estar lá ou não?

Emily balançou a cabeça, sem encontrar os olhos de Maya.

— Me desculpe. Eu preciso mudar.

Maya puxou violentamente a bolsa verde e branca de lona de Emily.

— Você não pode mudar quem você é. Eu já te falei isso mil vezes.

— Mas talvez eu possa — insistiu Emily. — E talvez eu queira.

Maya largou a rosa de Emily na bancada e saiu pisando com força. Emily a viu ziguezaguear pelas fileiras de plantas e passar pela porta de vidro embaçado para sair da estufa e quis chorar. Sua vida estava uma bagunça horrível. Sua velha e simples vida — aquela que ela tinha antes de aquele ano letivo começar — parecia pertencer a uma menina completamente diferente.

De repente, sentiu as unhas de alguém tocarem sua nuca. Um frio percorreu suas costas, e ela se virou. Era só um galho da roseira, com seus espinhos gordos e afiados, as rosas gorduchas. Então, Emily notou algo em uma das janelas, a um metro dela. Seu queixo caiu. Havia algo escrito, embaçado. *Estou vendo você.* Dois olhos bem abertos, cheios de cílios estavam desenhados perto das palavras. Estava assinado *A*.

Emily correu até a mensagem para apagá-la com a manga do blazer. Aquilo estivera ali o tempo todo? Por que ela não tinha visto isso? Então, outra coisa a arrebatou. Por causa da umidade da estufa, a água só condensava no lado de dentro da janela, então, quem quer que havia escrito aquilo tinha de estar... ali dentro.

Emily virou-se, procurando por algum sinal revelador, mas as únicas pessoas olhando na direção dela eram Maya, Carolyn e os meninos do lacrosse. Todos os outros estavam circulando perto da porta da estufa, esperando que o intervalo do almoço acabasse, e Emily não podia deixar de imaginar se A não estava entre eles.

24

E NUM JARDIM DO OUTRO LADO DA CIDADE...

Na sexta-feira à tarde, Spencer se curvou sobre os canteiros da mãe, arrancando as teimosas ervas daninhas. A mãe costumava fazer ela mesma o trabalho de jardinagem, mas Spencer estava fazendo aquela tarefa numa tentativa de ser legal — e de ser perdoada por alguma coisa, apesar de não ter certeza do quê. Os balões multicoloridos que a mãe comprara alguns dias antes, para comemorar o Orquídea Dourada, ainda estavam amarrados à grade do pátio. *Parabéns, Spencer!* estava escrito. Junto da frase havia desenhos de medalhas e troféus. Spencer olhou para os balões metalizados e sua imagem curvada a olhou de volta. Era como um espelho de parque de diversões — seu rosto comprido e não arredondado, os olhos pequenos em vez de grandes, e seu nariz empinado parecia largo, enorme. Talvez tivesse sido a garota no balão, e não Spencer quem trapaceara para se tornar a finalista do Orquídea Dourada. E talvez tivesse sido a garota no balão quem brigara com Ali na noite de seu desaparecimento, também.

O sistema de irrigação da casa ao lado, a antiga casa dos DiLaurentis, começou a funcionar. Spencer olhou para a antiga janela de Ali. Era a última da parte de trás da casa e ficava em frente à janela de Spencer. Ela e Ali se sentiam tão sortudas por seus quartos ficarem voltados um para o outro! Elas tinham linguagem de sinais para se comunicar pela janela depois do toque de recolher – um sinal com a luz da lanterna significava "Não consigo dormir, e você?". Dois sinais significavam "Boa-noite". Três, significavam "Precisamos escapulir e conversar pessoalmente".

A lembrança do consultório da dra. Evans dançava diante dela mais uma vez. Spencer tentou afastá-la de sua mente, mas ela teimava em não desaparecer. *Você se preocupa demais*, Ali havia dito. E aquele barulho de algo se quebrando. De onde tinha vindo aquilo?

– Spencer – sussurrou uma voz. Ela olhou em volta, o coração disparado. Olhou para as árvores que contornavam a parte de trás de sua casa. Ian Thomas estava ali, entre dois cornisos.

– O que você está fazendo aqui? – sibilou ela, dando uma olhada na direção do quintal. O celeiro de Melissa ficava a poucos metros dali.

– Observando minha garota favorita. – Os olhos de Ian percorreram o corpo dela.

– Tem um perseguidor por aí – advertiu Spencer com rispidez, tentando ignorar a onda de calor e excitação que sempre sentia quando Ian olhava para ela. – Você precisa ter cuidado.

Ian zombou:

– E quem foi que disse que eu não faço parte da vigilância comunitária? Talvez eu esteja protegendo você *do* perseguidor. – Ele se apoiou contra a árvore.

— Faz? – perguntou Spencer.

Ian balançou a cabeça.

— Não. Na verdade eu só peguei um atalho por aqui para chegar à minha casa. Eu vim ver Melissa. – Ele fez uma pausa, enfiando as mãos nos bolsos da calça jeans. – O que você acha de Melissa e eu voltarmos a namorar?

Spencer deu de ombros.

— Não é da minha conta.

— Não é? – Ian sustentou o olhar de Spencer sem piscar. Ela desviou os olhos, o rosto ardendo. Ian não estava se referindo ao fato de eles já terem se beijado. *Não podia ser.*

Ela reviveu aquele momento. A boca de Ian havia encontrado a dela com tanta força que seus dentes de chocaram. Depois daquilo, seus lábios tinham ficado doloridos e sensíveis. Quando Spencer contou para Ali aquela supernovidade, Ali gargalhou alto.

— O que, você acha que Ian vai sair com você? – ridicularizou ela. – Duvido muito.

Spencer deu uma olhada em Ian, calmo, casual, como sem perceber que ele era o motivo de toda o seu conflito. Ela meio que desejou não tê-lo beijado. Parecia que aquilo havia desencadeado um efeito dominó – levara à briga no celeiro, que levara à saída intempestiva de Ali, que levara a... quê?

— Então, Melissa me disse que vocês estão fazendo terapia, não é? – perguntou Ian. – Que loucura.

Spencer ficou tensa. Parecia esquisito, Melissa falando com Ian sobre a terapia. As sessões deveriam, supostamente, ficar entre elas.

— Não é loucura.

— É mesmo? Melissa me disse que ouviu você gritando. Spencer piscou.

— Gritando?

Ian concordou.

— O...o que eu estava dizendo?

— Ela não disse que você falou alguma coisa. Só que estava gritando.

A pele de Spencer pinicou. Parecia que o irrigador dos DiLaurentis espalhava um bilhão de pequenas guilhotinas, cortando as cabeças das folhas da grama.

— Preciso ir. — Spencer andou de um jeito meio esquisito em direção a casa. — Acho que preciso tomar água.

— Espera um segundo. — Ian se plantou na frente dela. — Você *viu* o que há lá nas suas árvores?

Spencer nem se mexeu. Ian estava com uma cara tão estranha que Spencer se perguntou se tinha alguma coisa a ver com Ali. Um de seus ossos. Uma pista. Alguma coisa que batesse com as lembranças que Spencer tinha.

Então, Ian estendeu a mão aberta para ela. E nela havia seis amoras, gorduchas e suculentas.

— Vocês têm os pés de amora mais incríveis ali atrás. Quer uma?

As amoras tinham manchado a palma da mão de Ian de vermelho escuro, cor de sangue. Spencer pôde ver a linha do amor e a da vida e todas as manchas esquisitas próximas aos dedos. Ela balançou a cabeça.

— Eu não comeria nada que venha ali de trás — disse ela.

Afinal de contas, Ali havia sido assassinada ali.

25

ENTREGA ESPECIAL PARA HANNA MARIN

Sexta-feira à noite, um atendente da loja de celulares T-Mobile, cheio de espinhas e com o cabelo melecado de gel, inspecionava a tela do BlackBerry de Hanna.

– Parece estar tudo certo com o seu telefone, na minha opinião – informou ele. – E a bateria está funcionando.

– Bem, você não deve estar olhando direito – insistiu Hanna de maneira estúpida, debruçando-se sobre o balcão de vidro da loja. – E o sinal? O da minha operadora está ruim?

– Não. – O jovem vendedor apontou para as barras no visor do BlackBerry. –Vê? Cinco barras. Parece ótimo.

Hanna respirou forçosamente pelo nariz. *Alguma coisa* estava acontecendo com seu BlackBerry. Seu telefone não tinha tocado *nenhuma vez* a noite toda. Mona podia tê-la abandonado, mas Hanna se recusava a acreditar que todo mundo havia feito a mesma coisa tão rapidamente. E ela pensou que A poderia ter mandado mais uma mensagem, dando mais informações sobre Mona e sua provável lipo, ou explicando o que queria dizer com uma de suas amigas ter um segredo enorme, que ainda seria revelado.

—Você gostaria de comprar um outro BlackBerry? — perguntou o vendedor.

— Sim — afirmou Hanna usando uma voz que soava surpreendentemente como a de sua mãe. — Um que funcione desta vez, por favor.

O vendedor parecia cansado.

— Entretanto, eu não vou conseguir transferir seus dados para o celular novo. Nós não fazemos isso nesta loja.

— Tudo bem — rebateu Hanna. — Eu tenho uma cópia de tudo em casa.

O vendedor pegou um telefone novo dos fundos, tirou-o de sua embalagem de isopor e começou a apertar alguns botões. Hanna se debruçou no balcão e olhou a corrente de consumidores que passava pelo átrio do Shopping King James, tentando não pensar no que ela e Mona faziam nas sextas à noite. Primeiro, elas comprariam uma roupa Sexta Feliz, para recompensá-las por terem passado por mais uma semana; depois, iriam a um sushi bar para comer uma travessa de salmão; e, então — a parte favorita de Hanna —, elas iriam para casa e fofocariam na cama *queen size* de Hanna, rindo e tirando sarro da coluna do "Ops! do dia" da *CosmoGirl!*. Hanna tinha que admitir que era difícil falar com Mona sobre certas coisas — ela tinha posto de lado qualquer conversa emocional sobre o Sean, pois Mona achava que ele era gay, e elas nunca conseguiam falar sobre o desaparecimento da Ali porque Hanna não queria trazer memórias ruins sobre suas amigas de volta. De fato, quanto mais ela pensava nisso, mais se perguntava sobre o que então ela e Mona *conversavam*. Garotos? Sapatos? Pessoas que elas odiavam?

— Só um minuto. — O vendedor franziu as sobrancelhas e olhou alguma coisa no monitor do computador. — Por alguma razão, a nossa rede não está funcionando.

A-há, pensou Hanna. Havia alguma coisa errada com a rede.

Alguém riu ao entrar na T-Mobile, e Hanna olhou. Ela não teve tempo para se esquivar quando viu Mona entrando com Eric Kahn.

O cabelo louro claro de Mona contrastava com o vestido cinza-chumbo de gola rulê, acompanhado por uma da mesma cor *fuseau* preta e botas pretas de cano alto. Hanna queria poder se esconder, mas não sabia onde – o caixa da T-Mobile era uma ilha no meio da loja. Aquele lugar idiota não tinha nenhum corredor onde ela pudesse se abaixar, ou prateleiras para se enfiar embaixo, apenas quatro paredes de telefones celulares e acessórios para os aparelhos.

Antes que ela pudesse fazer qualquer coisa, Eric a viu. Os olhos dele brilharam com o reconhecimento, e ele acenou com a cabeça para Hanna. As pernas dela congelaram. Agora ela sabia como um veado se sentia quando ficava frente a frente com uma carreta vindo em sua direção.

Mona seguiu o olhar de Eric.

— Oh — disse ela, secamente, quando seus olhos encontraram os de Hanna.

Eric, que deve ter percebido que ali havia problemas de menina, deu de ombros e foi para o fundo da loja. Hanna deu uns passos em direção à Mona.

— Oi.

Mona olhou para a parede de fones de ouvido e adaptadores de carro.

— Oi.

Um bom tempo se passou. Hanna coçou o lado do nariz. Ela tinha pintado as unhas com o esmalte Chanel preto, da edição limitada La Vernis — Hanna lembrava da vez em que elas tinham roubado dois frascos da Sephora. A lembrança quase trouxe lágrimas aos olhos de Hanna. Sem Mona, Hanna se sentia como uma roupa maravilhosa sem acessórios combinando, um Hi-Fi só de suco de laranja e sem nenhuma vodca, um iPod sem os fones de ouvido. Ela se sentia errada. Hanna pensou sobre aquela vez no verão depois do oitavo ano quando ela tinha ido com sua mãe a uma viagem de negócios. O celular de Hanna estava sem sinal, e quando voltou, havia vinte mensagens de voz da Mona.

— Ficou estranho não falar com você todos os dias, então, eu decidi te contar tudo nas mensagens — explicara Mona.

Hanna deixou escapar uma respiração longa e trêmula. A T-Mobile tinha um cheiro muito forte de limpador de carpete e suor, que ela esperava que não fosse o dela.

— Eu vi a mensagem que nós pintamos no topo da sua garagem outro dia — disse Hanna, quebrando o silêncio. — Sabe, *HM+MV=MAPTS*? Dá pra ver do céu. Claro como o dia.

Mona pareceu surpresa. Sua expressão se suavizou.

— Dá mesmo?

— Ahã. — Hanna olhou para um dos pôsteres promocionais da T-Mobile do outro lado da loja. Era uma foto de duas meninas gargalhando de alguma coisa, segurando seus celulares no colo. Uma era ruiva, a outra loira, como Hanna e Mona.

— Está tudo muito confuso — disse Hanna, baixinho. — Eu nem sei como isso começou. Me desculpe por ter perdido o Amiganiversário, Mon. Eu não queria sair com as minhas antigas amigas. Eu não estou me reaproximando delas nem nada assim.

Mona enfiou o queixo no peito.

– Não? – Hanna mal podia ouvi-la com o barulho do trenzinho infantil, que chacoalhava bem do lado de fora da loja da T-Mobile. Havia apenas um menino gorducho e tristonho no trem.

– De jeito nenhum – respondeu Hanna depois que o trenzinho passou. – Nós estamos apenas... há coisas estranhas acontecendo conosco. Eu não posso explicar tudo agora, mas se você for paciente comigo, vou poder te contar em breve. – Ela suspirou. – E você sabe que eu não escrevi aquele negócio no céu de propósito. Eu não faria isso com você.

Hanna deixou escapar um pequeno soluço barulhento. Ela sempre soluçava quando estava prestes a chorar copiosamente, e Mona sabia disso. Mona torceu a boca, e, por um segundo, o coração de Hanna saltou. Talvez as coisas fossem ficar bem.

Então, foi como se o programa de garota superdescolada dentro da cabeça de Mona tivesse reiniciado. Seu rosto rapidamente voltou a ser brilhante e confiante. Ela endireitou a postura e deu um sorriso gelado. Hanna sabia exatamente o que Mona estava fazendo – ela e Hanna tinham combinado nunca, *jamais* chorar em público. Elas até tinham uma regra sobre isso: se pensassem que iam chorar, tinham que encolher o bumbum, lembrar a si mesmas de que eram lindas, e sorrir. Alguns dias antes, Hanna teria feito a mesma coisa, mas naquele momento, não via motivo.

– Sinto saudades de você, Mona – falou Hanna. – Eu quero que as coisas voltem a ser como antes.

– Talvez – respondeu Mona, afetuosamente. – Nós temos que ver.

Hanna tentou forçar um sorriso. *Talvez?* O que *talvez* significa?

Quando parou na entrada da garagem, Hanna reparou no carro de polícia de Wilden, perto do Lexus de sua mãe. Dentro da casa, ela encontrou a mãe e Darren Wilden abraçadinhos no sofá, assistindo ao jornal. Havia uma garrafa de vinho e duas taças na mesinha de centro. Pela aparência da camiseta e do jeans do Wilden, Hanna achou que o Superpolicial não estava trabalhando naquela noite.

O jornal mostrava de novo o vídeo das cinco amigas que tinha vazado. Hanna encostou-se no batente da porta entre a sala e a cozinha e assistiu a Spencer se jogar no namorado da irmã, Ian; e a Ali sentada na beirada do sofá, parecendo entediada. Quando o vídeo acabou, Jéssica DiLaurentis, a mãe de Alison, apareceu na tela.

— É difícil assistir ao vídeo — disse A sra. DiLaurentis. — Tudo isso nos fez passar por outro sofrimento de novo. Mas nós queremos agradecer a todos de Rosewood. Vocês foram tão maravilhosos! O tempo que nós passamos aqui para a investigação do caso de Alison fez com que meu marido e eu nos déssemos conta do quanto sentíamos falta disso.

Por um breve momento, a câmera mostrou as pessoas atrás da senhora DiLaurentis. Um deles era Wilden, todo arrumadinho no uniforme policial.

— Lá está você! — gritou a mãe de Hanna, apertando o ombro de Wilden. —Você ficou *ótimo* no vídeo.

Hanna queria vomitar. Sua mãe não tinha ficado animada desse jeito nem no ano anterior, quando Hanna havia sido nomeada Rainha Snowflake e tinha desfilado num inflável, na parada do Festival de Máscaras da Filadélfia.

Wilden virou-se, percebendo a presença de Hanna na porta.

— Ah. Oi, Hanna. — Ele se moveu lentamente para longe da sra. Marin, como se Hanna o tivesse flagrado fazendo alguma coisa errada.

Hanna deu um oi, depois virou, abriu o armário da cozinha e pegou uma caixa Ritz Bits de manteiga de amendoim.

— Han, chegou um pacote pra você — chamou a mãe, abaixando o volume da TV.

— Pacote? — repetiu Hanna, com a boca cheia de biscoito.

— Sim. Estava no degrau da entrada quando chegamos. Eu coloquei no seu quarto.

Hanna levou o pacote de Ritz Bits para cima com ela. De fato, havia uma grande caixa perto de sua escrivaninha e da cama Gucci da sua pinscher miniatura, Dot. Dot se esticou para fora da cama, abanando o rabinho cotó. Os dedos de Hanna tremiam enquanto ela usava a tesoura de unha para abrir a fita adesiva do pacote. Quando abriu a caixa, algumas folhas de lenço de papel se espalharam pelo quarto. E aí... um vestido sem mangas Zac Posen champanhe estava no fundo.

Hanna engasgou. O vestido da corte de Mona. Todo arrumado, passado, e pronto para usar. Ela vasculhou o fundo da caixa procurando por um bilhete de explicação, mas não achou nenhum. Que seja. Aquilo só podia significar uma coisa: ela estava perdoada.

As beiradas dos lábios de Hanna lentamente se expandiram em um sorriso. Ela se jogou na cama e começou a pular, fazendo o colchão de molas ranger. Dot circulou em volta, fazendo festinha.

— *Iiiiisso* — gritou Hanna, aliviada. Ela sabia que Mona ia recuperar o bom-senso. Ela seria louca de ficar brava com Hanna por muito tempo.

Sentou-se na cama e pegou seu novo BlackBerry. Estava em cima da hora — ela provavelmente não conseguiria remarcar os horários de cabelo e maquiagem que tinha cancelado quando achava que não iria à festa. Então, ela se lembrou de outra coisa: Lucas. *Eu também não fui convidado para a festa de Mona*, dissera ele.

Hanna parou, tamborilando os dedos na tela do BlackBerry. Ela não poderia levá-lo à festa de Mona. Não como seu *par*. Nem como nada mais. Lucas era fofo, claro, mas ele não era digno de uma festa.

Ela sentou-se ereta e folheou a agenda de couro vermelha da Coach, procurando o e-mail de Lucas. Ia escrever um e-mail curto e grosso, para que ele soubesse exatamente em que pé eles estavam: em nenhum. Ele ia ficar arrasado, mas, realmente, Hanna não podia agradar a todos, podia?

26

AS COISAS ESQUENTAM PARA SPENCER... LITERAL E FIGURATIVAMENTE

Sexta-feira à noite, Spencer estava de molho na banheira da família. Era uma de suas coisas favoritas, especialmente à noite, quando todas as estrelas brilhavam no céu escuro. Naquela noite, os únicos sons em volta dela eram o das bolhas do jato da hidromassagem e o barulho de um dos labradores da família, Beatrice, mastigando um osso.

Então, de repente, ela ouviu um graveto quebrando. Depois outro. E, então... alguém respirando. Spencer virou quando a irmã, vestida num biquíni xadrez Nova, da Burberry, desceu a escada e entrou na banheira também.

Por um tempo, nenhuma delas disse nada. Spencer escondeu-se embaixo de uma barba de bolhas, e Melissa estava olhando para a mesa do guarda-sol, perto da piscina. De repente, Melissa inspecionou a irmã.

– Então, eu estou um pouco irritada com dra. Evans.
– Por quê?

Melissa mexeu as mãos em volta da água.

— Às vezes, ela fala um monte coisas sobre mim, como se me conhecesse há anos. Ela faz isso com você?

Spencer deu de ombros. Melissa não a tinha avisado de que a dra. Evans faria isso?

Melissa pressionou a palma da mão contra a própria testa.

— Ela me disse que escolho homens que não são dignos de confiança para namorar. Que eu vou atrás de caras que sei que nunca irão se comprometer ou que não vão assumir nada duradouro, porque eu tenho medo de ficar próxima a alguém.

Melissa estendeu o braço e bebeu de sua grande garrafa de Evian que estava perto da banheira. Acima de sua cabeça, Spencer viu a silhueta de um grande pássaro — ou talvez um morcego — passar voando diante da lua.

— Eu fiquei brava com isso no princípio, mas agora... eu não sei. — Melissa suspirou. — Talvez ela esteja certa. Eu comecei a pensar sobre todos os meus relacionamentos. Alguns dos caras com os quais saí realmente não *pareciam* ser dignos de confiança, desde o princípio.

Seus olhos espetaram Spencer, e Spencer ficou vermelha.

— O Wren é um que é óbvio — continuou Melissa, como que lendo os pensamentos de Spencer, que olhou para o outro lado, para a cachoeira da piscina. — Ela me fez pensar no Ian também. Acho que ele me traiu quando nós estávamos no ensino médio.

Spencer ficou tensa.

— Mesmo?

— Ahã. — Melissa inspecionou as unhas pintadas de pêssego, perfeitamente manicuradas. Seus olhos estavam escuros.

— Eu tenho quase *certeza*. E eu acho que sei com quem.

Spencer mordeu uma pelezinha que escapava de um dos dedões. E se Melissa tivesse escutado Spencer e Ian antes, no campo? Ian tinha comentado sobre o beijo que haviam dado. Ou, pior: e se a Ali *tivesse* contado a Melissa o que Spencer fizera anos antes?

Não muito tempo antes de a Ali desaparecer, o pai de Spencer tinha levado as cinco amigas para jogar *paintball*. Melissa tinha ido junto também.

— Eu vou contar para Melissa o que você fez — cantarolou Ali para Spencer enquanto elas punham os macacões no vestiário.

— Você não faria isso — silvou Spencer de volta.

— Ah, não? — provocou Ali. — Me aguarde.

Spencer seguiu Ali e as outras até o campo. Todas elas se agacharam atrás de um fardo de feno, esperando o jogo começar. Então, Ali se debruçou e tocou o ombro de Melissa.

— Ei, Melissa. Eu tenho uma coisa pra te contar.

Spencer a cutucou.

— Para com isso.

O apito tocou. Todo mundo começou a atirar uns contra os outros. Todos que estavam lá, exceto Ali e Spencer. Spencer pegou no braço de Ali e a arrastou para trás de um fardo de feno próximo. Ela estava tão brava que seus músculos estavam trêmulos.

— Por que você está fazendo isso? — questionou Spencer.

Ali tentou sair, debruçando-se no feno.

— *Por que você está fazendo isso?* — imitou ela num falsete.

— Porque é errado. Melissa merece saber.

A raiva se espalhou pelo corpo da Spencer como nuvens antes da tempestade. Amigas não guardavam os segredos umas das outras? Elas haviam guardado o segredo de Jenna por Ali, afinal de contas — fora Ali quem acendera o rojão, *Ali é que tinha cegado Jenna —*, e todas elas tinham jurado não contar. Ali não se lembrava disso?

Spencer não teve a intenção de apertar o gatilho da arma de *paintball*... a coisa aconteceu. Tinta azul se espalhou por todo o macacão de Ali, e ela deu um grito assustado. E se ela tivesse contado para Melissa naquela época, e Melissa tivesse esperado todo esse tempo pelo momento certo para despejar isso em Spencer?

— Algum palpite de quem possa ser? — provocou Melissa, arrancando Spencer de suas lembranças.

Spencer afundou ainda mais nas bolhas da banheira, seus olhos ardendo com o cloro. Um beijo mal se qualifica como traição, e tinha sido há tanto tempo.

— Não. Não faço a menor ideia.

Melissa suspirou.

— Talvez a dra. Evans esteja exagerando. Afinal, o que ela sabe, de verdade?

Spencer estudou sua irmã com cuidado. Ela pensou sobre o que a dra. Evans tinha dito sobre Melissa — que a irmã precisava de validação. Que ela tinha ciúme de Spencer. Essa era uma possibilidade tão esquisita. E será que os problemas da Melissa tinham a ver com a vez em que elas foram assaltadas, quando Spencer ficara doente, e que Melissa teve que ir ao campeonato de soletrar com Yolanda? Quantas outras coisas sua irmã teria perdido naquele verão porque os pais estavam ocupados demais se preocupando com Spencer? Quantas vezes ela teria sido deixada de lado?

Eu gostava quando éramos amigas, disse uma voz dentro da cabeça de Spencer. *Eu gostava de cantar as palavras para você soletrar. Eu detesto o jeito como as coisas são agora. Eu detesto faz um bom tempo.*

– Faz mesmo diferença se Ian traiu você no ensino médio? – disse Spencer baixinho. – Quer dizer, faz tanto tempo.

Melissa olhou para cima, para o céu limpo e escuro. Todas as estrelas estavam lá.

– Claro que importa. Foi errado. E se eu algum dia descobrir que é verdade, Ian vai se arrepender para o resto de sua vida.

Spencer se encolheu. Ela nunca tinha visto Melissa tão vingativa.

– E o que você vai fazer com a menina?

Melissa virou-se bem devagar e deu um sorriso venenoso para Spencer. Nesse mesmo momento, as luzes com timer do quintal dos fundos se acenderam. Os olhos de Melissa brilharam.

– Quem disse que eu já não fiz algo a ela?

27

VELHOS HÁBITOS DEMORAM A MORRER

No fim da tarde de sábado, Aria se abaixou atrás de uma árvore no quintal dos McCreadys, que ficava em frente a sua casa. Ela viu três escoteiras que vendiam biscoitos caminharem para a porta da frente da casa de sua família. *Ella não está em casa, mas podem deixar umas duas caixas de Thin Mints*, ela queria dizer para as meninas. *São os favoritos dela.*

As meninas esperaram. Como ninguém respondeu, foram para a casa ao lado.

Aria sabia que era estranho ter pedalado da casa de Sean até ali, para espionar sua própria casa como se fosse um clube de celebridades de robe de veludo e ela fosse um *paparazzo*, mas Aria morria de saudade da família. Os Ackard eram como se fossem Montgomery bizarros. O sr. e a sra. Ackard tinham se juntado à Vigilância Comunitária do Perseguidor de Rosewood. Eles tinham montado uma linha de denúncia 24 horas, e dentro de alguns dias seria a vez do sr. e da sra. Ackard fazerem a ronda noturna. E toda vez que algum deles olhava para ela, Aria sentia como se soubessem o que ela havia feito com Ezra no escritório dele. Era como se ela passasse a ostentar uma grande letra *A* em sua camiseta.

Aria precisava espairecer e tirar Ezra de dentro dela. Só que não conseguia parar de pensar nele. Essa volta de bicicleta era um lembrete depois do outro. Ela tinha passado por um homem gorducho comendo Chicken McNuggets e ficado com as pernas bambas por causa do cheiro. Ela tinha visto uma menina com copos plásticos pretos como os de Ezra e teve arrepios. Até mesmo um gato no muro de um jardim a tinha lembrado Ezra, por nenhuma razão específica. Mas o que ela estava pensando? Como alguma coisa podia estar tão errada... e ainda assim tão certa ao mesmo tempo?

Quando passou por uma casa de pedra com sua própria roda d'água, um carro de notícias do Canal 7 passou zunindo e desapareceu ladeira abaixo. O vento passou pelas árvores, e o céu ficou subitamente negro. De repente, Aria sentiu como se cem aranhas estivessem andando sobre ela. Alguém estava olhando.

A?

Quando seu Treo tocou uma musiquinha, ela quase caiu da bicicleta. Ela apertou os freios, parou na calçada, e o pegou no bolso. Era Sean.

– Onde você está? – perguntou ele.

– É... eu saí para dar uma volta de bicicleta. – Ela mastigou o punho do casaco vermelho surrado.

– Bem, venha logo pra casa – disse Sean. – Senão vamos nos atrasar para a festa da Mona.

Aria suspirou. Ela tinha esquecido completamente da festa de Mona Vanderwaal.

Ele também suspirou de volta.

—Você não quer ir? Aria apertou os freios da bicicleta e olhou para a linda casa estilo neogótico à sua frente. Os donos tinham decidido pintá-la de azul royal. Os pais de Aria foram os únicos do bairro que não assinaram a petição exigindo que os donos artistas a pintassem de uma cor mais conservadora, mas o abaixo-assinado não tinha sido aprovado no fórum.

— Eu não sou amiga da Mona — murmurou Aria. — Nem das outras pessoas que vão à festa.

— Do que você está falando? — disse Sean, perplexo. — Elas são minhas amigas, então, são suas amigas. Vamos nos divertir bastante. E, quer dizer, a não ser pelo nosso passeio de bicicleta, sinto que não tenho visto você de verdade desde que você veio morar comigo. O que é estranho, se pararmos para pensar.

De repente, o sinal de ligação em espera de Aria piscou. Ela tirou o telefone de perto da orelha e olhou para a tela. Ezra. Ela tampou a boca com a mão.

— Posso te colocar na espera só por um segundo? — Ela tentou conter a animação na voz.

— Por quê? — perguntou Sean.

— Só... espera. — Aria apertou o botão. Ela limpou a garganta e alisou o cabelo, como se Ezra a estivesse vendo pela câmera do celular.

— Alô? — Ela tentou soar casual mas sedutora.

— Aria? — Ela delirou com a voz sonolenta e grave de Ezra.

— Ezra. — Aria fingiu surpresa. — Oi.

Alguns segundos de silêncio se passaram. Aria virou o pedal da bicicleta com o pé e viu um esquilo correr pelo quintal da casa azul royal.

– Eu não consigo parar de pensar em você – admitiu Ezra finalmente. – Você pode encontrar comigo?

Aria fechou os olhos com muita força. Ela sabia que não deveria ir. Engoliu em seco.

– Espere um pouco.

Ela voltou à ligação de Sean.

– Hum, Sean?

– Quem era? – perguntou ele.

– Era... minha mãe – titubeou Aria.

– Mesmo? Isso é ótimo, certo?

Aria mordeu com força a parte de dentro da bochecha. Ela se concentrou nas abóboras entalhadas que adornavam os degraus da casa azul royal.

– Eu tenho uma coisa para resolver – disse ela, finalmente. – Eu ligo mais tarde.

– Espera – gritou Sean. – E a festa da Mona?

Mas o dedo de Aria já estava indo de volta para Ezra.

– Voltei. – Ela estava sem fôlego, sentindo-se como se tivesse competido em algum tipo de triatlo masculino. – Eu já chego aí.

Quando Ezra abriu a porta do seu apartamento, numa antiga casa vitoriana, em Old Hollis, segurava uma garrafa de Glenlivet na mão direita.

– Quer um uísque? – perguntou ele.

– Claro. – Aria andou até o meio da sala de Ezra e suspirou, feliz. Tinha pensado muito naquele apartamento desde a última vez em que estivera ali. Os bilhões de livros nas prateleiras, a cera azul de vela derretida espirrada pela moldura da lareira em montinhos parecidos com Smurfs e a enorme banheira inútil no meio da sala... tudo fazia Aria se sentir tão confortável. Ela sentiu como se tivesse acabado de chegar em casa.

Eles se jogaram na flexível namoradeira mostarda de Ezra.

– Obrigada por ter vindo – agradeceu Ezra, suavemente.

Ele estava usando uma camiseta azul-clara, com um rasgadinho no ombro. Aria queria enfiar o dedo no buraco.

– De nada. – Aria tirou seus sapatos Vans xadrez. – Vamos brindar?

Ezra pensou por um momento, um cacho de cabelo escuro caía sobre seus olhos.

– Por virmos de famílias bagunçadas – decidiu ele, e encostou o copo no dela.

– Saúde. – Aria bebeu seu uísque. Tinha gosto de limpa-vidro e cheirava a querosene, mas ela não se importava. Bebeu tudo rapidamente, sentindo o esôfago queimar.

– Outro? – Ezra trouxe a garrafa de Glenlivet com ele quando se sentou.

– Claro – respondeu Aria. Ezra se levantou para pegar mais cubos de gelo e olhou para a minúscula TV sem som num canto. Havia um comercial de iPod passando. Era engraçado assistir alguém dançando tão entusiasticamente sem som.

Ezra voltou e serviu outra dose a Aria. Com cada gole do uísque, a parte durona de Aria derretia mais. Eles conversaram por um tempo sobre os pais de Ezra – a mãe dele se mudara para Nova York, o pai vivia em Wayne, uma cidade não muito distante. Aria começou a falar sobre sua família de novo.

– Você sabe qual é a minha lembrança favorita dos meus pais? – disse ela, esperando que não estivesse falando mole. O uísque amargo estava aprontando com as suas habilidades motoras. – Meu aniversário de treze anos, na Ikea.

Ezra levantou uma sobrancelha.

— Você está brincando. A Ikea é um pesadelo.

— Parece estranho, não é? Mas meus pais conheciam uma pessoa realmente influente que administrava a loja da Ikea aqui perto, e nós a alugamos depois do horário de funcionamento. Foi tão divertido... Byron e Ella foram para lá mais cedo e planejaram toda a caçada de presentes pelos quartos, cozinhas e escritórios da Ikea. Eles estavam tão animados com a festa. Nós todos tínhamos nomes de móveis suecos para a festa, o de Byron era Ektorp, eu acho, e o de Ella era Klippan. Eles pareciam tão... unidos.

Lágrimas brotaram dos olhos de Aria. Seu aniversário era em abril; Aria tinha descoberto Byron com Meredith em maio, e Ali desaparecera em junho. Parecia que aquela festa havia sido a última noite perfeita e descomplicada de sua vida. Todos estavam tão felizes, até mesmo Ali — especialmente Ali.

Num certo ponto, numa caverna das cortinas de banho da Ikea, Ali pegara nas mãos da Aria e sussurrara:

— Estou tão feliz, Aria! Eu estou *tão* feliz!

— Por quê? — quisera saber Aria.

Ali sorriu e gargalhou.

— Eu vou te contar logo. É uma surpresa.

Mas ela nunca teria a chance.

Aria passou um dos dedos em volta da borda do copo de uísque. Havia acabado de começar o noticiário na TV. Eles estavam falando de Ali de novo. *Investigação de assassinato*, informava a tarja embaixo da tela. A foto de Ali no sétimo ano estava no canto esquerdo: Ali dando seu sorriso brilhante, os brincos de diamantes tilintando em suas orelhas, o cabelo loiro ondulado e lustroso, o blazer de Rosewood Day com caimento perfeito e sem amassados. Era tão estranho o fato de que Ali estaria no sétimo ano para sempre.

— Então — disse Ezra. — Você falou com seu pai?

Aria desviou o olhar da TV.

— Na verdade, não. Ele queria falar comigo, só que agora provavelmente não quer mais. Não depois do lance do *A* escarlate.

Ezra franziu a testa.

— Lance do A escarlate?

Aria cutucou um fio solto dos seus jeans APC favoritos, comprados em Paris. Aquilo *não* era algo que ela pudesse explicar para alguém que tivesse um diploma em literatura inglesa. Mas Ezra estava se inclinando para a frente, seus lindos lábios abertos de expectativa. Então, ela tomou mais um gole do uísque e contou a ele tudo sobre Meredith, Hollis e o A vermelho, pingando.

Para seu horror, Ezra começou a gargalhar.

— Você está *brincando*. Você realmente fez isso?

— Sim — confirmou Aria. — Eu não devia ter te contado.

— Não, não, é ótimo. Adorei. — Ezra agarrou as mãos de Aria impetuosamente. As palmas das mãos dele eram quentes e grandes e estavam ligeiramente suadas. Ele olhou para os olhos dela... depois a beijou. Primeiro de leve, depois Aria inclinou-se e o beijo se tornou mais forte. Eles pararam por um momento, e Aria voltou para o sofá.

— Você está bem? — perguntou Ezra, delicadamente.

Aria não tinha ideia se estava bem. Ela nunca sentira tantas coisas em sua vida. Não sabia ao certo o que fazer com a própria boca.

— Eu não...

— Eu sei que nós não deveríamos estar fazendo isso — interrompeu Ezra. —Você é minha aluna. Eu sou seu professor. Mas... — Ele suspirou, puxando um cacho de cabelo para trás. — Mas... eu gostaria que talvez... de alguma forma... isso pudesse dar certo.

Quão intensamente ela não havia desejado que Ezra tivesse dito essas coisas semanas atrás? Aria sentia-se perfeita com ele — mais viva, mais ela mesma. Mas, então, o rosto de Sean apareceu em sua mente. Ela o viu se inclinando para beijá-la no outro dia, no cemitério, quando ele viu um coelho. E ela viu a mensagem de A: *Cuidado, cuidado! Eu estou sempre de olho.*

Ela deu uma olhada para a TV mais uma vez. O conhecido vídeo passou pela bilionésima vez. Aria podia ler os lábios de Spencer: *Querem ler as mensagens dela?* As meninas se amontoaram em volta do telefone. Ali entrou na cena. Por um momento, Ali olhou diretamente para a câmera, seus olhos redondos e azuis. Parecia que ela estava olhando para fora da tela da TV, para a sala de Ezra... direto para Aria.

Ezra virou a cabeça e notou o que estava acontecendo.

— Droga. Sinto muito.

Ele revirou a pilha de revistas e menus de comida tailandesa da mesinha de centro e finalmente encontrou o controle remoto. Ele mudou para o canal seguinte, que era o QVC. Joan Rivers estava vendendo um broche enorme de libélula.

Ezra apontou para a tela.

— Eu compro isso para você, se você quiser.

Aria riu.

— Não, obrigada. — Ela colocou as mãos nas de Ezra e respirou fundo. — Então, o que você disse... sobre isso dar certo. Eu... eu acho que também quero que dê certo.

O rosto de Ezra se iluminou e Aria pode ver seu próprio reflexo nos óculos dele. O velho relógio de pêndulo perto da mesa da sala de jantar de Ezra anunciou a hora.

— Me... mesmo? — murmurou ele.

— Sim. Mas eu também quero fazer da maneira correta. — Ela engoliu em seco. — Eu tenho um namorado neste momento. Então... tenho que dar um jeito nisso, entende?

Eles se entreolharam por pelo menos um minuto mais. Aria podia ter estendido o braço, arrancado os óculos dele e o beijado um bilhão de vezes.

— Acho que devo ir embora agora — atestou ela com tristeza.

— Tudo bem — respondeu Ezra com os olhos nos dela. Mas quando ela saiu do sofá e tentou colocar os sapatos, ele puxou a beirada de sua camiseta. Mesmo querendo sair, ela simplesmente... não conseguia.

— Venha aqui — sussurrou Ezra, e Aria voltou para perto dele. Ele estendeu os braços e a segurou.

28

ALGUMAS LETRAS DO NOME DELA TAMBÉM FORMAM A PALAVRA *CELA*

Um pouco antes das oito, no sábado à noite, Spencer estava deitada em sua cama, olhando o ventilador de teto de folha de palmeira girar. O ventilador custara mais do que um bom carro, mas Spencer implorou à sua mãe que o comprasse porque era idêntico ao ventilador da cabana onde a família havia ficado em Caves, na Jamaica. Agora, entretanto, parecia uma coisa tão... Spencer aos treze anos.

Ela saiu da cama e enfiou os pés dentro dos sapatos Chanel. Sabia que teria que arranjar algum entusiasmo para a festa da Mona. Teve de fazer isso ano anterior – mas é claro que tudo estava bem diferente na época. O dia todo, ela tivera visões estranhas – brigando com Ali do lado de fora do celeiro, a boca da Ali se mexendo sem Spencer ouvir as palavras, Spencer dando um passo em direção a ela, *um barulho*. Era como se a lembrança, guardada por todos esses anos, quisesse vir à tona.

Ela passou mais *gloss* cor de amêndoa torrada nos lábios, arrumou seu vestido preto com manga de quimono e desceu as escadas. Quando chegou à cozinha, ficou surpresa ao ver que a mãe, o pai e Melissa estavam sentados à mesa em volta de um tabuleiro vazio de Scrabble, um jogo de palavras cruzadas. Os dois cachorros estavam acomodados aos pés deles. O pai não estava usando seu uniforme padrão de andar de bicicleta, nem o terno, mas uma camiseta vinho clara e jeans. A mãe estava de calças de ioga. A cozinha cheirava a espuma de leite da cafeteira expressa Miele.

– Oi. – Spencer não conseguia lembrar a última vez que tinha visto os pais em casa sábado à noite. Todos eles adoravam ser vistos, fosse na inauguração de um restaurante, ou num concerto ou num dos jantares que os sócios da firma do pai sempre davam.

– Spencer! Aí está você! – gritou a sra. Hastings. – Adivinhe o que nós acabamos de pegar? – Com uma mesura, ela mostrou um impresso que estava segurando atrás das costas. Tinha o logotipo com letra gótica do *Philadelphia Sentinel* em cima. Embaixo, estava a manchete: *Mexa-se, Trump! Spencer Hastings está chegando!* Spencer olhou para a foto dela própria sentada à mesa do pai. O terno cinza Calvin Klein com a camisa de seda vermelha por baixo tinha sido uma boa escolha.

– Jordana acabou de nos mandar o link por e-mail – falou a mãe, animada. – A primeira página do domingo não vai ficar pronta até amanhã de manhã, é claro, mas sua história já está na internet!

– Uau – disse Spencer, trêmula, dispersa demais para realmente ler a história. Então, isso estava mesmo acontecendo. Até onde aquilo iria? E se ela *ganhasse* ?

— Nós vamos abrir uma garrafa de champanhe para celebrar — informou o sr. Hastings. — Você pode até tomar um pouco, Spence. Você sabe, ocasião especial.

— E talvez você queira jogar Scrabble? — perguntou a sra. Hastings.

— Mãe, ela está toda arrumada para uma festa — disse Melissa. — Ela não quer sentar aqui, beber champanhe e jogar Scrabble.

— E daí? — retrucou a sra. Hastings. — Ainda não são nem oito horas. Festas não começam assim tão cedo, começam?

Spencer estava encurralada. Todos olhavam para ela.

— Eu... eu acho que não — disse ela.

Ela arrastou uma cadeira, sentou e tirou os sapatos. O pai pegou uma garrafa de Möet da geladeira, tirou a rolha e pegou quatro taças Riedel do armário. Serviu uma taça cheia para ele, para a mãe de Spencer, e para Melissa, e meia taça para Spencer. Melissa pôs um dos suportes do jogo diante da irmã.

Spencer enfiou a mão dentro do saco de veludo e pegou algumas letras. O pai foi o próximo a pegar as letras. Spencer estava impressionada que ele soubesse como fazer isso. Ela nunca o tinha visto jogar nada, nem mesmo quando estava de férias.

— Quando você vai saber a decisão final dos juízes? — perguntou ele, tomando um gole de champanhe.

Spencer deu de ombros.

— Eu não sei. — Ela olhou para Melissa, que deu a ela um sorriso breve e indecifrável. Spencer não tinha falado com Melissa desde a sessão na banheira na noite anterior, e se sentia um pouco estranha perto da irmã. Apreensiva, na verdade.

— Eu consegui ler o seu trabalho ontem — continuou o sr. Hastings, juntando as mãos. — Eu adoro o jeito como você atualizou o conceito para os tempos modernos.

— Então, quem vai primeiro? — perguntou Spencer, animada. Não havia chance de eles falarem do *assunto* do trabalho. Não perto de Melissa.

— O ganhador do Orquídea Dourada de 1996 não recebeu um Pulitzer ano passado? — perguntou o sr. Hastings.

— Não, foi um Booker Prize — corrigiu Melissa.

Por favor, parem de falar do Orquídea Dourada, pensou Spencer. Então, ela se deu conta: pela primeira vez, eles estavam falando sobre ela e não sobre Melissa.

Spencer olhou para suas peças. Tinha E, A, S, J, M, R, O, N, H, T, I, S. Ela rearranjou as letras e quase se engasgou com a própria língua. MENTIROSA SJH.

SJH, como em Spencer Jill Hastings.

Lá fora, o céu estava escuro. Um cachorro uivou. Spencer pegou sua taça de champanhe e tomou tudo em três segundos.

— Alguém não vai dirigir por pelo menos uma hora — brincou o pai.

Spencer tentou rir, sentando sobre as mãos, para seu pai não ver que elas estavam trêmulas.

A sra. Hastings formou a palavra VERME com suas peças.

— Sua vez, Spence — disse ela.

Quando Spencer pegou seu M, o Motorola de Melissa tocou. Um violoncelo falso vibrou pelo alto-falante, tocando a música de *Tubarão*. Tan-Tan. Tan-Tan. Spencer conseguiu ver a tela de onde estava sentada: nova mensagem de texto.

Melissa abriu o telefone, mudando o ângulo para Spencer não ver. Ela franziu a testa.

— Hã? — disse ela, alto.

— O que foi? — perguntou a sra. Hastings, levantando os olhos de suas peças.

Melissa coçou a cabeça.

— "*O conceito da mão invisível, do grande economista escocês Adam Smith, pode ser resumido muito facilmente, seja descrevendo os mercados do século XIX ou aqueles do século XXI: pode-se pensar que as pessoas estão fazendo coisas para ajudar, mas, na verdade, todo mundo está fazendo por si mesmo.*" Que estranho! Por que alguém iria me mandar parte de um trabalho que eu escrevi no *ensino médio?*

Spencer abriu a boca para falar, mas apenas uma expiração seca saiu.

O sr. Hastings colocou sua taça na mesa.

— Essa é o trabalho de Spencer para o Orquídea Dourada.

Melissa examinou a tela.

— Não, não é, é minha... — Ela olhou para Spencer. — Não.

Spencer se encolheu na cadeira.

— Melissa, foi um engano.

Melissa ficou tão boquiaberta que Spencer viu as obturações nos molares dela.

— Sua vagabunda!

— As coisas ficaram descontroladas! — gritou Spencer. — A situação fugiu do meu controle!

O sr. Hastings franziu a testa confuso.

— O que está acontecendo?

O rosto de Melissa se contorceu, os cantos dos seus olhos viraram para baixo e seus lábios se enrolaram de modo sinistro.

— Primeiro você rouba meu namorado. E, depois, *meu trabalho?* Quem você pensa que é?

— Eu pedi desculpas! — gritou Spencer ao mesmo tempo.

— Esperem. É... o trabalho é de Melissa? — A sra. Hastings empalideceu.

— Tem que haver algum engano — insistiu o sr. Hastings.

Melissa pôs as mãos na cintura.

— Será que eu devo contar a eles? Ou gostaria de fazer isso você mesma?

Spencer levantou-se.

— Conte por mim, como você sempre faz. — Ela correu pelo corredor em direção às escadas. — Você ficou muito boa nisso, a essa altura.

Melissa a seguiu.

— Eles têm que saber que mentirosa você é.

— Eles têm que saber que vagabunda *você* é — rebateu Spencer.

Os lábios de Melissa se abriram num sorriso.

— Você é tão fraca, Spencer. Todo mundo acha isso. Até a mamãe e o papai.

Spencer se arrastou pelas escadas, de volta para baixo.

— Eles não acham!

— Sim, eles acham! — provocou Melissa. — E é verdade, não é? Você é uma ladra de namorados, plagiadora e patética vagabundinha!

— Eu estou tão cheia de você! — gritou Spencer. — Por que você não *morre* de uma vez?

— Meninas! — o sr. Hastings gritou.

Mas era como se as irmãs estivessem num campo de força, isoladas. Melissa não tirava os olhos de Spencer. E Spencer começou a tremer. Era verdade. Ela era patética. Ela era *imprestável*.

— Apodreça no inferno! — gritou Spencer. Ela voltou a subir, dois degraus de cada vez.

Melissa estava bem atrás dela.

— Isso mesmo, bebezinho insignificante, foge!
— *Cala a boca!*
— Bebezinho que rouba meus namorados? Que não é inteligente o suficiente para escrever seus próprios trabalhos! O que você ia dizer na TV se ganhasse, Spencer? *Sim, eu escrevi cada palavra sozinha. Sou uma menina inteligente.* Inteligente! O que mais? Você também cola no vestibular?

Ela sentia como se unhas arranhassem seu coração.

— Para com isso — gritou ela, quase tropeçando numa caixa de J. Crew, que a mãe havia deixado num dos degraus.

Melissa pegou no braço de Spencer e a virou. Ela colocou seu rosto bem perto do de Spencer. Seu hálito cheirava a café expresso.

— O bebezinho quer tudo que é meu, mas sabe de uma coisa? Você não pode ter o que eu tenho. Você nunca poderá.

Toda a raiva que Spencer guardava por anos se soltou e tomou conta do seu corpo, fazendo-a ficar quente, depois molhada, depois trêmula. Suas entranhas estavam tão banhadas em fúria que começavam a secar. Ela se apoiou no corrimão, segurou Melissa pelos ombros e começou a chacoalhá-la como se ela fosse uma Bola Oito Mágica. Então, a empurrou.

— Eu disse *para com isso*!

Melissa se desequilibrou, segurando-se no corrimão para não cair. Um olhar assustado tomou seu rosto.

Uma vaga compreensão começou a se formar no cérebro de Spencer. Mas em vez de Melissa, ela via Ali. Elas duas usavam a mesma expressão presunçosa, *eu sou tudo e você é nada. Você tenta roubar tudo de mim. Mas você não pode roubar isto.*

Spencer sentiu o cheiro da umidade do orvalho, viu os vaga-lumes e sentiu o hálito de Ali perto do seu rosto. Então, uma estranha força invadiu o corpo de Spencer. Ela soltou um grito agonizante vindo de algum lugar profundo dentro de si e avançou.

Ela se viu estendendo os braços e empurrando Ali – ou era Melissa? – com toda a força. Melissa e Ali caíram para trás. Suas cabeças fizeram barulho de crânio rachando ao baterem em algo. A visão de Spencer clareou e ela viu Melissa rolando, rolando, rolando escada abaixo, caindo numa posição estranha lá embaixo.

– Melissa! – gritou a sra. Hastings.

E, então, tudo ficou preto.

29

HÁ UMA LUA CHEIA NO PLANETÁRIO DA HOLLIS

Hanna cambaleou até os portões do planetário, um pouco depois das nove. Era a coisa mais estranha, mas era difícil andar num vestido de alta-costura. Ou sentar-se. Ou, bem, respirar.

Tá bom, então o treco estava muito apertado. Hanna tinha levado uma eternidade para se enfiar no negócio e depois ainda mais tempo para fechar o zíper. Ela até tinha pensado em pegar emprestada a cinta Spanx da mãe, mas isso significaria tirar o vestido e passar pela tortura do zíper de novo. O processo tinha levado tanto tempo que ela não tinha tido tempo para fazer quase nada antes de chegar ali, como retocar a maquiagem, ou contar as calorias que tinha comido naquele dia, ou colocar os números do seu antigo telefone no novo BlackBerry.

O tecido do vestido parecia ter encolhido ainda mais. Ele cortava sua pele e estava tão apertado em seus quadris que ela não tinha ideia de como ia levantá-lo para fazer xixi. Toda vez que se mexia, ouvia os fiozinhos arrebentando. Havia alguns pontos, também, como em volta da barriga, os lados dos seios e na bunda, que estavam... enrugados.

Ela *tinha* comido um monte de salgadinhos nos últimos dois dias... e se esforçou muito para não vomitar nada. Será que tinha ganhado peso tão rápido? E se alguma coisa houvesse acontecido com seu metabolismo? E se tivesse se tornado uma dessas meninas que ganham peso só de *olhar* pra comida?

Mas ela tinha que usar aquele vestido. Talvez o tecido afrouxasse com o uso, como couro. Provavelmente estaria escuro na festa então, ninguém notaria. Hanna subiu os degraus do planetário, sentindo-se um pouco como um pinguim meio duro cor de champanhe.

Ela ouviu o barulho das batidas da música vindo lá de dentro e se preparou. Não ficava tão nervosa por causa de uma festa desde a festa de Halloween de Ali, no sétimo ano, quando ela ainda se sentia uma fracassada. Não muito depois de Hanna ter chegado, Mona e suas amigas bobas, Chassey Bledsoe e Phi Templeton, tinham aparecido como três hobbits do *Senhor dos anéis*. Ali tinha dado um fora nela:

– Vocês parecem estar cheias de pulgas. – E então riu na cara delas.

No dia seguinte à festa de Ali, quando Hanna foi ao supermercado com a mãe, viu Mona e o pai na fila do caixa. Lá, na lapela da jaqueta jeans de Mona, estava o broche do Jack Lanterna, que foi parte da lembrancinha da festa. Mona o ostentava orgulhosamente, como se fosse da turma.

Hanna sentiu um pouco de culpa de ter dado o cano em Lucas – ele não tinha respondido seu e-mail para cancelar o encontro – mas que opção havia? Mona fez tudo menos perdoá-la na T-Mobile e, então, mandou o vestido para ela. Melhores amigas sempre na frente, especialmente melhores amigas como Mona.

Ela abriu a grande porta de metal com cuidado. Na mesma hora, a música veio até ela, como uma onda. Viu esculturas de gelo azuladas no salão principal e, mais ao fundo, um trapézio gigante. Planetas brilhantes estavam pendurados no teto, e uma enorme tela de vídeo pairava acima do palco. Um Noel Kahn enorme olhava pelo telescópio, no telão.

– Ai, meu Deus. – Hanna ouviu atrás dela. Ela virou. Naomi e Riley estavam no bar. Vestiam tubinhos esmeralda combinando e seguravam pequenas bolsinhas de amarrar, de cetim. Riley sorriu sarcasticamente por trás de uma das mãos, avaliando Hanna. Naomi deu uma risada sonora. Hanna teria nervosamente encolhido sua barriga se o vestido já não o estivesse fazendo de modo não natural.

– Bonito *vestido*, Hanna – disse Riley, calmamente. Com seus cabelos ruivo-fogo e seu vestido verde brilhante, ela parecia uma cenoura invertida.

– Sim, está muito bem em você – completou Naomi, sarcástica.

Hanna endireitou-se e foi embora. Ela desviou de uma garçonete carregando uma bandeja de minicroquetes de caranguejo e tentou não olhar para eles, com medo de que pudesse ganhar peso. Então, viu quando a imagem do Jumbotron mudou. Nicole Hudson e Kelly Hamilton, as vagabundas que eram capachos de Riley e Naomi, apareceram na tela. Elas também usavam tubinhos verdes sedutores e seguravam as mesmas bolsas delicadas de cetim.

– Feliz aniversário, Mona, da sua corte de amigas da festa! – gritaram elas, mandando beijos.

Hanna franziu a testa. *Corte da festa*? Não. O vestido da corte não era verde... era champanhe. Certo?

De repente, a multidão de jovens que dançava se afastou. Uma linda menina loira caminhou direto até Hanna. Era *Mona!* Ela vestia exatamente o mesmo vestido champanhe Zac Posen que Hanna – os mesmos que elas tinham experimentado na Saks. Só que o dela não repuxava na barriga ou na bunda. O zíper não estava enrugado e repuxado, e não havia sobras. Em vez disso, ele acentuava a cintura fina de Mona e mostrava suas longas e graciosas pernas.

Os olhos de Mona se arregalaram.

– O que *você* está fazendo aqui? – Ela olhou Hanna de cima a baixo, sua boca tremendo num sorriso. – E *onde diabos* você conseguiu esse vestido?

– Você me mandou – respondeu Hanna.

Mona olhou para ela como se ela fosse louca. Apontou para Riley.

– *Aquele* é o vestido da corte. Eu mudei. Queria ser a única vestida de champanhe, não todas nós. – Ela avaliou Hanna mais uma vez. – E, certamente, nenhuma baleia.

Todos riram, até mesmo a garçonete e o barman. Hanna deu um passo para trás, confusa. O salão ficou mais quieto por um momento – o DJ estava entre uma música e outra. Mona enrugou o nariz e Hanna sentiu como se houvesse uma corda em sua garganta. Tudo fazia um sentido horroroso e doentio.

Claro que Mona não mandara o vestido. *A* havia mandado.

– Por favor, saia. – Mona cruzou os braços sobre o peito e olhou pontualmente para as diversas ruguinhas da roupa de Hanna. – Eu desconvidei você, lembra?

Hanna foi em direção a Mona, querendo se explicar, mas pisou em falso com seus saltos Jimmy Choo. Ela sentiu seu calcanhar virar, as pernas se dobraram, e os joelhos baterem no chão. Pior, Hanna ouviu um rasgão bem alto. De repente, sua bunda pareceu menos apertada. Quando se virou para verificar o estrago, a costura lateral também se desfez. O lado todo do vestido se abriu, do quadril de Hanna até suas costelas, mostrando a alça fininha do sutiã de renda Eberjey e sua calcinha.

— Ai, meu Deus! — gritou Riley. Todos rolaram de rir. Hanna tentou se cobrir, mas não sabia por onde começar. Mona ficou ali parada e deixou tudo acontecer, linda, e parecendo uma rainha em seu vestido de caimento perfeito. Era difícil para Hanna imaginar que apenas alguns dias antes elas se gostavam como apenas melhores amigas se gostam.

Mona colocou as mãos nos quadris e olhou para as outras.

— Vamos meninas — falou ela, em tom de desaprovação. — Esse desastre não é digno do nosso tempo.

Os olhos de Hanna se encheram de lágrimas. O pessoal começou a sair, e alguém tropeçou em Hanna, derramando cerveja quente em suas pernas. *Esse desastre não é digno do nosso tempo.* Hanna ouvia as palavras ecoarem em sua cabeça. Então, pensou em algo. *Lembra quando você viu Mona saindo da clínica de cirurgia plástica Bill Beach? Alôô, lipo!*

Hanna deu um jeito de se levantar do chão de mármore gelado.

— Ei, Mona.

Mona virou e olhou para ela.

Hanna respirou fundo.

— Você está bem mais magra desde que eu a vi saindo da Bill Beach. Depois *da lipo.*

Mona levantou a cabeça. Mas não pareceu horrorizada ou envergonhada, apenas confusa. Ela fungou e revirou os olhos.

— Que seja, Hanna. Você é patética.

Mona jogou o cabelo no ombro e foi em direção ao palco. Uma muralha de jovens as separou. Hanna sentou-se, cobrindo o rasgado lateral com uma das mãos e o rasgado da bunda com a outra, e, então, ela viu: seu rosto, aumentado milhões de vezes no telão. Havia uma longa tomada do seu vestido. A gordura embaixo de seus braços fazia volume. As linhas da sua calcinha apareciam sob o tecido. A Hanna na tela deu um passo em direção a Mona e tropeçou. A câmera gravou seu vestido rasgando.

Hanna chorou e cobriu os olhos. Todas as risadas pareciam agulhas tatuando sua pele. Então, sentiu a mão em suas costas.

— Hanna.

Hanna deu uma olhada.

— *Lucas?*

Ele estava usando calças escuras, uma camiseta da Atlantic Records e um blazer de risca de giz. Seu cabelo loiro compridinho parecia denso e selvagem. O olhar em seu rosto dizia que tinha visto tudo.

Ele tirou sua jaqueta e a deu para ela.

— Aqui. Vista isso. Vamos tirar você daqui.

Mona estava subindo no palco. A multidão tremia de ansiedade. Em qualquer outra noite de festa, Hanna estaria bem na frente e pronta para arrebentar com a música. Mas, desta vez, ela segurou no braço de Lucas.

30

MUDAR É BOM... EXCETO QUANDO É RUIM

No sábado à noite, Emily amarrou seus patins para andar no gelo até quase não sentir mais a circulação nos pés.

— Eu não acredito que a gente tem que usar três pares de meias — reclamou com Becka, que estava perto dela no banco, amarrando o par de patins brancos que tinha trazido de casa.

— Eu sei — concordou Becka, ajustando sua faixa de seda no cabelo —, mas evita que seus pés fiquem frios.

Emily amarrou os cadarços dos patins. Devia estar uns quinze graus na pista, mas ela estava usando apenas uma camiseta de manga curta da equipe de natação de Rosewood. Estava tão entorpecida que o frio não a afetava. No caminho até ali, Emily contou a Becka que sua primeira sessão do Tree Tops ia ser na segunda-feira. Primeiro Becka pareceu surpresa, depois, feliz. Emily não falou muito mais pelo resto da patinação. Tudo em que ela pensava era que preferia estar com Maya.

Maya. Sempre que Emily fechava os olhos, via o rosto bravo de Maya na estufa de plantas. O telefone celular de Emily esteve quieto o dia todo. Parte dela queria que Maya ligasse tentando voltar com ela. Mas, é claro, parte dela não queria. Tentou ver o que havia de positivo – agora que seus pais viram que ela estava realmente comprometida com o Tree Tops, estavam sendo gentis com ela. No treino de natação do sábado, a treinadora Lauren disse a ela que a técnica de natação da *Universidade do Arkansas* ainda queria conversar com ela. Todo o time masculino de natação continuava a passar cantadas e a convidar Emily para festinhas em banheiras, mas era melhor do que se estivessem tirando sarro dela. Quando voltavam para casa depois do treino, Carolyn disse: "Eu gosto desse CD", quando Emily colocou um velho No Doubt no som do carro. Era um começo.

Emily olhou para o rinque de patinação. Depois de a Coisa com Jenna, ela e Ali costumavam ir ali praticamente todo final de semana, e nada, nada naquele lugar havia mudado desde então. Ainda havia os mesmos bancos azuis nos quais todo mundo sentava para amarrar os patins; a máquina de chocolate quente que tinha gosto de aspirina; o urso polar de plástico gigante que cumprimentava todo mundo na entrada principal. A coisa toda era tão assustadoramente nostálgica que Emily quase esperava ver Ali lá fora, no gelo, treinando suas cruzadas reversas. Porém o rinque estava praticamente vazio naquela noite. Havia amontoados de jovens, mas nenhum da idade de Emily. Sem dúvida, o resto do pessoal estava na festa de Mona. Num mundo paralelo, Emily estaria lá também.

– Becka?

Emily e Becka olharam para cima. Uma menina magra, com cabelos curtos escuros e encaracolados, um nariz pequeno e olhos castanho-escuros olhava para as duas. Ela vestia um vestido rosa evasê, meia-calça branca, uma delicada pulseira de pérolas e usava um brilho rosa-shocking. Um par de patins de gelo com cadarços nas cores do arco-íris balançava nos seus pulsos.

– Wendy! – gritou Becka, levantando-se. Ela foi abraçar Wendy mas, então, pareceu corrigir-se e voltou atrás. – Você está... você está aqui!

Wendy tinha um enorme sorriso no rosto.

– Uau, Becks. Você está... ótima.

Becka sorriu, envergonhada.

– Você também. – Ela inspecionou Wendy quase sem acreditar, como se a menina tivesse ressuscitado dos mortos. – Você cortou o cabelo.

Wendy tocou a cabeça.

– Está muito curto?

– Não! – respondeu Becka mais que depressa. – Está uma graça.

Ambas continuaram sorrindo e gargalhando. Emily tossiu e Becka olhou para ela.

– Oh! Esta é Emily. Minha nova amiga do Tree Tops.

Emily apertou a mão de Wendy. As unhas curtas da menina estavam pintadas de rosa cintilante, e havia um aplique de Pokémon num dedão.

Wendy sentou-se e começou a amarrar os cadarços dos seus patins.

– Vocês duas patinam muito? – perguntou Emily. – Vocês têm seus próprios patins.

– Nós costumávamos – falou Wendy, olhando para Becka. – Nós fizemos aulas juntas. Bem... algo assim.

Becka riu e Emily olhou para ela, confusa.

– O quê?

– Nada – respondeu Becka. – Só... Você se lembra da sala de aluguel de patins, Wendy?

– Ai, meu Deus. – Wendy tapou a boca com a mão. – A cara que o rapaz fez!

Táááá bom. Emily tossiu de novo, e Becka imediatamente parou de rir, como se tivesse se dado conta de onde estava – ou, talvez, de *quem* era.

Quando Wendy terminou de amarrar o cadarço, todas entraram no rinque. Wendy e Becka imediatamente viraram de costas e começaram a patinar para trás. Emily, que só sabia patinar para a frente de um jeito meio descoordenado, sentiu-se desajeitada perto delas.

Ninguém disse nada por um tempo. Emily ouvia o som que seus patins faziam quando fatiavam o gelo.

– Então, você ainda está saindo com Jeremy? – perguntou Wendy para Becka.

Becka mastigou a ponta da luva de lã.

– Na verdade, não.

– Quem é Jeremy? – perguntou Emily, passando ao lado de uma menina loira com uniforme de escoteira.

– Um cara que conheci no Tree Tops – respondeu Becka. Ela olhou desconcertada para Wendy. – Nós saímos por um ou dois meses. Não deu certo.

Wendy deu de ombros e colocou uma mecha atrás da orelha.

– Sim, eu estava saindo com uma menina da turma de história, mas também não deu em nada. E tenho um encontro às escuras semana que vem, mas não sei se vou. Aparentemente, ela gosta de *hip-hop*. – Ela franziu o nariz.

Emily, de repente, se deu conta de que Wendy disse *ela*. Antes que pudesse perguntar, Becka limpou a garganta. Seu rosto estava tenso.

— Eu talvez vá a um encontro às escuras, também — declarou ela, mais alto que o normal. — Com outro garoto do Tree Tops.

— Bem, boa sorte com esse — disse Wendy, secamente, girando para patinar para a frente de novo. Só que ela não tirou os olhos de Becka, e Becka não tirou os olhos de Wendy. Becka patinou de volta para perto de Wendy e pareceu que elas encostaram as mãos de propósito.

As luzes diminuíram. Um globo de discoteca desceu do teto e luzes coloridas apareceram por todo o rinque. Todos, menos alguns casais, saíram do gelo.

— Patinação de casais — informou um imitador de Isaac Hayes no microfone. — Segure quem você ama.

As três desabaram num banco próximo quando "Unchained Melody" começou a tocar nos alto-falantes. Uma vez, Ali declarara que estava cansada de ficar de fora da patinação de casais.

— Por que não patinamos juntas, Em? — sugerira ela, oferecendo a mão a Emily. Emily nunca esqueceria o que sentiu quando passou os braços em volta de Ali. Sentir o doce cheiro de maçã verde no pescoço dela. Segurar a mão dela quando ela perdeu o equilíbrio, roçar acidentalmente seu braço, na pele de Ali.

Emily se perguntou se ela se lembraria desse evento de modo diferente na semana seguinte. Será que o Tree Tops apagaria esses sentimentos de sua mente do mesmo modo que aquela máquina, a Zamboni, alisava todas as marcas dos patins no gelo?

— Eu já volto — murmurou Emily, cambaleando desajeitadamente sobre as lâminas dos patins até o banheiro. Lá dentro, ela colocou as mãos debaixo da água escaldante da pia e olhou para si mesma no espelho embaçado.

O Tree Tops é a decisão correta, disse ao seu reflexo. Era a única decisão. Depois do Tree Tops, ela provavelmente sairia com rapazes do mesmo jeito que Becka saía. Certo?

Quando voltou ao rinque, notou que Becka e Wendy tinham saído do banco. Emily despencou no assento, pensando que elas tinham ido pegar um lanche, e olhou para o rinque na penumbra. Ela viu casais de mãos dadas. Outros tentando se beijar enquanto patinavam. Um casal nem tinha chegado ao gelo — eles estavam no meio de uma das entradas. A menina estava com as mãos no cabelo cacheado do garoto.

A música lenta parou de modo abrupto e as luzes fluorescentes acenderam de novo. Emily arregalou os olhos ao ver o casal perto da porta. A menina usava uma conhecida faixa de seda no cabelo. Ambos estavam usando patins brancos. Os patins do garoto tinham cadarços da cor do arco-íris. E... ele usava um vestido evasê rosa.

Becka e Wendy viram Emily ao mesmo tempo. A boca da Wendy ficou redonda, e ela olhou para o outro lado. Emily sentia que estava tremendo.

Becka veio em direção a Emily e parou perto dela. Ela exalou uma nuvem de ar frio.

— Acho que preciso me explicar, não é?

O gelo tinha um cheiro frio, como de neve. Alguém tinha deixado uma única luva de lã de criança no banco ao lado. No rinque, uma criança passou e gritou:

— Sou um avião!

Emily olhou para Becka. Seu peito estava apertado.

– Eu achei que o Tree Tops funcionava – disse Emily, baixinho.

Becka passou as mãos nos seus longos cabelos.

– Eu também achei. Mas depois de ver a Wendy... bem, eu acho que você entendeu. – Ela puxou as mangas do casaco Fair Isle para cima das mãos. – Talvez não seja realmente possível mudar quem você é.

Uma sensação quente se espalhou pelo estômago de Emily. Pensar que o Tree Tops pudesse mudar algo tão profundamente seu a tinha assustado. Parecia tão contra os princípios do... do ser humano, talvez. Mas não podia. Maya e Becka estavam certas – *não dá* para mudar quem você é.

Maya. Emily colocou a mão sobre a boca. Ela precisava falar com Maya imediatamente.

– Hum, Becka – cochichou ela. – Posso pedir um favor?

Os olhos de Becka se suavizaram.

– Claro.

Emily patinou até a saída.

– Eu preciso que você me leve a uma festa. Agora mesmo. Tem alguém que eu preciso ver.

31

ELES INFRINGIRAM A LEI E A LEI VENCEU

Aria semicerrou os olhos encarando o visor da Sony Handycam enquanto Spencer ajustava a coroa de brilhantes falsos colocada sobre sua cabeça.

– Ei, pessoal – sussurrou Spencer, caminhando em direção a um telefone LG que estava largado no sofá de couro dos Hastings. – Querem ler as mensagens dela?

– Eu quero – respondeu Hanna.

Emily levantou-se do braço do sofá de couro.

– Eu não sei...

– Ah, vai! Vocês não querem saber quem mandou a mensagem para ela? – questionou Spencer.

Spencer, Hanna e Emily se amontoaram em volta do telefone celular de Ali. Aria tirou a câmera do tripé e chegou mais perto também. Queria captar tudo isso no filme. Todos os segredos de Ali. Ela deu um zoom para ter uma boa tomada da tela do celular quando, de repente, ouviu uma voz vinda do corredor.

— Vocês estavam xeretando o meu telefone? — esganiçou Ali, entrando na sala.

— Claro que não! — gritou Hanna. Ali viu seu celular no sofá, mas, então, Ian e Melissa atraíram sua atenção, pois tinham acabado de entrar na cozinha.

— Ei, garotas. — Ao entrar na sala íntima, ele olhou para Spencer. — Bonita coroa.

Aria voltou ao seu tripé. Spencer, Ian e Ali se juntaram no sofá, e Spencer começou a brincar de apresentadora de programa de entrevistas. De repente, uma segunda Ali andou direto para a câmera. Sua pele estava cinza. Suas íris estavam pretas e seu batom rosa-néon estava como o de um palhaço, em linhas ondulantes em volta da boca.

— Aria. — A Ali zumbi deu um comando, olhando direto na lente. — *Veja*. A resposta está bem na sua frente.

Aria franziu a testa. O restante da cena se desenrolava como sempre: Spencer perguntava a Ian sobre o *base jumping*. Melissa se irritava ao guardar as sacolas de compras. A outra Ali, aquela de aparência normal no sofá, parecia entediada.

— O que você quer dizer? — sussurrou Aria para a Ali em frente à câmera.

— Está bem na sua frente — incitou Ali. — Olhe!

— Tudo bem, tudo bem — concordou Aria mais que depressa.

Ela alcançou a sala novamente. Spencer estava debruçada em Ian, prestando atenção em cada palavra dele. Hanna e Emily estavam empoleiradas na estante, parecendo relaxadas e tranquilas. O que Aria deveria estar procurando?

— Eu não entendo — reclamou ela.

— Mas está lá! — gritou Ali. — Está... bem... ali!
— Eu não sei o que fazer! — respondeu Aria, impotente.
— Só *olhe*!

Aria acordou sobressaltada. A sala estava escura. Suor brotava de seu rosto. A garganta doía. Quando olhou para o lado, viu Ezra deitado ao seu lado e pulou.

— Tudo bem — disse Ezra rapidamente, passando os braços em volta dela. — Foi só um sonho. Você está segura.

Aria piscou e olhou em volta. Ela não estava na sala de estar dos Hastings, mas debaixo das cobertas do futon de Ezra. O quarto, que era bem perto da sala, cheirava a naftalina e perfume de velha, o mesmo cheiro de todas as casas antigas de Hollis. Uma brisa leve e relaxante ondulava as cortinas, e um boneco cabeçudo de William Shakespeare se destacava na escrivaninha. Os braços de Ezra estavam em torno dos ombros de Aria. Os pés descalços dele encostaram em seus tornozelos.

— Pesadelo? — perguntou Ezra. — Você estava gritando.

Aria hesitou. Estaria o seu sonho tentando dizer alguma coisa?

— Estou bem — decidiu ela. — Foi apenas um daqueles pesadelos estranhos.

— Você me assustou. — Ezra apertou-a mais forte.

Aria esperou até que sua respiração voltasse ao normal, ouvindo o mensageiro de vento de madeira em formato de peixe batendo na janela. Então, notou que os óculos de Ezra estavam tortos.

— Você dormiu de óculos?

Ezra colocou a mão no nariz.

— Acho que sim — disse ele, sem jeito. — Eu sempre caio no sono com eles.

Aria debruçou-se para a frente e o beijou.

— Você é tão esquisito.

— Não tão esquisito quanto você, escandalosa — provocou Ezra, puxando-a para cima dele. — Eu vou te pegar. — Ele começou a fazer cócegas na cintura dela.

— Não! — Aria tremeu, tentando se desvencilhar dele. — Para!

— Ahá — urrou Ezra. Mas as cócegas rapidamente viraram carícias e beijos. Aria fechou os olhos e deixou as mãos dele passearem sobre ela. Então, Ezra caiu no travesseiro de novo. — Eu queria que pudéssemos ir embora e viver em outro lugar.

— Eu conheço a Islândia muito bem — sugeriu Aria. — E o que você acha da Costa Rica? Nós poderíamos ter um macaco. Ou, talvez, Capri. Nós poderíamos passear na Gruta Azul.

— Eu sempre quis ir para Capri — disse Ezra, suavemente. — Poderíamos viver na praia e escrever poemas.

— Só se nossos macacos puderem escrever poemas com a gente — barganhou Aria.

— Claro. — Ezra beijou o nariz dela. — Nós podemos ter quantos macacos você quiser.

Ele tinha um olhar distante no rosto, como se estivesse realmente considerando a possibilidade. Aria sentiu suas entranhas incharem. Ela nunca ficara tão feliz. Aquilo parecia... certo. Eles fariam funcionar. Ela ia dar um jeito no resto de sua vida — Sean, A, seus pais — no dia seguinte.

Aria se aconchegou em Ezra. Ela voltou a cochilar, pensando em macacos dançarinos e praias de areia branca, quando, de repente, ouviu um barulho na porta da frente. Antes que

Aria e Ezra pudessem reagir, a porta partiu-se ao meio e dois policiais entraram. Aria gritou. Ezra sentou-se e arrumou a cueca, que tinha desenhos de ovos fritos, salsichas e panquecas por todo lado. As palavras *Café da manhã gostoso!* estavam escritas em volta do elástico da cintura. Aria se escondeu embaixo das cobertas – ela usava uma enorme camiseta de Ezra, com a inscrição *Universidade de Hollis*, que mal cobria suas coxas.

Os policiais entraram pela sala de Ezra e seguiram para o quarto. Apontaram suas lanternas primeiro para Ezra, depois para Aria. Ela enrolou os lençóis com mais força ao redor do corpo, procurando no chão por suas roupas, a calcinha e o sutiã. Elas haviam sumido.

– Você é Ezra Fitz? – O policial que fez a pergunta era um homem musculoso, com braços de Popeye e um cabelo preto ensebado.

– Hum... sim – gaguejou Ezra.

– E você leciona na Escola Rosewood Day? – perguntou Popeye. – E essa menina? É sua *aluna*?

– O que diabos está acontecendo? – Ezra tremia.

– Você está preso. – Popeye soltou as algemas do cinto.

O outro policial, mais baixo, mais gordo e com uma pele brilhante que Aria podia descrever apenas como da cor de presunto, arrancou Ezra da cama. Os lençóis cinzentos, esgarçados, foram com ele, mostrando as pernas nuas de Aria. Ela gritou e caiu do outro lado da cama para se esconder. Achou um par de calças de pijamas xadrez embolados atrás do aquecedor. Enfiou as pernas nelas o mais rápido que pôde.

– Você tem o direito de permanecer calado – começou o cara de presunto. – Tudo que disser pode e será usado contra você pela justiça.

— Espere! — gritou Ezra.

Mas os policiais nem ouviram. O cara de presunto girou Ezra e colocou as algemas em seus pulsos. Ele olhou com nojo para o futon de Ezra. A camiseta e o jeans de Ezra estavam embolados perto da cabeceira. De repente, Aria se deu conta de que o sutiã de renda que ela tinha mandado fazer na Bélgica estava jogado em uma das pilastras da cama. Ela rapidamente o tirou de lá.

Eles empurraram Ezra pela sala e porta afora, que estava precariamente pendurada pela beirada. Aria correu atrás deles, nem se preocupando em colocar seus Vans xadrez, que ficaram esperando, na segunda posição de balé, no chão, perto da televisão.

—Vocês não podem fazer isso! — gritou ela.

— Nós vamos cuidar de você depois, menininha — grunhiu Popeye.

Ela hesitou na entrada mal iluminada e sombria. Os policiais seguraram Ezra como se ele fosse um paciente psiquiátrico muito magro. O cara de presunto pisou algumas vezes nos pés descalços de Ezra. Isso fez com que Aria o amasse ainda mais.

Enquanto eles cambaleavam porta afora para a varanda da frente, Aria notou que alguém mais estava no corredor com ela. Ela ficou boquiaberta.

— Sean — disse ela. — O que... o que você está fazendo aqui?

Sean estava espremido contra a caixa do correio cinza, olhando para Aria com apreensão e desapontamento.

— O que você está fazendo aqui? — exigiu ele, olhando direto para a enorme calça de pijama de Ezra, que estava ameaçando cair pelos calcanhares de Aria. Ela imediatamente as puxou para cima.

— Eu ia explicar — balbuciou Aria.

— Ah, ia? — Sean a desafiou, colocando as mãos na cintura. Ele parecia mais incisivo naquela noite, mau. Não o Sean delicado que ela conhecia. — Há quanto tempo você está com ele?

Aria olhou silenciosamente para um recibo enrolado, do supermercado Acme, que havia caído no chão.

— Eu pus todas as suas coisas na mala — continuou Sean, sem nem mesmo esperar pela resposta dela. — Está na entrada. Você nem pense em voltar para a minha casa.

— Mas... Sean... — disse Aria, enfraquecida. — Para onde eu vou?

— Não é problema meu — rebateu ele, e saiu pisando forte pela porta da frente.

Aria sentiu-se tonta. Pela porta aberta, podia ver os policiais levando Ezra pela entrada e o enfiando numa viatura da polícia de Rosewood. Depois de baterem a porta, Ezra olhou para sua casa de novo. Ele olhou para Aria, depois para Sean, e então para ela de novo. Havia um olhar em seu rosto como se houvesse sido traído.

Uma luz se acendeu acima da cabeça de Aria. Ela seguiu Sean até a varanda e segurou seu braço.

— Você chamou a polícia, não chamou?

Sean cruzou os braços sobre o peito e olhou para o outro lado. Ela ficou tonta e nauseada, e segurou no balanço enferrujado azul-acinzentado da varanda para se equilibrar.

— Bem, quando eu recebi isto... — Sean sacou seu celular e o pôs perto do rosto de Aria. Na tela, estava uma foto de Aria e Ezra se beijando, no escritório de Ezra. Sean apertou a seta lateral. Havia outra foto deles se beijando, de um ângulo diferente.

— Eu achei que devia avisar às autoridades que um professor estava com uma aluna. — Os lábios de Sean se curvaram ao falar a palavra *aluna*, como se isso fosse repugnante para ele. — E dentro da escola — adicionou ele.

— Eu não quis magoar você — sussurrou Aria. E, então, ela notou a mensagem de texto que acompanhou a última foto. Seu coração afundou.

Caro Sean, eu acho que a namorada de alguém tem MUITO o que explicar. – A.

32

AMANTES NEM-TÃO-SECRETAS-ASSIM

— E elas estavam uma por cima da outra! — Emily tomou um grande gole da sangria que Maya tinha pegado para elas do bar do planetário. — Todo esse tempo, eu estive com medo que eles pudessem, tipo, mudar você, mas acabou que isso é uma farsa! Minha mentora voltou com a namorada e tudo mais!

Maya lançou um olhar doido para Emily, cutucando-a nas costelas.

— Você realmente pensou que eles pudessem mudar você?

Emily se inclinou para trás.

— Eu acho que isso *é* idiota, não é?

— *Sim*. — Maya sorriu. — Mas eu também estou feliz que essa coisa não funcione.

Cerca de uma hora atrás, Becka e Wendy tinham deixado Emily na festa de Mona e ela havia vasculhado todos os lugares à procura de Maya, morrendo de medo de que ela tivesse ido embora — ou, pior, que ela estivesse com outra pessoa. Ela tinha achado Maya sozinha, perto da cabine do DJ, usando um vestido listrado branco e preto e sapatos de boneca de verniz de salto alto. Seu cabelo estava preso com presilhas de borboletas brancas.

Elas tinham escapado para o lado de fora, indo para uma parte gramada do jardim do planetário. Podiam ver a festa bombando pelas janelas altas de vidro fosco, mas não dava para ouvir nada. Árvores frondosas, telescópios e arbustos podados em forma de planetas preenchiam o jardim. Alguns dos convidados tinham saído e estavam sentados do outro lado do pátio, fumando e rindo, e havia um casal dando uns amassos perto do arbusto gigante podado no formato de Saturno, mas Emily e Maya estavam isoladas. Elas não tinham se beijado nem nada, mas estavam olhando para o céu casualmente. Devia ser quase meia-noite, que era o horário normal de Emily voltar para casa, mas ela tinha ligado para a mãe para dizer que ia dormir na casa de Becka. Becka tinha concordado em confirmar a história, se necessário.

– Olha. – Emily apontou para as estrelas. – Aquele aglomerado ali em cima. Não parece que elas poderiam formar um "E" se você desenhasse umas linhas entre elas?

– Onde? – Maya apertou os olhos.

Emily posicionou o queixo de Maya corretamente.

– Há estrelas perto dessas que formam um M. – Ela sorriu na escuridão. – *E* e *M*. Emily e Maya. É, como um sinal.

– Você e seus sinais – suspirou Maya. Elas ficaram confortavelmente silenciosas por um segundo.

– Eu estava furiosa com você – confessou Maya, suavemente. – Terminando comigo lá no forno de cerâmica daquele jeito. Se recusando até mesmo a olhar para mim na estufa.

Emily apertou as mãos e olhou para as constelações. Um jatinho passou, três quilômetros acima.

— Desculpe — disse ela. — Eu sei que não fui exatamente justa.

Maya olhou cuidadosamente para Emily. Glitter cor de bronze dava brilho a sua testa, bochechas e nariz. Ela estava mais bonita do que nunca.

— Posso segurar a sua mão? — sussurrou ela.

Emily olhou para sua própria mão quadrada e rude. Ela tinha segurado lápis, pincéis e pedaços de giz. Segurado o pódio de largada nas competições de natação. Segurado um balão no desfile de boas-vindas do time de natação. Segurara a mão de seu namorado Ben... e tinha até segurado a mão de Maya, mas parecia que desta vez era mais oficial. Era real.

Ela sabia que havia pessoas em volta. Mas Maya estava certa — todos já sabiam. A pior parte já tinha passado, e ela sobrevivera. Estava muito infeliz com Ben, e não estava enganando ninguém com o Toby. Talvez devesse se assumir. No momento em que Becka disse aquilo, Emily sabia que ela estava certa: *não podia* mudar quem ela era. A ideia era apavorante, mas a deixava arrepiada.

Emily tocou a mão de Maya. Primeiro, de leve; depois, mais forte.

— Eu amo você, Em — disse Maya, apertando-a de volta. — Eu amo você demais.

— Eu também amo você — repetiu Emily, quase automaticamente. E ela se deu conta. Mais do qualquer outra pessoa, até mais do que Ali. Emily tinha beijado Ali e, por meio segundo, Ali a beijara de volta. Mas, então, tinha parado, enojada. Ela rapidamente começou a falar de um menino em quem ela estava realmente muito interessada, um menino cujo nome ela não diria a Emily porque Emily poderia "realmente enlouquecer". Emily então imaginara se havia mesmo um menino, ou se Ali dissera aquilo para desfazer o momento em que tinha beijado Emily. Para dizer *eu não sou lésbica. De jeito nenhum.*

Todo esse tempo, Emily tinha fantasiado sobre como as coisas teria sido se Ali não tivesse desaparecido, e se aquele verão e sua amizade tivessem continuado como planejado. Agora ela sabia: não teria continuado. Se Ali não tivesse desaparecido, ela teria se distanciado cada vez mais de Emily. Mas talvez Emily ainda assim tivesse achado seu caminho até Maya.

– Você está bem? – perguntou Maya, percebendo o silêncio de Emily.

– Sim.

Elas se sentaram em silêncio por alguns minutos, de mãos dadas. Então, Maya levantou a cabeça, franzindo o cenho para alguma coisa dentro do planetário. Emily seguiu os olhos dela até uma figura sombria, olhando diretamente para elas. A figura bateu no vidro, fazendo Emily pular.

– Quem é? – murmurou Emily .

– Quem quer que seja – disse Maya, olhando de lado –, está vindo aqui para fora.

Todos os pelos do corpo de Emily se arrepiaram. A? Ela correu para trás. Então, ouviu uma voz muito familiar.

– Emily Catherine Fields! Venha até aqui!

Maya ficou boquiaberta.

– Ai, meu Deus.

A mãe de Emily caminhou para as luzes do jardim. Seu cabelo estava despenteado, ela estava sem maquiagem, usava uma camiseta surrada e seus tênis de lona estavam desamarrados.

Estava ridícula em meio à multidão de arrumadinhos da festa. Alguns jovens vieram até ela.

Emily, desajeitadamente, se desvencilhou do gramado.

– O...o que você está fazendo aqui?

A sra. Fields segurou o braço de Emily.

– Você é *inacreditável*. Recebi um telefonema quinze minutos atrás dizendo que você estava com *ela*. E não acreditei! Que boba eu sou! Eu não acreditei! Eu disse que estavam mentindo!

– Mãe, eu posso explicar!

A sra. Fields parou e cheirou o ar em volta do rosto de Emily. Seus olhos se arregalaram.

– Você andou bebendo! – gritou ela, enraivecida. – O que *aconteceu* com você, Emily?

Ela baixou os olhos para Maya, que estava sentada bem quieta na grama, como se a sra. Fields tivesse apertado o botão de pausa num aparelho de DVD.

– Você *não é mais* minha filha.

– Mãe! – gritou Emily. Parecia que a mãe tinha atirado uma chapinha de cabelo nos seus olhos. Essa afirmação soava tão... absoluta. Tão definitiva.

A sra. Fields a arrastou para o portãozinho que levava do jardim para uma viela nos fundos que, por sua vez, levava à rua.

– Vou ligar para Helene quando chegarmos em casa.

– Não! – Emily se desvencilhou, depois encarou sua mãe de frente, do mesmo jeito que um lutador de sumô faz quando está prestes a lutar. – Como você pode dizer que não sou mais sua filha? – esganiçou ela. – Como você pode me mandar embora?

A sra. Fields estendeu a mão para pegar o braço de Emily de novo, mas os sapatos de Emily prenderam numa falha do gramado. Ela caiu para trás, batendo no chão com seu cóccix, sentindo uma dor lívida, que a cegou por um momento.

Quando abriu os olhos, sua mãe estava em cima dela.

– Levante. Vamos.

– Não! – urrou Emily. Ela tentou levantar, mas as unhas de sua mãe se enterraram no seu braço. Emily lutou, mas sabia que era em vão. Ela olhou para Maya uma última vez. Ela ainda não tinha se movido. Os olhos de Maya estavam arregalados e chorosos, e ela parecia pequenina e solitária. *Pode ser que eu nunca a veja de novo,* pensou Emily. *É isso.*

– O que tem de errado com isso? – gritou ela para sua mãe. – O que tem de tão errado em ser diferente? Como você pode me *odiar* por isso?

As narinas da mãe se dilataram. Ela fechou os punhos e abriu a boca, pronta para gritar alguma coisa de volta. E, então, de súbito, ela pareceu murchar. Ela se virou de costas e fez um barulhinho no fundo da garganta. De repente, pareceu tão desgastada. E amedrontada. E envergonhada. Sem nenhuma maquiagem e vestindo pijamas, parecia vulnerável. Havia uma vermelhidão em volta dos seus olhos, como se tivesse chorado por muito tempo.

– Por favor. Apenas vamos embora.

Emily não sabia mais o que fazer, a não ser se levantar. Ela seguiu a mãe pela viela escura e deserta até o estacionamento, onde viu o conhecido Volvo. O funcionário do estacionamento olhou para sua mãe e deu uma fungada de censura para Emily, como se a sra. Fields tivesse explicado por que estava parando ali e buscando Emily na festa.

Emily se jogou no banco da frente. Seus olhos pousaram na roda laminada do anúncio do disque-horóscopo, que estava no banco. A roda mostrava todos os signos do horóscopo de acordo com os doze meses daquele ano, então, Emily puxou-a, girou a roda para Touro, seu signo, e olhou as previsões para outubro. *Seus relacionamentos amorosos se tornarão mais satisfatórios e realizadores. Seus relacionamentos podem ter causado dificuldades com outros no passado, mas tudo será mais fácil daqui para a frente.*

Rá, pensou Emily. Ela jogou o cartão do horóscopo pela janela. Não acreditava mais naquilo, de qualquer forma. Ou em sinais, ou em signos ou em qualquer coisa que dissesse que tudo acontece por uma razão. Qual era a razão de isso estar acontecendo?

Um calafrio tomou conta dela. *Eu recebi uma ligação quinze minutos atrás dizendo que você estava com ela.*

Ela vasculhou sua bolsa, seu coração disparado. Seu telefone tinha uma nova mensagem. Estava na caixa de entrada havia quase duas horas.

Em, eu estou vendo você! E se não parar com isso, vou ligar para você-sabe-quem. – A

Emily colocou as mãos sobre os olhos. Por que A simplesmente não a matara em vez daquilo?

33

ALGUÉM FEZ BESTEIRA.
E DAS GRANDES.

Primeiro, Lucas deu a Hanna uma camiseta velha de Rosewood Day e um short de ginástica que estavam no carro dele.

– Uma Águia Escoteira está sempre preparada para qualquer coisa – proclamou ele.

Em segundo lugar, encaminhou Hanna à sala de leitura da Universidade de Hollis, para que ela pudesse se trocar. A sala de leitura ficava algumas ruas do planetário acima. O lugar era simplesmente isso – uma grande sala, numa casa do século XIX, completamente devotada ao esfriamento de ânimos e à leitura. Cheirava a fumaça de cachimbo e a volumes velhos com capa de couro, e era lotada de todos os tipos de livros, mapas, globos, enciclopédias, revistas, jornais, tabuleiros de xadrez, sofás de couro e confortáveis namoradeiras de dois lugares. Tecnicamente, era aberta apenas a estudantes e professores, mas era fácil conseguir entrar pela porta lateral.

Hanna entrou no banheiro minúsculo, tirou o vestido rasgado e o jogou na lata de lixo cromada, socando para que coubesse lá dentro. Ela saiu do banheiro, se jogou no sofá perto de Lucas e simplesmente... perdeu o controle. Soluços que haviam ficado guardados dentro dela por semanas – talvez anos – explodiram.

– Ninguém mais vai gostar de mim – disse ela, engasgada, entre soluços. – E eu perdi Mona para sempre.

Lucas passou a mão no cabelo dela.

– Está tudo bem. Ela não merece você mesmo.

Hanna chorou até que seus olhos incharam e a garganta doeu. Finalmente, colocou a cabeça no peito de Lucas, que era mais sólido do que parecia. Eles ficaram lá, em silêncio, por um tempo. Lucas passou a mão nos cabelos dela.

– O que fez você ir à festa? – perguntou ela, depois de um tempo. – Eu pensei que você não tinha sido convidado.

– Eu fui convidado. – Lucas baixou os olhos. – Mas... eu não ia. Eu não queria que você ficasse mal, e queria passar a noite com você.

Fagulhas de náusea bateram no estômago de Hanna.

– Desculpe – disse ela, baixinho. – Por cancelar nosso jogo de pôquer na última hora para ir à estúpida festa da Mona.

– Está tudo bem. Não importa.

Hanna olhou para Lucas. Ele tinha olhos de um azul tão suave e bochechas rosadas muito fofas. Era *muito importante* para ela. Estava sempre consumida por fazer a coisa certa o tempo todo – usar a roupa perfeita, escolher o toque de celular perfeito, manter seu corpo na forma perfeita, ter a melhor amiga perfeita e o namorado perfeito – mas de que servia toda essa perfeição? Talvez Lucas fosse perfeito, só que de um jeito diferente. Ele se *importava* com ela.

Hanna não sabia ao certo o que tinha acontecido, mas eles tinham sentado em uma das namoradeiras de couro rachado, e ela estava no colo dele. Estranhamente, não sentiu que estava quebrando as pernas de Lucas. No verão anterior, para se preparar para sua viagem com a família de Sean para Cape Cod, Hanna não tinha comido nada além de toranjas e pimenta-de-caiena, e não tinha deixado Sean tocá-la enquanto estava de maiô, com medo de que ele a achasse molenga. Com Lucas, ela não se preocupava.

Seu rosto se moveu para perto do de Lucas. O rosto dele aproximou-se do dela. Ela sentiu os lábios dele tocarem seu queixo, depois, o lado de sua boca, em seguida, a própria boca. Seu coração disparou. Os lábios dele se insinuaram contra os dela. Ele a puxou para perto. O coração de Hanna estava batendo tão rápida e animadamente que ela temia que fosse estourar. Lucas segurou a cabeça de Hanna entre as suas mãos e beijou suas orelhas. Hanna riu.

– O quê? – Lucas a soltou.

– Nada. – Hanna sorriu. – Eu não sei. É divertido.

Era divertido – nada como as sessões de beijo importantes e sérias que tivera com Sean, quando sentia que uma junta de juízes estava dando notas para cada beijo. Lucas era relaxado, tranquilo e muito alegre, como um menino-labrador. A cada pequeno intervalo, ele a segurava e apertava. Num dado momento, começou a fazer cócegas nela, e Hanna se contorceu e caiu do sofá direto no chão.

No final, eles estavam deitados em um dos sofás, Lucas em cima dela, suas mãos acariciando em todas as direções sua barriga nua. Ele tirou a camisa e encostou o peito contra o dela. Depois de um tempo, eles pararam e ficaram ali, sem falar nada. Os olhos de Hanna passaram por todos os livros, jogos de xadrez e bustos de autores famosos. Então, de repente, ela se sentou.

Alguém estava olhando pela janela.

– Lucas! – Ela apontou para uma forma negra movendo-se em direção à porta lateral.

– Não se apavore. – Lucas saiu do sofá e se arrastou em direção à porta. Os arbustos balançaram. Uma fechadura começou a virar. Hanna se agarrou ao braço de Lucas.

A estava lá.

– Lucas...

– Shhh. – Outro clique. Em algum lugar, uma fechadura estava girando. Alguém estava entrando. Lucas levantou a cabeça para ouvir. Agora havia passos vindo da sala dos fundos. Hanna deu um passo para trás. O piso rangeu. Os passos estavam próximos.

– Olá? – Lucas pegou sua camiseta e a colocou de trás para a frente. – Quem está aí?

Ninguém respondeu. Mais rangidos. Uma sombra apareceu na parede.

Hanna olhou em volta e pegou a maior coisa que conseguiu achar – um *Almanaque do Fazendeiro*, de 1972. De repente, uma luz se acendeu. Hanna gritou e levantou o almanaque acima de sua cabeça. Parado na frente deles estava um homem velho, de barba. Ele usava uns óculos pequenos de armação de arame e uma jaqueta de lona e pôs as mãos acima da cabeça, em sinal de rendição.

– Sou do departamento de história! – desembuchou o velho. – Eu não consegui dormir. Eu vim aqui para ler... – Ele olhou para Hanna de um jeito estranho. Hanna percebeu que a gola da camiseta de Lucas estava puxada para o lado, deixando um dos ombros à mostra. O coração de Hanna começou a se acalmar. Ela colocou o livro de volta na mesa.

— Desculpe — disse ela. — Eu pensei...

— É melhor nós irmos, de qualquer forma. — Lucas andou para o lado do velho e puxou Hanna para fora, pela porta lateral. Quando estavam perto do portão de ferro da frente da casa, ele desatou a rir.

— Você viu a cara do homem? — gritou ele. — Ele estava apavorado!

Hanna tentou rir junto, mas estava muito nervosa.

— Nós devemos ir — sussurrou ela com a voz falhando. — Eu quero ir para casa.

Lucas caminhou com Hanna até o estacionamento da festa de Mona. Ela deu ao manobrista o recibo para o seu Prius. Quando ele o trouxe de volta, ela obrigou Lucas a vasculhar o carro todo para ter certeza de que ninguém estava escondido atrás do banco. Quando estava sã e salva dentro do carro, com a porta trancada, Lucas bateu de leve na janela e disse que ligaria para ela no dia seguinte. Hanna olhou-o indo embora, animada e horrivelmente distraída.

Ela olhou para a saída em espiral do planetário. A cada dez metros havia uma faixa anunciando a nova exposição. O BIG BANG, elas diziam, mostrando uma foto do universo explodindo. Quando o telefone de Hanna tocou, ela pulou com tanta violência que quase rasgou o cinto de segurança. Ela encostou no ponto de parada de ônibus e pegou o telefone de sua bolsa com os dedos trêmulos. Tinha uma nova mensagem de texto.

Ops, acho que não era lipo! Não acredite em tudo que ouve! – A

Hanna olhou para cima. A rua do lado de fora do planetário estava tranquila. Todas as velhas casas estavam bem-fechadas e não havia uma alma viva na rua. Uma brisa soprou, fazendo a bandeira da varanda de uma antiga casa vitoriana balançar e uma sacola de folhas no gramado da frente agitar-se.

Hanna olhou de volta para a mensagem. Aquilo era estranho. A última mensagem não era de um número desconhecido, como as outras, mas de um número identificado. E era um número 610 – código de área de Rosewood.

O número pareceu conhecido, embora Hanna nunca guardasse número algum. Ela tinha celular desde o sétimo ano e desde então se valia do botão de discagem automática. Porém, havia algo naquele número...

Hanna cobriu a boca com a mão.

– Ai, meu Deus – sussurrou ela. Ela pensou mais um pouco. Seria *realmente* possível?

De repente, Hanna soube exatamente quem era A.

34

ESTÁ BEM AÍ NA SUA FRENTE

– Outro café? – Uma garçonete que cheirava a queijo grelhado e que tinha uma enorme verruga no queixo veio até Aria, balançando uma garrafa térmica de café.

Aria olhou para sua caneca quase vazia. Seus pais provavelmente diriam que este café estava cheio de carcinógenos, mas o que eles sabiam?

– Claro.

Era a esse ponto que coisas tinham chegado. Aria sentada numa cabine na lanchonete perto da casa de Ezra, em Old Hollis, com todos os seus bens terrenos – seu laptop, sua bicicleta, suas roupas, seus livros – em volta dela. Não tinha um lugar para ir. Nem a casa de Sean, nem a de Ezra, nem mesmo a casa de sua família. A lanchonete era o único lugar aberto agora, a não ser que se considerasse o Taco Bell 24 horas, que era um lugar cheio de drogados.

Ela olhou para seu Treo, ponderando suas opções. Finalmente, ligou para o número de sua casa. O telefone tocou seis vezes antes de a secretária eletrônica atender.

— Obrigada por ligar para os Montgomery — disse a voz alegre de Ella. — Nós não estamos em casa agora...

Por favor. Onde diabos Ella estaria depois da meia-noite de um sábado?

— Mãe, atende — disse Aria para a secretária, depois do bip. — Eu sei que está aí. — Nada ainda. Ela suspirou. — Ouça. Preciso ir para casa esta noite. Terminei com meu namorado. Não tenho nenhum lugar para ficar. Estou sentada numa lanchonete, sem-teto.

Ela parou, esperando que Ella respondesse. Mas a mãe não atendeu. Aria podia imaginá-la parada perto do telefone, ouvindo. Ou talvez realmente não estivesse perto do telefone. Talvez tivesse ouvido a voz de Aria e voltado para o seu quarto no andar de cima.

— Mãe, estou em perigo — implorou ela. — Eu não posso explicar como, exatamente, mas estou... estou com medo de que aconteça alguma coisa comigo.

Bip. A secretária eletrônica desligou. Aria deixou o telefone cair na mesa de fórmica. Ela podia ligar de novo, mas de que adiantaria? Ela quase podia ouvir a voz da mãe: *eu não consigo nem olhar para você agora*.

Ela levantou a cabeça, pensando em uma opção. Lentamente, Aria pegou seu Treo de novo e passou pelas suas mensagens de texto. A mensagem de Byron com o número dele ainda estava lá. Respirando fundo, ela ligou. A voz sonolenta de Byron atendeu.

— É Aria — disse ela baixinho.

— Aria? — repetiu Byron. Ele pareceu chocado. — São... duas da manhã.

— Eu sei.

A *jukebox* da lanchonete trocou de disco. A garçonete juntou duas garrafas de ketchup. As últimas pessoas que restavam perto de Aria levantaram de sua cabine, deram tchau para a garçonete e se dirigiram à porta de frente. O sino que indicava que a lanchonete estava prestes a fechar tocou.

Byron quebrou o silêncio.

— Bem, é bom ter notícias suas.

Aria dobrou os joelhos no peito. Ela queria dizer que ele tinha estragado tudo, fazendo-a guardar o segredo dele, mas estava acabada demais para brigar. E, também... parte dela realmente sentia falta de Byron. Ele era seu pai, o único que ela tinha. Ele tinha tirado uma serpente que entrara no caminho de Aria durante uma escalada no Grand Canyon. Ele tinha ido falar com o professor de artes de Aria no quinto ano, o sr. Cunningham, quando ele deu a ela um F porque ela tinha feito um autorretrato com escamas verdes e uma língua bifurcada.

— Seu professor simplesmente não entende expressionismo pós-moderno — dissera Byron, pegando seu casaco para ir à batalha. Byron costumava pegá-la, jogá-la nos ombros, carregá-la para cama, acomodá-la nos lençóis. Aria sentia falta daquilo. Ela *precisava* dessas coisas. Ela queria contar a ele que estava em perigo. E queria que ele dissesse "Eu vou proteger você". Ele diria isso, não diria?

Mas, então, ela ouviu a voz de outra pessoa ao fundo.

— Está tudo bem, Byron?

Aria se arrepiou. *Meredith.*

— Já vou, em um segundo — respondeu Byron.

Aria fumegou. Um *segundo*? Era esse tempo que ele planejava devotar àquela conversa? A voz de Byron voltou ao telefone.

— Aria? Então... o que aconteceu?

— Deixa para lá — disse Aria, gelada. — Volte para a cama, ou para o que quer que você estivesse fazendo.

— Aria... — começou Byron.

— Sério, vá — insistiu Aria, severa. — Esqueça que eu liguei.

Ela apertou DESLIGAR e colocou a cabeça na mesa. Tentou inspirar e expirar, pensando em coisas calmas, como o oceano, ou andar de bicicleta, ou a despreocupação de tricotar um cachecol.

Alguns minutos depois, olhou em volta pela lanchonete e se deu conta que era a única pessoa lá. Os bancos velhos e desbotados do balcão estavam vazios, todas as cabines estavam limpas. Duas garrafas de café estavam nos aquecedores atrás do balcão, e a tela da caixa registradora ainda brilhava *BEM-VINDO*, mas as garçonetes e os cozinheiros tinham desaparecido. Era como um daqueles filmes de terror nos quais, de algum jeito, de repente, a personagem principal olha em volta e encontra todo mundo morto.

O assassino de Ali está mais perto do que você imagina.

Por que A não contava de uma vez quem era o assassino? Ela estava cansada de brincar de Scooby-Doo. Aria pensou em seu sonho de novo, em como a Ali pálida e fantasmagórica tinha entrado na frente da câmera.

— Olhe de perto! — gritara ela. — *Está bem na sua frente! Está bem aí!*

Mas *o que* estava bem aí? O que Aria não tinha visto?

A garçonete com a verruga apareceu atrás do balcão e olhou para Aria.

– Quer um pedaço de torta? A de maçã até que dá para engolir. E por conta da casa.

– E-estou bem – gaguejou Aria.

A garçonete apoiou o quadril em um dos bancos cor-de-rosa do balcão. Ela tinha o tipo de cabelo encaracolado que sempre parecia molhado.

–Você soube do perseguidor?

– Arrã – respondeu Aria.

–Você sabe o que eu ouvi? Dizem que é alguém rico.

Como Aria não respondeu, ela voltou a limpar uma mesa que já estava limpa.

Aria piscou algumas vezes. *Olhe de perto*, Ali havia dito. Ela pegou sua bolsa estilo carteiro e abriu o laptop. Levou um tempo para ligar, e depois um tempo ainda maior para Aria achar o arquivo em que seus vídeos estavam guardados. Fazia tanto tempo que não procurava por eles. Quando finalmente desenterrou o arquivo, percebeu que nenhum deles estava nomeado de forma muito clara. Estavam intitulados como, por exemplo: *Nós cinco, n.º 1*, ou *Ali e Eu, n.º 6*, e as datas eram das últimas vezes que tinham sido vistos, não de quando haviam sido filmados. Ela não tinha ideia de como achar o vídeo que tinha vazado para a imprensa... a não ser assistindo a todos.

Ela clicou aleatoriamente num vídeo chamado *Miau!*. Aria, Ali e as outras estavam no quarto de Ali. Elas estavam se matando para vestir a gata Himalaia de Ali, Charlotte, com um casaco de tricô, rindo enquanto enfiavam suas patas nos buracos das mangas.

Ela mudou para outro, chamado *Briga, n.º 5*, mas não era o que ela achava que seria — ela, Ali, e as outras estavam fazendo biscoitos de raspas de chocolate e começaram uma guerra de comida, jogando massa de biscoito por toda a cozinha de Hanna. Em outro, estavam jogando totó no porão de Spencer.

Quando Aria clicou num novo arquivo de imagem, que se chamava simplesmente *DQ*, notou algo.

Pelo corte de cabelo de Ali e todas as suas roupas quentes, o vídeo era de mais ou menos um mês, antes do desaparecimento dela. Aria tinha dado zoom numa tomada de Hanna devorando em tempo recorde um sorvete Dairy Queen Blizzard. Ao fundo, ouviu Ali começar a fingir barulhos de vômito. Hanna parou, e seu rosto ficou pálido. Ali riu, ao fundo. Ninguém mais pareceu notar.

Uma sensação estranha tomou conta de Aria. Ela tinha ouvido rumores de que Hanna tinha bulimia. Parecia algo que A — e Ali — sabiam.

Clicou em outro. Elas estavam dando uma olhada no que estava passando na televisão, mudando de canais na casa de Emily. Ali parou num que exibia a parada gay, que acontecera na Filadélfia naquele dia. Ela apontou para Emily e riu.

— Isso é engraçado, não é, Em? — Emily ficou vermelha e colocou o capuz do casaco na cabeça. Nenhuma das outras deu a mínima.

E outro. Este tinha apenas dezesseis segundos. As cinco estavam espalhadas perto da piscina de Spencer. Todas elas usavam enormes óculos de sol da Gucci — ou, no caso de Emily e Aria, imitações. Ali sentou-se e baixou os óculos até o nariz.

— Ei Aria — disse ela, abruptamente. — O que o seu pai faz, tipo, quando há garotas gostosas nas classes dele?

O vídeo acabou. Aria lembrava-se daquele dia — tinha sido pouco depois que Ali e ela tinham visto Byron e Meredith se beijando no carro, e Ali começara a dar indicações de que iria contar às outras.

Ali realmente *sabia* de todos os segredos, e os estava esfregando na caras delas. Estava tudo diante delas, e elas não perceberam. Ali sabia de tudo. Sobre todas elas. E agora, A também sabia.

Exceto... qual era o segredo de Spencer?

Aria clicou em outro vídeo. Finalmente, viu a cena familiar. Havia Spencer, sentada no sofá, com aquela coroa na cabeça.

— Querem ler as mensagens dela? — Ela apontou para o telefone LG de Ali, que estava largado entre as almofadas do sofá.

Spencer abriu o celular de Ali.

— Está bloqueado.

— Vocês sabem a senha dela? — Aria ouviu sua própria voz perguntar.

— Tenta o aniversário dela — sussurrou Hanna.

— Vocês estavam xeretando o meu telefone? — gritou Ali.

O telefone se espatifou no chão. Só então, a irmã mais velha da Spencer, Melissa, e seu namorado, Ian, passaram pela câmera. Os dois sorriram para as lentes.

— Oi, pessoal — disse Melissa. — Tudo bem?

Spencer piscou. Ali parecia entediada. A câmera deu um close em seu rosto e desceu para o telefone fechado.

— Ah, esse é o vídeo a que eu assisti no jornal — disse uma voz atrás de Aria. A garçonete estava debruçada no balcão, lixando as unhas com uma lixa do Piu-Piu.

Aria parou o vídeo e virou-se.

– O quê?

A garçonete ficou vermelha.

– Ops. Quando não tem movimento por aqui, eu me torno minha irmã gêmea maligna. Eu não olhei de propósito para o seu computador. É só que... aquele pobre garoto...

Aria franziu a testa para ela. Ela notou pela primeira vez que o crachá da garçonete dizia ALISON. Escrito da mesma forma e tudo.

– Que pobre garoto? – perguntou ela.

Alison apontou para a tela.

– Ninguém nunca fala do namorado. Ele deve ter ficado de coração partido.

Aria olhou para a tela, perplexa. Ela apontou para a imagem congelada de Ian.

– Aquele não é o namorado dela. Ele está com a garota que está na cozinha. Ela não aparece na tela.

– Não? – Alison deu de ombros e começou a passar pano no balcão de novo. – O jeito como eles estão sentados... eu só presumi.

Aria não sabia o que dizer. Ela colocou o vídeo no começo, de novo, confusa. Ela e suas amigas tentaram bisbilhotar o telefone de Ali, Ali voltou, Melissa e Ian sorriram, tomada cinematográfica do telefone, *fim*.

Ela passou o vídeo mais uma vez, desta vez mais devagar. Spencer lentamente rearrumou sua coroa. O telefone de Ali arrastou-se pela tela. Ali voltou, todas as expressões lânguidas e contorcidas. Em vez de passar correndo, Melissa se arrastou. De repente, ela notou algo no canto da tela: um pedacinho de uma mãozinha delicada. A mão de Ali. Ela diminuiu a velocidade dos quadros. A cada poucos instantes, a mãozona e a mãozinha se encontravam. Os dedinhos entrelaçados.

Aria engasgou.

A câmera subiu. Mostrou Ian, que estava olhando para alguma coisa além da câmera. À direita, estava Spencer, olhando abobada para Ian, sem notar que ele e Ali estavam se tocando. A coisa toda aconteceu numa piscada. Mas depois de ver aquilo, tudo ficava mais do que óbvio.

Alguém queria algo de Ali. O assassino dela está mais perto do que você pensa.

Aria sentiu náusea. Todas sabiam que Spencer gostava de Ian. Ela falava sobre ele a todo instante: de como a irmã dela não o merecia, de como ele era engraçado, de como ele era fofo quando jantava em sua casa. E todas elas tinham imaginado se Ali estava guardando um grande segredo – poderia ter sido *isso*. Ali deve ter contado para Spencer. E Spencer não conseguiu suportar.

Aria colocou mais peças no lugar. Ali tinha fugido do celeiro de Spencer... e apareceu não muito longe dali, em um buraco em seu próprio quintal. Spencer sabia que os trabalhadores iam encher o buraco com concreto no dia seguinte. A mensagem de A dizia: *Todas vocês conheciam cada centímetro do quintal dela. Mas, para uma de vocês, foi tão, tão fácil.*

Aria sentou-se, estática por alguns segundos, depois pegou seu telefone e ligou para o número de Emily. O telefone tocou seis vezes antes que Emily atendesse.

– Alô? – A voz da Emily soava como se ela tivesse chorado.

– Eu acordei você? – perguntou Aria.

— Eu não dormi ainda.

Aria franziu a testa.

—Você está bem?

— Não. — A voz de Emily falhou. Aria ouviu uma fungada. — Meus pais vão me mandar embora. Eu vou embora de Rosewood pela manhã. Por causa de A.

Aria recostou-se.

— *O quê?* Por quê?

— Nem vale a pena falar sobre isso. — Emily parecia derrotada.

—Você tem que encontrar comigo — disse Aria. — Agora mesmo.

—Você não ouviu o que eu disse? Estou de castigo. Estou *além* de apenas estar de castigo.

—Você precisa me encontrar. — Aria se virou na cabine, tentando esconder o máximo possível dos funcionários da lanchonete o que estava prestes a dizer.

— Eu acho que sei quem matou Ali.

Silêncio.

— Não, você não sabe.

— Eu sei. Nós temos que ligar para Hanna.

Um sonho arranhado veio do lado da ligação da Emily. Depois de uma curta pausa, sua voz voltou.

— Aria — sussurrou ela. — Eu tenho outra ligação. É a *Hanna*.

Uma sensação de frio passou por Aria.

— Coloque em conferência.

Ouviu-se um clique, e Aria ouviu a voz de Hanna.

—Vocês duas — começou Hanna. Ela parecia sem fôlego e

a conexão estava ruim, como se Hanna estivesse falando através de um ventilador. —Vocês não vão acreditar nisso. A ferrou tudo, quer dizer, eu acho que A ferrou. Eu recebi uma mensagem de um número que eu conheço e, esse número...

Ao fundo, Aria ouviu uma buzina.

— Me encontrem no nosso lugar de sempre — disse Hanna. — Os balanços de Rosewood Day.

— Certo. — Aria respirou fundo. — Emily, você pode me pegar na Lanchonete Hollis?

— Claro — sussurrou Emily.

— Bom. Andem logo — apressou Hanna.

35

SUSSURROS VINDOS DO PASSADO

Spencer fechou os olhos. Quando os abriu, estava em pé do lado de fora do celeiro, em seu quintal. Ela olhou em volta. Teria sido *transportada* até ali? Será que ela havia fugido e não se lembrava?

De repente, a porta do celeiro foi escancarada e Ali saiu de lá pisando com força.

— Tudo bem — disse Ali sobre o ombro, balançando os braços confiante. — Vejo você por aí. — Ela passou direto por Spencer, como se a amiga fosse um fantasma.

Era, outra vez, a noite em que Ali desaparecera. A respiração de Spencer ficou mais pesada. Embora não quisesse estar ali, sabia que precisava ver aquilo tudo — para se lembrar do máximo que conseguisse.

— Tudo bem! — ouviu a si mesma gritar de dentro do celeiro. Enquanto Ali seguia de forma intempestiva pela trilha do quintal, uma Spencer mais jovem e menor correu até a varanda.

— Ali! — gritou a Spencer de treze anos, olhando em volta.

E, então, foi como se a Spencer de dezessete anos e a Spencer de treze se fundissem em uma só. Subitamente, ela podia sentir todas as emoções que sentira na época. Havia medo: o que fizera, mandando Ali ir embora? Havia paranoia: nunca nenhuma delas desafiara Ali. E Ali estava brava com ela. O que iria fazer?

– Ali! – gritou Spencer. As pequenas lanternas chinesas que iluminavam o caminho até a casa principal forneciam uma iluminação fraca. Parecia que havia alguma coisa se movimentando na floresta. Anos antes, Melissa havia contado a Spencer que trolls malvados viviam nas árvores. Dissera que os trolls odiavam Spencer e queriam arrancar os cabelos dela.

Spencer andou até o lugar onde a trilha do quintal se dividia: ela poderia ir ou em direção a sua casa ou até a floresta que margeava a propriedade. Desejou ter trazido uma lanterna. Um morcego deu um rasante nas árvores. Conforme ele se afastava, Spencer notou que, mais adiante na trilha, perto da floresta, alguém tinha se agachado e estava olhando para um celular. Ali.

– O que você está fazendo? – chamou Spencer.

Ali estreitou os olhos.

– Eu vou para um lugar muito mais bacana do que ficar aqui com vocês.

Spencer ficou tensa.

– Tudo bem – assentiu ela, orgulhosa. – Vá mesmo.

Ali apoiou seu peso numa só perna, fazendo pose. Os grilos trilaram pelo menos umas vinte vezes antes que ela falasse de novo.

– Você tenta roubar tudo de mim. Mas você não pode ter isso.

— Não posso ter o quê? — Spencer tremia, vestida com sua camiseta de tecido fino.

Ali riu com maldade.

— *Você* sabe.

Spencer piscou.

— Não... não sei.

— Ah, qual é! Você leu sobre isso no meu diário, não leu?

— Eu não leria seu diário idiota — rebateu Spencer. — Eu não dou a mínima.

— Até parece. — Ali deu um passo na direção de Spencer. — Você liga *até demais*.

— Você está delirando — sibilou Spencer.

— Não, não estou. — Ali tinha chegado bem perto dela. — *Você* está.

De repente, Spencer se encheu de raiva. Ela se inclinou para a frente e empurrou Ali pelos ombros. O gesto teve força suficiente para fazer com que Ali cambaleasse para trás, perdendo o equilíbrio na trilha, que estava escorregadia por causa dos pedregulhos. A Spencer mais velha estremeceu. Ela se sentiu como uma prisioneira, sendo arrastada para seu último passeio. Uma certa surpresa cruzou o rosto de Ali, mas ela rapidamente voltou a provocar Spencer.

— Amigas não empurram amigas.

— Bem, talvez nós não sejamos amigas.

— Acho que não — concordou Ali. Seus olhos não paravam de se mexer. A expressão em seu rosto indicava que ela tinha algo muito bom para dizer. Houve uma pausa longa antes que ela falasse, como se estivesse escolhendo as palavras com muito, muito cuidado. *Vamos lá*, Spencer apressou a si mesma: LEMBRE-SE.

—Você achou que beijar Ian era uma coisa tão especial — rosnou Ali —, mas, sabe o que ele me disse? Que você nem sabia beijar direito.

Spencer prestou atenção ao rosto de Ali.

— Ian... espera aí. Ian disse isso a você? Quando?

— Quando saímos num encontro.

Spencer a encarou.

Ali revirou os olhos.

—Você mente tão mal, fingindo que não sabe que nós estamos juntos. Mas claro que você sabe, Spence. É por isso que você gosta dele, não é? Porque *eu* estou com ele? Porque sua irmã está com ele? — Ela deu de ombros. — A única razão para ele ter beijado você na outra noite foi eu ter pedido que ele fizesse isso. Ele não queria, mas eu implorei.

Os olhos de Spencer quase saltaram.

— *Por quê?*

Ali deu de ombros.

— Eu quis ver se ele seria capaz de fazer *qualquer coisa* por mim. — Ela fez uma careta zombeteira. — Você acreditou mesmo que ele *gostava* de você?

Spencer deu um passo para trás. Vaga-lumes piscavam pelo céu. Havia um sorriso venenoso no rosto de Ali. *Não faça isso*, gritou Spencer para si mesma. *Por favor, não importa! Não faça!*

Mas aconteceu, de qualquer forma. Spencer avançou e empurrou Ali com toda a força que podia. Ali escorregou para trás, seus olhos arregalados de susto. Ela bateu contra o muro de pedras que circundava a propriedade dos Hastings. Houve um barulho terrível de algo se quebrando. Spencer cobriu os olhos e se virou. O ar tinha um cheiro metálico, de sangue. Uma coruja piou nas árvores.

Quando ela tirou as mãos dos olhos, estava de volta a seu quarto, em posição fetal e gritando.

Spencer sentou e olhou para o relógio. Eram duas e meia da manhã. Sua cabeça latejava. As luzes ainda estavam acesas, ela estava deitada por cima das cobertas e ainda vestia o vestido de festa preto e o colar Elsa Peretti de contas prateadas. Não tinha lavado o rosto ou escovado o cabelo cem vezes, rituais que sempre cumpria antes de ir para a cama. Passou as mãos pelos braços e as pernas. Tinha manchas vermelhas nas coxas. Quando as tocou, sentiu dor.

Ela tampou a boca com a mão. Aquela lembrança! Soube imediatamente que era verdadeira. Ali estava com Ian. E ela havia esquecido tudo sobre aquilo. Era essa a parte da noite que estava faltando.

Foi até a porta, mas a maçaneta não virou. Seu coração começou a bater mais rápido.

– Olá? – ela tentou chamar. – Tem alguém aí? Estou trancada.

Ninguém respondeu.

Spencer sentiu sua pulsação acelerar. Alguma coisa parecia muito, muito errada. Parte da noite voltou de repente à sua mente. O jogo de Scrabble. MENTIROSA SJH. O envio do trabalho de Melissa para o concurso Orquídea Dourada. E... depois, o quê? Ela colocou as mãos sobre a coroa em sua cabeça, tentando forçar aquela lembrança a aflorar. *E depois, o quê?*

De um momento para o outro, não podia mais controlar sua respiração. Ela começou a hiperventilar, caindo de joelhos no tapete branco. *Acalme-se*, disse a si mesma, se encolhendo toda e tentando respirar mais devagar: Inspirar, expirar. Mas pareceu que seus pulmões estavam cheios de bolinhas de isopor. Parecia que ela estava se afogando.

— Socorro! — gritou ela, debilmente.

— Spencer? — soou a voz de seu pai do outro lado da porta. — O que está acontecendo?

Spencer levantou e correu para a porta.

— Papai? Estou trancada aqui! Me deixe sair!

— Spencer, você está aí para seu próprio bem. Você nos assustou.

— Assustei vocês? — perguntou Spencer. — Ma...mas como? — Ela olhou para o próprio reflexo no espelho pendurado na porta. Sim, ainda era ela. Não havia acordado na vida de outra pessoa.

— Nós levamos Melissa para o hospital — informou o pai dela.

Spencer perdeu o equilíbrio de repente. *Melissa? Hospital? Por quê?* Ela fechou os olhos e teve um lampejo de Melissa caindo na sua frente, pelas escadas. Ou essa era Ali caindo? As mãos de Spencer tremiam. Ela não conseguia *se lembrar*.

— Melissa está bem?

— Esperamos que sim. Fique aí — disse o pai, do outro lado da porta, parecendo cauteloso. Talvez estivesse com medo dela, talvez fosse por isso que ele não entrava no quarto.

Ela se sentou na cama, atordoada, por um longo tempo. Como é que podia não se lembrar de nada daquilo? Como podia não se lembrar de ter machucado Melissa? E se tivesse feito um monte de coisas horríveis e, no instante seguinte, apagado todas de sua mente?

O assassino de Ali está bem na sua frente, A tinha dito. No momento em que Spencer estava se olhando no espelho. Será que isso era possível?

O celular dela, que estava sobre a escrivaninha, começou a tocar. Spencer levantou-se devagar e olhou para a tela de seu Sidekick. *Hanna.*

Spencer abriu o telefone. Ela encostou o ouvido no aparelho.

— Spencer? — disse Hanna sem rodeios. — Eu sei de uma coisa. Você precisa me encontrar.

O estômago de Spencer ficou apertado. E sua mente rodopiou. *O assassino de Ali está bem na sua frente. Ela* matara Ali. Ela *não* matara Ali. Era como ir tirando as pétalas de uma flor: bem me quer, mal me quer, *ele me ama, ele não me ama.* Talvez ela pudesse se encontrar com Hanna e... e o quê? Confessar?

Não. Aquilo não podia ser verdade. Ali tinha acabado em um buraco no quintal de sua casa... não na trilha que levava ao muro de pedras. Ela não era forte o suficiente... era? Queria contar a alguém sobre isso. Hanna. E Emily. Aria, também. Elas diriam que isso tudo era uma loucura, que *não podia* ter sido ela quem matara Ali.

— Tudo bem — grunhiu Spencer. — Onde?

— Nos balanços da Escola Primária Rosewood Day. Nosso lugar. Vá o mais rápido que puder.

Spencer olhou em volta. Podia sair pela janela e descer pelo lado de fora da casa, seria quase tão fácil quanto chegar ao topo da parede de escalada da academia.

— Tudo bem — sussurrou ela. — Estarei lá.

36

ISSO TUDO VAI ACABAR

As mãos de Hanna tremiam tanto que ela mal conseguia dirigir. As curvas da estrada para a Escola Primária Rosewood Day pareciam mais escuras e assustadoras que o habitual. Ela desviou, pensando ter visto alguma coisa se movendo bruscamente na frente de seu carro, mas, quando olhou pelo espelho retrovisor, não havia nada. Era raro que outros carros passassem na direção oposta, mas, de repente, quando ela já estava chegando ao topo da elevação, não muito longe de Rosewood Day, um carro surgiu atrás dela. Os faróis pareciam queimar a parte de trás da cabeça de Hanna.

Acalme-se, pensou ela. *Ele não está seguindo você.*

Sua cabeça girava. Ela *sabia* quem era A. Mas... como? Como era possível que A soubesse tanto sobre Hanna... coisas que, teoricamente, A não poderia saber? Talvez a mensagem de texto tivesse sido um engano. Talvez A tivesse pegado o telefone de outra pessoa para despistá-la.

Hanna estava chocada demais para pensar naquilo com cuidado. O único pensamento que ia e vinha sem parar em sua mente era: *Isso não faz sentido. Isso não faz sentido.*

Ela deu uma olhada pelo retrovisor. O carro *ainda estava lá.* Ela respirou fundo e olhou para o celular, pensando em ligar para alguém. Para Wilden? Será que ele se despencaria até ali por causa de uma suspeita tão sem fundamento? Ele era um policial — era obrigado a fazer isso. Ela pegou o telefone e o carro de trás piscou os faróis. Será que ela deveria encostar? Deveria parar?

O dedo de Hanna estava sobre o telefone, pronto para ligar para a polícia. E, então, subitamente, o carro passou ao seu lado e a ultrapassou pela esquerda. Era um carro sem identificação — talvez um Toyota — e Hanna não conseguia ver seu interior. O automóvel voltou para a pista em que Hanna estava, e depois desapareceu na distância. Em poucos segundos, seus faróis traseiros tinham desaparecido.

O estacionamento do playground da Escola Primária de Rosewood Day era amplo e comprido, dividido por pequenos jardins, repletos de árvores nuas, grama espetada e montes de folhas que impregnavam o ar com seu cheiro. Além dos limites do estacionamento, ficava o playground. Os brinquedos eram iluminados por uma única lâmpada fluorescente que fazia com que parecessem esqueletos. Hanna estacionou em uma vaga no canto sudeste do terreno — era o mais próximo da cabine de informações do parque e de uma cabine para emergências que tinha um telefone ligado direto à delegacia. Apenas estar perto de algo que dizia *Polícia* já a fazia sentir-se melhor. As outras ainda não haviam chegado, então Hanna ficou de olho na entrada de carros.

Eram quase três da manhã, e Hanna tremia sob a camiseta de Lucas, sentindo arrepios nas pernas nuas. Ela havia lido, certa vez, que às três da manhã as pessoas atingem os estágios mais profundos do sono – e que isso era o mais próximo que se podia chegar da morte. O que significava que, naquele momento, ela não podia contar com a maioria dos habitantes de Rosewood para ajudá-la. Eles eram todos cadáveres, e estava tudo tão quieto que ela conseguia ouvir o motor do carro desacelerando e sua própria respiração lenta do tipo por-favor-fique-calma. Hanna abriu a porta do carro e ficou em pé em cima da linha amarela pintada no chão que demarcava sua vaga. Era como se fosse um círculo mágico. Dentro dele, estava a salvo.

Elas vão estar aqui logo, disse a si mesma. Dentro de poucos minutos isso tudo terá acabado. Não que Hanna tivesse qualquer ideia do que estava para *acontecer.* Ela não tinha certeza. Não tinha pensado nisso ainda.

Uma luz apareceu na entrada da escola e o coração de Hanna se alegrou. Os faróis de uma caminhonete iluminaram as árvores e então se viraram lentamente em sua direção. Hanna apertou os olhos. Eram elas?

– Oi? – chamou ela, baixinho.

A caminhonete aproximou-se do lado norte do estacionamento, passando pelo prédio do departamento de artes do ensino médio, pelo estacionamento dos alunos e pelo campo de hóquei. Hanna começou a agitar os braços. Tinha de ser Emily e Aria. Mas as janelas do carro eram escuras.

– Oi? – gritou ela de novo. Nenhuma resposta. E, então, viu outro carro virar no estacionamento e vir devagar em sua direção. A cabeça de Aria estava para fora da janela do passageiro. Uma sensação de alívio reconfortante percorreu todo o corpo de Hanna. Ela acenou e foi na direção dela. Primeiro, andou; depois, acelerou o passo. Em seguida, correu para valer.

Ela estava no meio do estacionamento, quando Aria gritou:

— Hanna, cuidado!

Hanna virou-se para a esquerda e seu queixo caiu, sem que ela entendesse, num primeiro momento, o que estava acontecendo. A caminhonete estava vindo direto em sua direção.

Barulho de pneus cantando. Hanna sentiu cheiro de borracha queimada. Ela congelou, sem saber ao certo o que fazer.

— Espera! — ela se ouviu dizendo para a janela escura do SUV. O carro continuou vindo, cada vez mais rápido. *Mexam-se*, disse ela para suas pernas, mas elas pareciam duras e secas, como cactos.

— *Hanna!* — gritou Emily. — Ah, meu Deus!

A coisa toda só durou um segundo. Hanna nem sequer entendeu o que a atingiu até que estivesse no ar, e não percebeu que havia sido erguida até que caiu no calçamento. Alguma coisa nela se quebrou. E, depois, houve dor. Ela queria gritar, mas não conseguiu. Os sons pareciam amplificados — o ronco do motor do carro, os gritos das amigas, até mesmo seu coração bombeando o sangue soava alto demais para ela.

Hanna moveu o pescoço para o lado. Sua bolsinha cor de champanhe estava caída a poucos metros de onde ela estava; seu conteúdo havia sido lançado para fora, como os doces de um daqueles balões surpresa de festas de aniversário. O carro tinha passado por cima de tudo, também: seu tubo de rímel, as chaves de seu carro, seu vidrinho de Chloé. O BlackBerry novo havia sido esmagado.

— Hanna! — gritou Aria. Pareceu que ela estava chegando perto. Mas Hanna não conseguia virar a cabeça para olhar. E, então, tudo desapareceu.

37

ERA NECESSÁRIO

– Ah, meu Deus! – berrou Aria.

Ela e Emily chegaram perto do corpo contorcido de Hanna e começaram a gritar:

– Hanna! Ah, meu Deus! *Hanna!*

– Ela não está respirando – lamuriou-se Emily. – Aria, ela não está *respirando*!

– Você está com seu celular aí? – perguntou Aria. – Ligue para a emergência!

Emily pegou o celular tremendo, mas o aparelho escorregou de suas mãos e quicou pelo chão do estacionamento, indo parar perto da bolsa esmagada de Hanna. Emily havia começado a entrar em pânico quando apanhara Aria e ela lhe contara tudo – sobre os recados assustadores de A, sobre seus sonhos, sobre Ali e Ian e sobre como poderia ter sido Spencer quem matara Ali.

Primeiro, Emily tinha se recusado a acreditar, mas, então, foi tomada por uma onda de horror e entendimento. Ela explicou que não muito antes de desaparecer, Ali confessara que andava saindo com alguém.

— E ela deve ter contado para Spencer — explicara Aria. — Talvez fosse por isso que elas estavam brigando durante todos aqueles meses antes do final das aulas.

— Emergência. Em que posso ajudar? — Aria ouviu a chamada ser atendida no viva-voz do celular de Emily.

— Um carro acaba de atropelar minha amiga! — informou Emily. — Estou no estacionamento de Rosewood Day! Nós não sabemos o que fazer!

Enquanto Emily berrava os detalhes para a atendente, Aria encostou os lábios nos de Hanna e tentou fazer respiração boca a boca, como aprendera nas aulas de primeiros socorros, na Islândia. Mas ela não sabia se estava fazendo do jeito certo.

— Vamos, Hanna, respire — implorou ela, apertando o nariz da amiga.

— Fique na linha até que a ambulância chegue aí. — Aria podia ouvir a voz da atendente da emergência pelo telefone de Emily, que se inclinou e tocou a camiseta surrada de Rosewood Day de Hanna. Então, ela se afastou, como se estivesse com medo.

— Ah, meu Deus, por favor, não morra... — Ela deu uma olhadela para Aria. — Quem poderia ter feito isso?

Aria olhou em volta. Os balanços oscilavam para a frente e para trás com a brisa que soprava. As bandeiras tremulavam nos mastros. A vegetação em volta do playground era escura e densa. De repente, Aria viu uma figura de pé, perto das árvores. Ela tinha cabelo louro-escuro e usava um vestido curto e preto. Algo em seu rosto a deixava selvagem, enlouquecida.

Estava olhando direto para Aria, que deu um passo para trás no calçamento. *Spencer.*

— Olha ali! — arfou Aria, apontando para as árvores. Mas, assim que Emily moveu a cabeça, Spencer desapareceu nas sombras.

As sirenes a atordoavam. Demorou um instante para Aria entender que era seu telefone celular. E, então, o telefone de Emily também emitiu um som. O informe que indicava uma nova mensagem de texto apareceu na tela. Aria e Emily trocaram um olhar familiar e temeroso. Devagar, Aria tirou o Treo de dentro da bolsa e olhou para a tela.

— Ai, não — sussurrou Emily.

O vento parou de soprar de repente. As árvores ficaram imóveis como estátuas. Sirenes eram ouvidas a distância.

— Por favor, não — choramingou Emily. A mensagem tinha apenas três palavras.

Ela sabia demais. – A

AGRADECIMENTOS

Perfeitas foi o livro mais difícil de escrever da série *Pretty Little Liars*, porque havia muitas peças que agora tinham que se encaixar nos lugares certinhos para que a história funcionasse. Por isso, quero agradecer a todos os preparadores de originais tão cuidadosos, aos impressores, diagramadores, revisores e às outras pessoas brilhantes que ajudaram neste processo: Josh Bank e Les Morgenstern, que acompanharam *Perfeitas* desde o começo, que passaram dias reunidos quebrando a cabeça para pensar em como exatamente Spencer perderia a razão. Sou muito grata por ter vocês ao meu lado. As pessoas maravilhosas da HarperCollins, Elise Howard e Farrin Jacobs, que consertaram muitas coisas, cuidando de detalhes que eu muitas vezes deixei escapar. Lanie Davis, da Alloy, que desenhou cartazes geniais, sempre, sempre, sempre à disposição e fã incansável. E, por último, mas não menos importante, minhas pacientes, muitíssimo competentes e maravilhosamente inovadoras editoras – Sara Shandler, da Alloy, e Kristin Marang, da HarperCollins – cujo trabalho duro realmente ajudou a colocar este livro nos trilhos.

Eu adorei que vocês conhecessem as personagens tão bem, gostassem da série tanto quanto eu e acreditassem de verdade em seu sucesso. Sem dúvida somos o time *Pretty Little Liars*, e eu proponho que formemos um time de boliche, talvez uma equipe de nado sincronizado ou quem sabe pudéssemos simplesmente usar camisas da Lacoste combinando.

Muitos agradecimentos e meu amor para Nikki Chaiken, pelos conselhos profissionais sobre Spencer e a dra. Evans. Todo o meu amor para o meu marido maravilhoso, Joel, por sua pesquisa sobre qual tipo de avião poderia ser usado para escrever mensagens no céu e sobre o que acontece fisicamente com os carros quando eles batem uns nos outros; e que sempre leu todos os rascunhos deste livro – o que é surpreendente! Meu amor também para meus maravilhosos amigos e leitores, incluindo meus fabulosos pais, Shep e Mindy (nenhum bar elegante que serve vinho tinto poderia estar completo sem vocês), minha doce e leal prima, Coleen (nenhum bar chique estaria completo sem você, também) e meu bom amigo Andrew Zaeh, que me mandou uma mensagem de texto assim que desceu do avião para me contar que alguém estava lendo *Pretty Little Liars* a vinte mil pés de altura. E obrigada a todos aqueles cujas opiniões e perguntas sobre a série nos alcançaram. É uma delícia saber sobre vocês. Vocês são parte do time *Pretty Little Liars* também.

E obrigada à garota boboca a quem este livro é dedicado – minha irmã, Ali! Porque ela não é nada parecida com a Alison do livro, porque nós podemos passar horas envolvidas com o mundo mágico e irreal de pelicanos, corujas e das criaturas esquisitas que inventamos quando tínhamos seis anos, porque ela não surta quando fica sabendo que eu acidentalmente vesti sua roupa de trezentos e oitenta dólares da Rock and Republics, e porque tatuagens ficam muito bem na nuca dela – ainda que eu ache que ela deveria ter escolhido o rosto de um certo homem e uma águia enorme, em vez do que ela tatuou. Ali é sensacional com S maiúsculo e a melhor irmã que qualquer um poderia pedir.

O QUE ACONTECE DEPOIS...

Oooooopa! Então eu fiz uma baguncinha. Acontece. Eu tive uma vida cheia, coisas para fazer, pessoas para torturar. Como, por exemplo, quatro ex-melhores amigas bonitinhas.

Sim, sim. Eu sei que você ficou chateado por causa de Hanna. Nhé. Supere. Eu já estou planejando o que vestir para o funeral dela: apropriadamente sóbrio, mas com um pouquinho de brilho. Você não acha que a pequena Hannakins iria querer que nós a pranteássemos em grande estilo? Mas talvez eu esteja me adiantando – Hanna *tem* um histórico de retorno da morte...

Enquanto isso, Aria não tem uma folguinha. Sua alma gêmea está na cadeia. Sean a odeia. Ela não tem mais casa. O que ela pode fazer? Parece ser a época adequada para uma mudança radical de vida – casa nova, amigos novos, quem sabe um novo nome. Mas tome cuidado, Aria – mesmo que a sua nova melhor amiga não veja quem você é de verdade, eu enxergo longe. E você sabe que eu não consigo guardar um segredo.

Eu me pergunto como CONDENADA vai ficar no seu requerimento de vaga na universidade, próximo à informação de que ela era vice-representante de turma no ensino médio. Parece que a Senhorita Orquídea Dourada está para trocar sua camiseta polo Lacoste verde-bandeira por um macacão laranja e piniquento. Mas é claro que Spencer não teria conseguido aquela nota perfeita se não tivesse tirado alguns truques da manga – como, vamos dizer, encontrar alguém para culpar pelo assassinato de Ali. Mas sabe do que mais? Talvez ela tivesse razão.

E quanto a Emily, indo viver com seus saudáveis primos comedores de sucrilhos de Iowa? Ei, talvez não seja tão ruim assim – ela será uma adorável agulha num enorme e velho palheiro de repressão sexual, muito, muito longe de meus olhos indiscretos. Até parece! Ela vai ficar maluca quando perceber que não pode se esconder de mim. *Que coisa não?*

E, para terminar, com Hanna fora da jogada, é chegada a hora de eu encontrar uma nova vítima. "Quem?", pergunta você. Bem, sua xeretinha, eu ainda estou decidindo isso. Não que vá ser muito difícil: todo mundo nesta cidade tem alguma coisa para esconder. Na verdade, há algo ainda mais delicioso que minha identidade borbulhando sob a superfície brilhante de Rosewood. É um negócio bem escandaloso. Você não acreditaria se eu contasse. Então nem vou me dar ao trabalho. Há! Você sabe, adoro ser eu...

Apertem os cintos, garotas. *Nada* é o que parece.

Smack! – A

Impressão e Acabamento:
EDITORA JPA LTDA.